USA TODAY BESTSELLING AUTHOR
DALE MAYER

Un Fusil dans la Jarre

Jolis Jardins Maudits 21

Un fusil dans la jarre : Jolis Jardins Maudits, tome 21
Beverly Dale Mayer
Valley Publishing Ltd.

Traduit de l'anglais par Emma Valieu et Valentin Translation

ISBN-13 : 978-1-773369-65-5
Format Print

Résumé du livre

Une nouvelle saga cosy mystery de l'auteure best-seller d'USA Today, Dale Mayer. Suivez la jardinière et détective amatrice Doreen Montgomery et ses amusants (et vraiment adorables) chat, chien et perroquet, tandis qu'ils attrapent les meurtriers et résolvent des crimes dans la merveilleuse ville de Kelowna, en Colombie-Britannique.

De la richesse aux haillons... Des armes cachées... Des blessures anciennes, mais non oubliées... et un trésor enfoui !

La découverte d'un Uzi dans l'urne du mausolée profané est à la fois excitante et frustrante. Pourtant, Doreen ne peut pas se plonger dans cette enquête, et Mack a été ferme à ce sujet. Elle s'efforce de se concentrer sur d'autres affaires, issues de ses dossiers de journaliste, en particulier le dossier Bob Small. Mais son plan déraille lorsque Nan et ses acolytes se présentent à sa porte, avec le bus de Rosemoor, avec l'intention de se rendre au cimetière où l'agitation règne.

Lorsqu'une tombe est ouverte et révèle son contenu choquant, la ville est en état d'alerte : des membres de gangs arrivent, assiègent la ville, à la recherche d'un trésor enfoui, lié à un homme mort six mois plus tôt. Entre les avocats véreux, les membres de la famille avides, les changements de cap et tous ceux qui sont à la recherche d'un trésor enseveli, le caporal Mack Moreau est sur le qui-vive. D'autant plus que Doreen et ses animaux se retrouvent une fois de plus au milieu de l'enquête.

Mais personne n'aurait pu imaginer que cette affaire se termine dans le cimetière où tout a commencé…

Inscrivez-vous ici pour être informés de toutes les nouveautés de Dale !

https://geni.us/DaleNews

Chapitre 1

Milieu de la troisième semaine de septembre

DOREEN MARCHAIT LE long du cimetière de Kelowna, Mack à ses côtés et les animaux vadrouillant calmement en laisse autour d'eux. Beaucoup de gens du coin avaient assisté aux funérailles d'Annabelle. Voir cette grande foule ainsi que les personnes qui aimaient Annabelle et ceux à qui elle manquera avait gonflé le cœur de Doreen.

Elle prit une grande inspiration et s'étira les bras.

— La vie peut être jolie parfois, fit-elle remarquer.

— Au moins, tu sembles un peu plus détendue, après avoir pris quelques jours de repos loin de ton passe-temps bizarre.

— Je me sens mieux aussi, murmura-t-elle en levant les yeux vers lui, un grand sourire aux lèvres. La dernière affaire était un peu effrayante.

— Un peu ?! releva-t-il avec malice. Tu te souviens que tu étais censée ne plus te faire attaquer ?

— Tu te souviens que tu es censé débarquer pile au bon moment pour me sauver ?

Il soupira.

— Ouais, crois-moi, je ne suis toujours pas satisfait à

propos de ça.

— De quoi ? De suivre mes instructions ou du fait que nous avons résolu cette affaire-là ?

— Ce n'est pas tant le fait d'avoir réussi à la résoudre. Nous avons obtenu les aveux sur papier, et cela nous facilite la tâche, relata-t-il en souriant. Mais rien que le fait de penser à quel point ça a été dingue, ça va me filer des cauchemars pour des semaines !

— Oui, pas vrai ? Et quant à Nathan, il a besoin d'une aide psychologique.

— Son père est là pour lui, dit Mack. Je ne peux imaginer à quoi ressemblait cette conversation…

— Oui, je suis sûre que ce n'était pas facile. Mais j'ai eu de leurs nouvelles depuis, et ils vont mieux. Tout ira bien pour eux.

Il sourit, l'embrassa doucement sur le front et déclara :

— Tu es quelqu'un de bien.

— Je sais, oui. Comme toi.

Il s'esclaffa.

— Parfois, je me le demande…

Elle jeta un coup d'œil vers le columbarium qui contenait de petites cases fermées à clé.

— Alors, ces trucs-là contiennent des jarres ? Je suppose que c'est pour les gens qui ont été incinérés et qui ne voulaient pas aller en terre…

Mack confirma d'un signe de tête.

— Les personnes qui ne veulent pas être inhumées et les membres de la famille qui souhaitent un endroit où ils pourront venir rendre visite aux êtres chers, expliqua-t-il en désignant les jolies plaques en marbre devant chaque niche verrouillée.

Doreen opina du chef. Tout en progressant, elle lut

quelques noms.

— Certains sont vieux…

— En effet, cette pratique est plutôt commune dans plusieurs parties du monde.

— Je n'ai pas eu souvent affaire à la mort, fit remarquer Doreen. En dehors de…

Mack hocha la tête.

— Je sais, dit-il en lui adressant un sourire.

Elle se mit à rire.

— Kelowna a été bénéfique pour moi.

— Ouais, elle l'a été, et pour moi aussi. Et oui, j'ai parlé à mon frère et à ma mère, confia-t-il en levant les yeux au ciel.

Elle gloussa.

— Au moins, nous savons que tes intérêts leur tiennent à cœur.

— Évidemment, mais il y a longtemps que je dois supporter le fait que ma famille surveille ma vie amoureuse…

Elle sourit.

— Je n'ai jamais vraiment connu ça, alors je trouve ça très mignon.

— Ça n'est pas vraiment mignon, contra Mack. Même mon frère était sur le coup.

— Je sais, mais réfléchis ; peut-être que mon ex finira par divorcer, et nous en serons libérés.

— Peut-être, acquiesça Mack avant de l'étudier. Tu n'arrêtes pas de dire ça à tout le monde, mais tant que tu ne seras pas libre, tu ne pourras pas accéder à la prochaine étape.

— Non, en effet, et tu en es conscient.

— J'en suis conscient.

Elle hésita, un petit soupçon d'incertitude teintant sa voix lorsqu'elle demanda :

— Ou alors tu souhaites changer d'avis ?

Il s'arrêta pour la regarder d'un air furieux.

— Est-ce que j'ai l'air de vouloir changer d'avis ? Tu connais beaucoup de monde qui erre dans les cimetières ?

— Nous étions là pour Annabelle, donc ce n'est pas si inhabituel…

— Possible, concéda-t-il avant de soupirer. Mais non. Je ne changerai pas d'avis. J'attends. Patiemment.

— Impatiemment, parfois, nuança-t-elle en plaisantant.

— Très bien : impatiemment.

Elle agita la tête.

— Et j'apprécie. J'ai l'impression de ne pas pouvoir avancer tant que je ne me suis pas occupée de mon passé.

Il tendit la main, puis la laissa glisser le long de son bras pour nouer ses doigts aux siens. Elle les pressa doucement en retour.

— C'est un endroit si beau pour une dernière demeure, murmura-t-elle d'un calme joyeux. Tant d'histoires… Regarde ! s'exclama-t-elle en contournant l'angle.

À cet endroit, l'un des carreaux avait été fracturé.

Mack fronça les sourcils, lâchant la main de Doreen pour s'avancer.

— Le vandalisme est un autre problème, mais en général, ça ne ressemble pas à ça, déclara-t-il avant de soupirer.

— Ouais, mais…, commença Doreen avant de s'arrêter et d'observer la zone entrouverte. L'urne s'y trouve encore ou en tout cas, il y a quelque chose.

Mack ouvrit son téléphone et appuya sur la touche de la torche.

— Ouais, on peut encore la voir ici. Il y a un truc.

Regardant de plus près, elle pointa le doigt.

— Il y a autre chose à côté. Je n'arrive pas à la distinguer très nettement.

Mack enfila une paire de gants et, après avoir dégagé un peu de marbre du chemin, parvint à ouvrir suffisamment pour que sa lampe illumine le sombre espace et leur permette de voir ce que c'était.

— C'est noir comme dans le cul d'une nonne, fit remarquer Doreen. Qu'est-ce que c'est ?

Mack marmonna une injure.

— On devrait bosser ton langage…

Il soupira.

— Tu parles !

— C'est quoi ? l'interrogea-t-elle.

Il ramena son portable à lui et passa un coup de fil. Elle fronça les sourcils.

— Quel est le problème ?

Il posa un doigt sur ses lèvres et répondit rapidement aux questions à l'autre bout du fil.

Après avoir mis fin à son appel, Doreen demanda :

— Uzi ? Tu as bien dit qu'il y avait un Uzi là-dedans ?

Il lui lança un regard noir.

— Non. Non, je n'ai pas dit ça.

Les lèvres de Doreen se tordirent. Elle l'avait entendu et, à partir du moment où elle avait entendu Mack, elle ne le lâcherait pas.

— Dans une jarre ! s'écria-t-elle. Alors il y a… attends, attends…

Et il branla du chef.

— Non. Non, je n'écoute pas ! s'exclama-t-il en posant fermement les mains sur ses oreilles.

Doreen éclata de rire.

— Pas grave, déclara-t-elle. Tu peux t'enfuir, mais pas te cacher. Ma prochaine affaire s'appelle : *Un fusil dans la jarre.*

Et elle explosa de rire de nouveau, car elle avait désormais une nouvelle enquête qui était facile à prononcer ! *Un fusil dans la jarre* !

Chapitre 2

DOREEN ÉTAIT ASSISE dans son patio, un carnet de notes et une tasse de café près d'elle ainsi que son ordinateur portable ouvert, mais tout ce qu'elle parvenait à faire, c'était fixer, sans but, le monde autour d'elle. Elle était tout occupée à penser à une arme – un Uzi. Elle avait été démontée, donc un bout rentrerait parfaitement dans l'urne funéraire située dans la case fissurée qu'elle et Mack avaient découvert.

Elle comprenait que les hommes aient leurs jouets, mais apporter son arme préférée dans sa dernière demeure n'était-il pas un peu exagéré ? Et non pas jetée dans une tombe et enterrée, mais cachée dans une niche funéraire avec une jarre pleine de cendres ? S'il y avait bien des cendres… Elle secoua la tête.

Mack avait agi de manière incroyablement rapide en la sortant de cet endroit, malgré toutes ses protestations. Elle avait été relativement agacée sur le coup, puisque c'était un truc dont elle pouvait se mêler, mais il ne voulait pas qu'elle soit impliquée. Bien sûr que non ! Elle continuait de s'immiscer dans ses affaires… Elle soupira à cette pensée et, quand son téléphone sonna, elle s'en saisit.

— Allo ?

Mathew, bientôt son futur ex-mari, pas la personne à laquelle elle s'attendait… Elle grommela, se pinça l'arête du nez.

— Qu'est-ce que tu veux ? Tu réalises que je pourrais avoir des ennuis désormais rien qu'en décrochant ?

Mathew soupira.

— Je ne te comprends pas…

— Qu'y a-t-il à comprendre ? s'écria-t-elle. Je veux en finir avec ce divorce bordélique !

— Je ne veux que ça, moi aussi ! rugit-il.

— Alors signe ce satané papier ! marmonna-t-elle.

— Je l'aurais déjà fait si tu n'étais pas une telle garce cupide ! rétorqua-t-il. Dans le cas contraire, rien de tout ça ne serait un problème.

Elle s'immobilisa en entendant ces paroles et regarda farouchement son téléphone.

— OK, donc maintenant, comme cette conversation dégénère, je vais raccrocher.

— Non ! cria-t-il.

Elle hésita, mais savait parfaitement ce que Nick dirait.

— Je ne suis pas autorisée à te parler, déclara-t-elle avant de grimacer, car, bien évidemment, c'était exactement ce qu'elle était en train de faire.

Elle se souvint de Mack l'avertissant du fait qu'elle était toujours sous l'influence de son ex, et elle se demanda si c'était là un autre symptôme.

— Qu'est-ce que tu veux ? demanda-t-elle calmement.

— Que tu te montres raisonnable.

— Et j'ignore ce que la raison a à voir là-dedans, répliqua-t-elle. Alors, je fais confiance à mon avocat.

— Ouais, tu avais confiance en l'autre aussi, grommela-t-il.

— Oui, et regarde où ça m'a menée !

— Elle a aussi rendu ma vie misérable. Et ai-je compris que tu vas hériter d'elle ?

— Je ne sais rien à ce sujet, mentit-elle avec aisance et grimaçant à cause de cette aptitude, qui ne représentait pas vraiment le développement personnel qu'elle espérait. Le testament est censé être validé.

— Oui, j'ai déjà appelé son avocat pour lui parler…

— Pourquoi ? Tu t'attendais à quelque chose de la part de Robin ? le questionna Doreen en ricanant.

D'abord, le silence résonna à l'autre bout du fil.

— Elle n'avait pas de raison de ne pas le faire, dit-il sur la défensive, en colère même.

— Vous n'étiez pas ensemble depuis longtemps, souligna Doreen. Si tu n'avais pas été autant énervée contre elle, elle aurait pu prendre le temps de modifier son testament. Mais il n'en a pas été ainsi, et les avocats disposaient déjà du document officiel, donc tu n'as pas eu de chance.

— Et si tu obtiens de l'argent de sa part, tu n'auras pas besoin du mien, répondit-il avec ruse.

— Je ne sais rien à propos du testament de Robin, répéta-t-elle. J'ignore ce que je suis susceptible d'avoir.

— C'est un mensonge, répliqua Mathew. Le testament a déjà été lu.

— Oui, il l'a été, mais une partie de ses biens doit être vendue, rétorqua-t-elle en retour, et ça, c'est quelque chose dont je ne sais rien. Tu te rappelles ? *Je n'y connais rien au business*, selon toi.

— Car c'est le cas, affirma-t-il de nouveau avec ce ton narquois.

Doreen secoua la tête.

— Si tu as quelque chose à dire, crache le morceau. Autrement, je vais raccrocher.

— Attends ! s'écria-t-il.

Cependant, cette fois, elle n'attendit pas. Elle mit fin à l'appel pour de bon. Elle s'assit, fixant son téléphone comme si c'était une vipère. Elle avait conscience qu'elle aurait des ennuis, car désormais, elle devait contacter Nick pour se confesser. Grommelant face à cette perspective, elle saisit rapidement son appareil et, n'obtenant aucune réponse au bout du fil, elle sourit, se disant qu'elle l'échappait belle. Elle lui laissa un bref message, lui racontant ce qui s'était passé, puis elle raccrocha. Quand son portable sonna seulement quelques minutes plus tard, elle grommela, car, bien évidemment, il s'agissait de Nick.

— Quoi ?

— Donc, vous êtes en colère *contre* moi ? demanda Nick.

— Non, corrigea Doreen, mais je me sens vraiment comme une gosse qui aurait fait quelque chose de mal.

Il se mit à rire.

— Eh bien, oui. Alors, pourquoi avoir décroché, en premier lieu ?

— Parce que je n'ai pas vérifié qui c'était, déjà. Je m'attendais à ce que votre frère m'appelle. Donc j'ai pris le téléphone et j'ai répondu.

— Ah, on en revient à mon frère…

Doreen grogna.

— Ne lui répétez pas ça… Ça lui monterait tout bonnement à la tête, marmonna-t-elle, et je ne lui parle pas.

— Si vous ne lui parlez pas, déclara Nick en gloussant à moitié, comment se fait-il que vous ayez répondu pour lui parler ?

Elle fixa de nouveau son téléphone.

— Cessez de jouer au plus malin, bougonna-t-elle.

En entendant cela, il s'esclaffa bruyamment.

— Oh ! comme j'aime entendre ça… Vous deux, vous êtes faits pour être ensemble. Vous serez une bonne chose pour lui.

— Je ne crois pas que *lui* soit de cet avis. Là, maintenant, il est plutôt un peu frustré à cause de moi.

— Pourquoi ? l'interrogea Nick, curieux. Que s'est-il passé ?

Alors, elle lui raconta la promenade dans le cimetière et ce qu'ils avaient découvert.

— Bon Dieu ! Dans l'un des coffrets du columbarium ?

— Oui, confirma-t-elle. Je suis certaine qu'il existe un nom pour les désigner… mais j'ignore lequel. Mais oui, dans l'un des murs avec des plaques et des urnes derrière. L'un d'eux avait été forcé, et pourtant, personne ne semblait avoir pris ce qui s'y trouvait.

— Dans ce cas, peut-être que ce n'était pas plus du vandalisme qu'un accident… Je pense à un enfant avec une batte de baseball.

— Je suppose que c'est possible. C'était le seul à être endommagé.

Et alors, elle y réfléchit une seconde.

— Cependant, je ne suis pas certaine qu'il s'agisse du seul à avoir été brisé. Nous ne les avons pas tous vérifiés. Hmm… peut-être que je devrais y retourner et y jeter un autre coup d'œil.

— Ou peut-être que vous devriez rester en dehors de ça pour que mon frère ne se mette pas en colère contre vous, suggéra Nick.

— Il l'est déjà ! avoua-t-elle. Je ne voulais pas partir du

cimetière, et il n'en était pas vraiment ravi non plus.

Nick rit.

— Mack a un boulot à effectuer, et il veille à ce que ces affaires soient jugées au tribunal, expliqua-t-il. Par conséquent, moins il y aura d'interférence extérieure, mieux ce sera pour remporter le procès.

— Je sais ! Je sais… je sais, marmonna-t-elle. Mais il m'a incitée à rentrer à la maison après cette découverte et ensuite, il ne me donnera pas l'occasion d'en discuter. Il ne me laissera même pas en voir plus ! Il est parti devant et a demandé des renforts, comme si un tireur était activement sur place à ce moment-là… Et alors qu'il y avait une certaine effervescence, il m'a renvoyée chez moi ! Par-dessus le marché, il ne m'a même pas ramenée en voiture ! Il m'a fait raccompagner par Arnold. Et vous pouvez être sûr qu'Arnold a été occupé à jacasser tout le long du trajet à propos de ce qu'ils avaient mis au jour.

— Je suis certain qu'il ne recevra pas un bon accueil, pas si Mack se rend compte qu'il a fait ça, souligna Nick, tout en continuant de ricaner.

— Peut-être pas, admit Doreen, mais dans ce cas, Arnold n'aurait pas autant parlé.

— Je suppose que ça fait partie de son charme, non ?

— Bien sûr, mais il n'est pas très doué pour partager directement des infos toutefois, grommela-t-elle. Il tourne vraiment autour du pot.

Nick se remit à rire.

— Alors, que voulait votre mari ?

— Il m'a dit que je devais me montrer raisonnable et que, maintenant que je vais toucher l'argent de Robin, je ne devrais plus avoir besoin du sien.

— Qu'avez-vous répondu ?

— Je lui ai répondu que j'ignorais tout concernant l'argent de Robin. Que sa fortune était en cours de comptabilisation. Oui, je sais qu'on m'a légué quelque chose, mais je n'ai pas partagé cette info avec Mathew. De plus, il y a encore beaucoup à faire avec la propriété de Robin, comme vendre les affaires. Et ça ne concerne pas Mathew.

— Bien, approuva Nick. Et c'est plutôt vrai. Il reste encore beaucoup à faire, et ça ne concerne pas votre mari. De toute façon, que vous héritiez ou pas de millions de Robin, cela ne change toujours pas le fait que Mathew vous doit lui aussi des millions.

— Ce que ça veut vraiment dire, c'est qu'il commence à être désespéré, et désespéré signifie dangereux, marmonna Doreen.

— Tout animal est dangereux quand il est acculé, mais ce gars-là ? Je persiste à vous prévenir qu'un sale truc peut résulter de tout ça, lui rappela Nick. Je ne cesse de vous demander si vous avez de sérieux problèmes avec lui, mais vous continuez de me répondre que vous ne pensez pas que ce soit le cas.

— Et pourtant, en même temps, je suis terrifiée à l'idée qu'il *ait* de sérieux problèmes avec moi, admit-elle.

— Ce serait bien que mon frère garde un peu plus souvent un œil sur certaines choses, marmonna Nick. Mais s'il a un tout nouveau dossier brûlant…

— En effet. C'est un dossier très brûlant, et il ne me laissera pas m'en approcher, se plaignit-elle.

Nick éclata de rire avant de redevenir sérieux.

— Ne répondez pas au téléphone s'il s'agit de votre mari. Regardez qui vous appelle, bon sang ! C'est à ça que sert l'affichage du numéro après tout. Et ne décrochez pas s'il vous rappelle.

— Vous pensez qu'il est prêt à signer ?

— Je pensais que nous avions un accord, mais nous avons encore quelques points délicats à résoudre, et je veux que vous soyez payée sur-le-champ. Maintenant, il a conscience que vous n'en êtes pas au point de mourir de faim, et il souhaite patienter et passer à la caisse quand la procédure de divorce sera bel et bien terminée.

— Mais ça lui accorde plus de temps, non ?

— Absolument, plus de temps pour potentiellement déplacer de l'argent afin de se déclarer insolvable. Il peut mettre en place tout un tas de magouilles, déclara Nick. Et comme il a déjà engagé un avocat malhonnête, il peut tout à fait en embaucher un deuxième. Il pourrait y avoir des litiges pendant des années. D'où une date de comparution au tribunal.

— Et donc une indemnité, ajouta Doreen. Ça me paraît sensé. Peut-être même que cette histoire de tribunal me paraît sensée.

— Cela commence à ressembler à la meilleure option pour moi également, en convint Nick, mais de toute évidence, ce n'est pas ce que désire Mathew.

— Pourtant, il ne semble pas en faire tout un pataquès, en tout cas au tribunal ou avec son avocat. Mais il en fait tout un foin suffisamment souvent avec moi.

— Je crois qu'il s'inquiète de l'impact que vous aurez sur le résultat final.

Ses sourcils se froncèrent sous la réflexion.

— Je n'en suis pas si sûre. Je pense que c'est plutôt une question de contrôle ; pour lui, ce qui compte, c'est de gagner. Alors, c'est plutôt une question de gagner et… de ne *pas* perdre. Le dossier, l'argent, tout ça.

— Vous croyez ? lui demanda Nick, curieux.

— Oui, il y a une chose qu'il déteste : la défaite. Donc, si tout porte à croire qu'il va perdre, il pourrait faire en sorte que personne ne gagne. Il est à ce point imprévisible.

— Oh… je me suis interrogé là-dessus.

— Il est dangereux, murmura-t-elle. J'ignore simplement à quel point.

— Et apparemment, c'est encore un sujet sur lequel nous devons nous attarder. Je n'aime pas entendre tout ça.

— Moi non plus, alors, plus tôt nous parviendrons à une conclusion, plus tôt ça ira mieux pour moi.

— Compris. J'augmenterai peut-être la pression…

— Et qu'est-ce que ça apportera de bien ? s'écria-t-elle. Mathew sera seulement plus en colère !

— Peut-être, mais s'il est en colère plus rapidement, peut-être qu'il voudra terminer ça plus vite également.

Et Nick raccrocha.

Elle n'était pas bien certaine de ce qu'il voulait dire par là, mais ça ne semblait pas être une bonne option pour qui que ce soit, surtout pas pour elle. Elle y songea pendant un long moment, puis son téléphone sonna de nouveau. Quand elle découvrit qu'il s'agissait de son ex, elle grimaça. Elle ne répondit pas, et il atterrit sur la boîte vocale. Elle écouta rapidement son message.

Comment ça va se finir maintenant ? déclara Mathew d'une voix suave. *Tu n'as pas vraiment envie que ça se termine comme ça, si ? Aucun intérêt à avoir de l'argent si tu ne peux pas le dépenser.*

Cela la pétrifia, et elle rappela Nick. Quand il décrocha, elle demanda :

— Vous l'avez contacté ?

— Oui, pourquoi ?

— Il m'a laissé un message vocal.

— Envoyez-le-moi.

— Comment je suis censée faire ça ? le questionna-t-elle en baissant les yeux sur son téléphone.

Suivant ses instructions, elle parvint à obtenir une copie et à la lui envoyer.

Il la rappela presque immédiatement.

— Je vais faire avancer le dossier. Cela doit cesser.

— Oh, vous croyez ? le railla-t-elle. C'est ce que je craignais.

— Et ce ne sera pas la réponse. Il doit passer devant un juge, et un juge doit décider de ce qui arrivera. Je dois en parler à Mack.

— Ça ne lui fera pas plaisir…

— Pourquoi ça ?

— Parce que, premièrement, j'ai décroché alors que je n'étais pas supposée le faire, énuméra-t-elle, et deuxièmement, il s'inquiète déjà à propos de ce type.

— Oui, il a raison, surtout après ce message vocal. Maintenant, il vous menace. Restez près de chez vous et verrouillez les portes.

Et là-dessus, Nick raccrocha.

Elle considéra fixement son téléphone, absolument pas ravie de la tournure soudaine des événements. Elle regarda dehors, car ce n'était pas ce qu'elle avait espéré pour sa journée.

Quand Mack la contacta vingt minutes plus tard, elle devint grincheuse.

— Ouah, il n'a pas mis longtemps à moucharder !

— Qui a mouchardé ? demanda Mack, confus.

Doreen grimaça.

— Oh, tu n'as pas parlé à ton frère ?

— Non, mais je vais le faire de ce pas, déclara-t-il en

douceur. Alors, tu veux moucharder la première ?

Il avait imité son intonation en y ajoutant une touche de légèreté, mais ça tournerait mal quand il serait au courant… Elle prit une profonde inspiration.

— J'ai accidentellement répondu à un appel de mon ex.

— Accidentellement ? répéta-t-il de cette façon très lente et précise bien à lui.

— Oui. J'attendais ton coup de fil. Je n'ai même pas vérifié. Je me suis saisie de mon téléphone, car j'étais furieuse que ça te prenne autant de temps pour me donner de tes nouvelles ! Et c'était lui.

Un silence de mort fut sa réponse.

— Tu étais furieuse que ça m'ait demandé autant de temps pour te donner des nouvelles ? s'insurgea-t-il d'une voix plus profonde.

— Eh bien, tu m'as chassée du cimetière assez vite, franchement ! s'écria-t-elle. Et moi, j'espérais avoir des réponses !

— Quelles réponses pensais-tu obtenir ? la questionna-t-il, une note d'humour dans la voix. Nous aussi, nous voulons des réponses, mais ce n'est pas comme si je pouvais simplement m'asseoir et les inventer à partir de rien !

Ses propos la firent grommeler.

— Je sais ! Je sais. Je suis désolée.

— Et qu'a dit ton ex ?

Elle lui raconta alors une version abrégée, jusqu'au moment où son frère avait annoncé qu'il devait contacter Mathew.

— Il t'a menacée ?

— Je peux t'envoyer une copie du message, et oui, confirma-t-elle avec un soupir. Je n'aime pas ça. Je comprends bien que je n'aurais pas dû répondre en premier lieu, mais Mathew devient colérique.

— Il a franchi une ligne également, déclara Mack. Il semble qu'on va devoir aller le chercher et avoir une petite discussion avec lui.

— Et faire quoi ? L'effrayer ? Il sera encore plus énervé en sortant. Vous n'avez aucun moyen de le convaincre de me laisser tranquille. Cette histoire de divorce est en train de devenir une énorme prise de tête, et je craignais que ça arrive, dès le départ.

— Nous corrigerons ça, répliqua Mack d'une voix ferme.

— Et tu iras identifier mon corps quand il sera exposé sur une table d'autopsie glacée à la morgue, rétorqua-t-elle. Il est dangereux.

— Apparemment, mais on ne peut pas le laisser s'en tirer comme ça. Compte là-dessus.

— Ah ouais ? Et comment allez-vous vous y prendre ?

— J'ai un tas d'idées, mais j'irai parler au capitaine et je discuterai également avec mon frère, puis nous reviendrons vers toi. Reste à l'intérieur et ferme tout.

— Je suis à l'extérieur, sur la terrasse, protesta-t-elle. C'est une belle journée, et je veux aller rendre visite à Nan.

Il hésita avant d'ajouter :

— Il pourrait être là, dehors, en ce moment.

— Alors, trouve où il est ! Car je n'ai pas envie de rester assise ici, terrifiée à l'idée qu'il déboule au coin de la rue, s'il n'y a aucune raison d'avoir peur.

— Tu dois guetter sa venue.

— Bien sûr, mais guetter sa venue est complètement différent de passer chaque moment éveillée à être effrayée.

— Je te tiendrai au courant, conclut Mack avant de raccrocher.

Doreen secoua la tête, frustrée et en colère. Il avait raison. Tout ça parce qu'elle avait décroché ! Et maintenant, elle ne savait pas quoi faire, mais ils avaient raison : elle n'aurait pas dû parler à Mathew, et cela la rendit encore plus agacée contre elle-même.

Pourquoi les choses finissaient-elles par dégénérer quand elle s'évertuait à faire ce qui était juste ?

Elle était assise à observer nerveusement autour d'elle quand Mack lui téléphona de nouveau et lui indiqua :

— Pas de signe de lui dans un aéroport ce matin.

— Non, je ne m'attendais pas à ce que ce soit le cas. Mais c'est une bonne nouvelle, toutefois.

— Et pourtant, tu t'attends à ce qu'il donne suite ?

— Tu lui retires la seule chose qu'il aime vraiment, son argent. Tout est une question de contrôle, ce que j'ai déjà expliqué à Nick aujourd'hui. Mathew n'aime pas perdre.

— Bien, marmonna Mack. Et pourtant, il était apparemment totalement d'accord pour se débarrasser de toi à l'époque.

— Évidemment ! dit-elle avant de grimacer. J'étais un frein dans son monde. Il possédait de meilleures et de plus grandes choses à l'époque.

— Il peut de nouveau avoir des choses meilleures et plus grandes, mais il ne t'aura pas. Alors, reste forte et j'arriverai dans peu de temps.

— Tu as d'autres infos à partager ?

Mack grommela.

— Ce serait bien plus agréable si je pouvais venir te voir sans avoir l'impression que je vais être interrogé.

Elle hésita puis déclara :

— Très bien, viens quand même.

Mack se mit à rire.

— Je suis sûr que ça n'a pas été facile à dire pour toi !

— Non, en effet, concéda-t-elle avec un large sourire.

Cependant, je réfléchirai au moyen d'être sous ta bonne garde quand tu seras là.

Cela fit grogner Mack.

— Je serai là dans peu de temps. Si tu vas rendre visite à Nan, envoie-moi un message.

— Bien, marmonna-t-elle avant de raccrocher.

Elle avait à peine reposé son téléphone que Nan l'appela.

— Tu descends pour le thé ? lui proposa-t-elle.

Suspicieuse, Doreen lui répondit :

— Pas même un « Hé, tu veux descendre pour le thé ? » Ça aurait été agréable d'entendre ça, ou un « Comment vas-tu ? Que fais-tu ? Que se passe-t-il ? ».

Nan se mit à rire.

— Je me suis dit que tu avais des renseignements sur ce qui se passait là-bas, au cimetière.

— J'y étais quand c'est arrivé, mais il est certain que je n'ai pas beaucoup d'infos.

— C'est ça ! Le thé, viens pour le thé. J'irai voir si je parviens à trouver des petits gâteaux.

Et là-dessus, sa grand-mère lui raccrocha au nez.

Doreen bougonna puis soupira, car… qu'était-elle censée faire ? Sa grand-mère vivait pour ce genre d'histoires, presque autant qu'elle. Elles se ressemblaient comme deux gouttes d'eau d'une certaine façon, excepté que Nan avait été salement blessée durant l'une de ses affaires. Et Doreen ne voulait pas qu'elle le soit de nouveau. En outre, bien sûr, sa grand-mère dirait exactement la même chose à propos d'elle. Et Mack aussi, d'ailleurs.

Tout le monde souhaitait que Doreen reste en dehors de ces enquêtes, mais apparemment, elle les avait dans le sang. Étant donné qu'elle n'était pas partie activement à leur recherche…

Avec l'avertissement de Mack en tête, elle lui envoya rapidement un message, indiquant qu'elle se rendait chez Nan. Ensuite, elle se mit debout, saisit la laisse pour le chien et la secoua.

— Qui veut partir en balade ?

Chapitre 3

Presque arrivée chez Nan, Doreen s'arrêta et renifla l'air. Il y avait quelque chose de spécial dans la journée de fin d'été qui, si elle se voulait honnête, fleurissait splendidement autour d'elle. C'était clairement une journée hors du commun. Pas trop chaude, belle, les ruisseaux s'écoulant librement. Le bruit de l'eau se déplaçant doucement le long des rochers créait un son délicat et musical.

Quand elle pénétra dans le petit patio de Nan, Doreen l'entendit parler avec quelqu'un à l'intérieur de son petit appartement. Quand elle l'appela, la porte du patio s'ouvrit, et Nan fit un pas dehors, un grand sourire aux lèvres.

— Te voilà ! s'exclama Doreen avant de regarder à travers les vitres du patio pour apercevoir d'autres gens qui l'observaient. Si tu as déjà de la compagnie, tempéra-t-elle en fixant Nan, je peux partir et revenir plus tard.

Nan lui adressa un signe de main.

— Ils attendent tous des nouvelles. Alors, maintenant que tu es là, nous allons être en mesure d'en avoir.

— Mais je n'en ai pas beaucoup, l'avertit Doreen.

— Non, bien sûr que non. Je leur dirai de revenir plus tard.

Elle rentra rapidement et s'adressa à la foule. Quand elle eut terminé, les autres s'en allèrent.

— Et tu ne peux pas être une source de renseignements pour tout le monde non plus, la mit-elle en garde quand Nan revint.

Sa grand-mère soupira.

— C'est facile à dire, mais tout le monde sait que tu es ici, ce qui signifie qu'ils ont conscience que des infos sont à portée de main.

— Quelques-unes, oui, reconnut Doreen. Quelques infos, c'est bien, mais je n'en ai pas une tonne. Tout est un peu confus.

— Nous avons entendu dire que quelqu'un avait profané le columbarium, en bas du cimetière.

— C'est correct.

— Comment as-tu appris ça ?

— J'étais avec Mack. Nous avons traîné après les funérailles d'Annabelle pour aller disposer des roses fraîches sur quelques tombes, en lien avec des affaires dans lesquelles je m'étais investie. Après cela, nous nous sommes promenés en discutant, commentant la beauté de certains jardins. Nous avons lu les noms et nous sommes aventurés plus loin, lorsque nous avons vu que l'une des plaques avait été brisée. Mais le lieu de sépulture en lui-même ne paraissait pas avoir été pillé… même pas du tout, en réalité. Peut-être qu'un truc a été volé et que le coupable a laissé le reste.

— Mais ce serait…, commença sa grand-mère en fixant Doreen. On n'a pas envie de songer à quelqu'un qui pille notre tombe…, marmonna-t-elle.

— Oui, c'est un crime très ancien, lui rappela Doreen, ce qui lui valut un semblant de haussement d'épaules de Nan.

— Oui, mais quand même, quelle horrible pensée.

Doreen ne voyait pas vraiment à quel point cela était différent d'un meurtre ou était pire qu'un tas de choses qu'ils avaient déjà connues. Mais la violation de sépulture avait l'air de déranger davantage Nan, alors Doreen ne s'éternisa pas sur le sujet.

— Bref, dès que Mack a vu ce qui se trouvait à l'intérieur, il a rapidement passé un coup de fil pour que d'autres flics viennent, puis on m'a renvoyée chez moi, expliqua-t-elle en finissant par un froncement de sourcils. Donc, je n'ai pas d'autres renseignements.

— D'accord, mais qu'est-ce qu'il y avait à l'intérieur ?

Doreen hésita, incertaine de ce que penserait Mack… puis elle s'en moqua.

— Je crois que c'était un flingue. Il a mentionné un truc à propos d'un Uzi.

— Ouah ! s'exclama Nan, perplexe, les yeux rivés sur Doreen. Cette personne aimait tellement son arme qu'elle l'a fait enfermer avec ses cendres ?

Pour une raison inconnue, cela parut drôle à Nan, qui partit dans un éclat de rire.

— J'ai pensé que peut-être…

— Qu'est-ce que ça pourrait être d'autre ? demanda Nan en secouant la tête.

— Je l'ignore. Sérieusement, je l'ignore. Je ne sais même pas quel était le nom sur la plaque.

— Non, et ça aurait été intéressant, ça aussi, renchérit Nan.

Doreen poursuivit.

— Toutes ces réflexions tourbillonnent dans ma tête. Est-ce que ce caveau a été ciblé pour une raison ? Est-ce que cette personne souhaitait être enfermée dans sa dernière demeure avec son arme ? Qui était au courant de sa présence ici et voulait se la procurer ? Bien que ça n'ait aucun sens, étant donné que le pistolet était encore là… Et je n'ai pas encore le nom figurant sur ce coffre… Je continuerai d'inciter Mack à m'en révéler davantage. Ensuite, je pourrai effectuer une recherche avec ce nom ; je trouverai peut-être quelque chose d'intéressant.

Nan soupira.

— Tu as raison. Ce sont vraiment des bribes d'informations.

— Je te l'avais dit, lui rappela Doreen avant d'entendre d'autres commentaires caustiques concernant sa façon de gérer les renseignements.

Nan hocha la tête.

— Tu m'avais effectivement prévenue, et nous continuerons d'espérer l'arrivée d'autres scoops.

— Que sais-tu ? demanda Doreen à sa grand-mère.

— Richie a parlé à Darren, mais il n'avait pas grand-chose à raconter non plus, simplement qu'il ne s'était pas encore rendu sur place. Il ne savait vraiment pas ce qui se passait, mais il était sur le point de l'apprendre.

— Et donc, peut-être que tu seras en mesure d'obtenir des infos de sa part un peu plus tard, murmura Doreen.

— Peut-être, mais après il se fera remonter les bretelles par Mack, précisa Nan en lui accordant un regard oblique.

— Ouais, tout comme moi. La police tente de museler les ragots afin de garder certains renseignements secrets.

— Ça, c'est une chose, souligna Nan en poussant un soupir, mais nous, nous voulons un mystère à résoudre. Ça remonte déjà à plusieurs jours !

Cela fit rire Doreen qui leva les yeux au ciel, face à sa grand-mère.

— Oui, en effet. Et quelques jours entre deux crimes, c'est bien.

— Pour toi certainement, avoua clairement Nan. Tu avais besoin d'une pause.

— Et toi aussi, lui rétorqua Doreen.

Nan fit un geste de la main comme pour ignorer complètement les propos de Doreen.

— Je vais parfaitement bien.

— Tu as aussi une vie bien remplie et tu savoures toutes les petites occupations dans lesquelles tu t'impliques. Alors ça, c'est un truc que tu peux ignorer pendant un temps.

— Ce serait le cas si j'étais sûre que ça n'engendrerait que du bien, rétorqua Nan. Cependant, ignorer les événements par ici n'est pas si facile. Il se passe toujours tellement de choses…, dit-elle avant de taper dans ses mains. En parlant de ça ! La bouilloire doit être prête maintenant. Donne-moi le temps de préparer le thé, et j'irai voir ce que j'ai eu comme restes de la cuisine.

— Tu as trouvé quelque chose ?

— Oui, mais ils m'ont donné un panier recouvert, donc je ne sais pas exactement ce qu'il contient.

En entendant cela, Doreen se demanda pourquoi on offrirait en cuisine un panier de nourriture à sa grand-mère. Quand Nan revint avec la théière, elle la questionna :

— Pourquoi as-tu demandé en cuisine qu'on te donne ce panier ?

— Je leur ai raconté que j'allais avoir de la compagnie et qu'on allait s'installer dans le patio pour savourer quelques friandises, si jamais ils pouvaient en avoir, lui expliqua Nan. Ils n'ont eu aucun problème avec ça.

Doreen s'interrogea là-dessus, mais étant donné qu'elles faisaient ça depuis un petit moment, elle n'était pas certaine d'avoir quoi que ce soit à objecter. Quand sa grand-mère ôta la serviette du panier, Doreen fronça les sourcils.

— Doux Jésus, tu as dit que combien de personnes viendraient ?

— Six, répondit Nan avec un hochement de tête satisfait avant de jubiler face aux provisions devant elle. Je vais diviser en soixante-quarante. Qu'en penses-tu ?

Doreen leva les yeux vers sa grand-mère, puis les redescendit jusqu'au panier rempli de douceurs et branla du chef.

— Je serais déjà ravie d'en avoir un seul, admit-elle.

— Non, tu en auras soixante pour cent. Tu les ramèneras chez toi et les apprécieras pour le reste de la journée, rétorqua Nan. Je n'en ai pas besoin de plus de deux pour moi. Mais si je n'en prends aucun, je me sentirai coupable.

Doreen se mit à rire.

— Je suis contente de savoir que tu éprouves de la culpabilité, car je suis certaine qu'en cuisine, on ignore qu'il n'y a que moi qui viens te rendre visite.

— Tu en as amené trois avec toi, releva Nan. Donc ce n'est pas comme si j'avais menti.

Là, elle observa Mugs dont la queue s'agitait lourdement, puis Goliath qui se rapprochait de plus en plus du panier de friandises.

Doreen déposa un doux baiser sur son épaule. Il lui lança un regard mauvais pendant que Thaddeus bondissait et saisissait un bout de mini-croissant avant de redescendre. Goliath lui courut après, tout comme Mugs. Poussant des cris, Thaddeus tournait en rond jusqu'à ce que Doreen le lève plus haut que les deux autres.

— Si tu voles et qu'ensuite tu parades devant eux, dit-elle à Thaddeus, tu dois t'attendre à devoir partager.

Alors, l'oiseau s'installa sur son épaule avec son bout de

croissant, et, en se servant de l'épaule de Doreen comme assiette, il émietta sa gourmandise en plusieurs petits morceaux.

— Oh non, ne fais pas ça ! geignit Doreen, tandis que des miettes de croissant tombaient sur sa chemise et même dans ses cheveux.

Elle le posa rapidement sur la table.

— Mange là, lui ordonna-t-elle sévèrement avant de se lever pour se débarrasser des miettes.

Elle observa Nan qui arborait un large sourire.

— Parfois, j'imagine qu'ils agissent ainsi pour continuer de te divertir, marmonna Doreen.

— Et je suis totalement pour ! en convint instantanément Nan. La vie est trop courte pour ne pas trouver une source de rire chaque jour. Je n'ai qu'à tous vous voir une fois, et cela me colle un sourire aux lèvres.

Malgré la raison de sa visite, il était toujours agréable de voir Nan. Doreen était maintenant complètement repue après avoir si peu mangé au petit-déjeuner, et Nan était ravie de passer du temps avec elle et les animaux.

— Même si je déteste vraiment dire ça, il est temps de rentrer chez soi.

Nan la considéra et hocha lentement la tête.

— Je suppose que Mack souhaite te garder près de lui, hein ?

— Ça, je ne sais pas, mais il s'inquiète un peu pour moi.

Face au regard fixe de Nan, Doreen haussa les épaules et ajouta :

— Mon ex me cause de nouveau des problèmes.

Le front de Nan se plissa.

— Plus vite tu seras débarrassée de lui, mieux ce sera, déclara-t-elle d'un ton sévère.

— Je suis d'accord avec toi, répondit Doreen avec une grimace. Crois-moi, il est pourtant question de concrétiser ça. Les frères Moreau ne veulent pas que je quitte ce mariage sans obtenir quelque chose, et je les ai avertis que Mathew est dangereux, mais je ne crois pas que quelqu'un aurait imaginé qu'il allait me menacer.

— Comme tu le sais déjà, tout est une question de contrôle et tout n'est qu'une question d'argent, et tu es une menace pour les deux.

— Il a déjà perdu le contrôle, et c'est la source du problème. Et maintenant, Nick, mon avocat, pousse Mack à embarquer Mathew à cause de ses menaces à mon encontre. En plus, Nick essaie de faire pression pour que ce divorce se déroule devant un juge.

— Dans ce cas, Mathew aura un tas de soucis, non ?

— Oh oui, c'est certain ! Beaucoup, même. Je ne suis pas pressée d'assister aux conséquences.

Nan opina sagement du chef.

— Non, et je ne serais pas ravie si quelque chose t'arrivait à cause de cet homme, dit-elle de sa voix la plus sévère. Pour commencer, il n'a jamais été assez bon pour toi. Je ne veux surtout pas qu'on cède, maintenant que tu es libre.

— Je suis d'accord avec toi là aussi. Mais tu as aussi conscience que, parfois, les choses ne se déroulent pas comme prévu.

— Je sais. Ça, je le sais bien.

Doreen s'étant levée, elle se pencha pour embrasser sa grand-mère.

— Prends soin de toi.

Nan accorda à sa petite-fille un regard troublé.

— *Toi*, prends soin de toi, murmura-t-elle. Je ne veux

pas qu'il t'arrive quoi que ce soit.

— Idem, renchérit tout bas Doreen, avant de lui faire un autre gentil câlin pour la bonne chance et de rappeler ses animaux. Nous allons rentrer à la maison et nous occuper cet après-midi, annonça-t-elle à Nan. Peut-être que je trouverai une autre affaire sur laquelle enquêter.

— Qu'en est-il des dossiers de Bob Small ? suggéra Nan. J'ai encore pensé à Hinja dernièrement…

— Oui, chuchota Doreen. Hinja a compilé toutes ces infos. Peut-être, peut-être bien que le temps est venu. C'est clairement suffisamment gros pour que je reste concentrée, surtout si Mack finit par me forcer à rester terrée chez moi.

Nan fronça les sourcils, et Doreen lui répondit avec un haussement d'épaules.

— Il s'inquiète du fait que Mathew puisse venir ici pour m'attaquer.

— Je pense que c'est peu probable, mais… je ne sais pas, admit Nan. Cet homme est dangereux.

— Il l'est. J'ai tenté de mettre Mack et Nick en garde, mais sans doute pas autant que je l'aurais dû.

— Tu leur as raconté la vérité concernant tout ce que Mathew t'avait infligé ?

Doreen dévisagea Nan.

— Probablement pas… Seulement, il y a tellement de choses à évoquer…

— Et pourtant, ils ne sont pas à même de s'occuper convenablement de tout ça s'ils ne savent pas tout, rétorqua sèchement Nan.

— Je leur en ai beaucoup dit, déjà. Alors, ce n'est pas comme si j'avais essayé de minimiser le genre de personne qu'est Mathew. Je ne crois pas que tout le monde ait besoin de connaître tous les détails.

Nan grimaça.

— Non, bien sûr que non, surtout sur toi. Tant qu'ils ont conscience que Mathew est très dangereux… ça devrait suffire.

— Mack en a conscience, confirma Doreen avec un hochement de tête, Nick, je l'ignore. C'est lui qui pousse ce divorce rapidement vers le dénouement, ce que je souhaite également, en pensant que cela me protégera, mais ça ne fait qu'irriter Mathew. Peut-être que je n'ai pas suffisamment clarifié la situation pour lui.

Nan regarda Doreen et parla d'une voix et d'un ton sévères :

— Il est peut-être temps de le faire.

Doreen la considéra puis haussa les épaules.

— Je verrai.

Et là-dessus, elle retourna vers la crique puis vers la maison.

Chapitre 4

LORSQUE MACK AVAIT annoncé à Doreen qu'il passerait bientôt, visiblement, *bientôt* voulait dire plus d'une heure après. Et c'était une heure *après* qu'elle était rentrée de chez Nan. Quand son pick-up remonta l'allée de Doreen, Mugs décolla du sol, excité comme s'il n'avait pas vu Mack depuis des lustres. Et peut-être était-ce le cas dans son esprit… Elle avait déjà parlé à Mack au téléphone plusieurs fois, mais c'était totalement différent. Quand il passa la porte d'entrée, elle eut un frisson d'effervescence.

— Oh ! remarqua-t-elle, les mains sur les hanches. J'espère vraiment que tu es en mesure d'expliquer cet air sur ton visage !

— Quel air ? demanda-t-il, tentant de paraître innocent.

Elle secoua la tête face à cette tentative.

— Oh non, tu ne t'en tireras pas aussi facilement !

Mack lui lança un regard noir, mais cela ne dissuada pas Doreen.

— Quelque chose a allumé une flamme en toi. Je ne sais pas bien ce qui se passe, mais tu es plutôt excité.

Il la regarda fixement, perplexe. Doreen hocha la tête.

— Oui, je te connais à ce point.

Il se mit à rire.

— C'est sans doute une bonne chose, ou sans doute pas. Parfois, ce serait bien que tu ne sois pas aussi perspicace.

— Eh bien, je le suis, en particulier quand ça te concerne, dit-elle en croisant les bras sur sa poitrine. Alors, que se passe-t-il ? le questionna-t-elle avant de le voir hausser les épaules. Ou alors, tu as découvert quel coffret contenait cet Uzi ?

— Non, pas encore, déclara-t-il du même ton.

Mais cette note ferme d'indifférence le trahissait ; il essayait avec difficulté de ne pas lui permettre de comprendre quoi que ce soit.

— Je suppose qu'il est trop tard pour réaliser quelques prélèvements scientifiques, n'est-ce pas ?

— Ouais, ça, c'est certain, acquiesça-t-il.

Mais cette réponse arriva trop rapidement, alors elle sourit.

— Ou pas. Peut-être que tu devrais me révéler ce que tu as appris jusqu'à présent.

— Ou pas, répliqua-t-il avec un sourire malicieux.

Doreen soupira.

— Dans ce cas, pourquoi es-tu ici ?

Il leva ses sourcils, ayant remarqué le ton de sa voix. Elle rougit.

— Si tu n'es pas là pour partager tes infos et que tu me caches des choses, ça me mettra en colère.

Mack ricana.

— Ouais, et nous serons encore confrontés au même mur, car je peux divulguer certaines choses, mais pas d'autres.

— Je suis sûre que tu pourrais divulguer ça.

Face à ces paroles, Mack éclata de rire, mais une telle joie emplissait sa voix que Doreen s'immobilisa pour le considérer.

— C'est cet Uzi, n'est-ce pas ?

Son visage le trahit, et elle se mit à sourire.

— Ouais, c'est forcément ça. Comme c'est excitant ! s'exclama-t-elle en tapant dans ses mains. Donc c'est lié à une autre enquête ? C'était l'arme de qui ? À qui appartient ce coffre ? Que se passe-t-il ? Il est trop tôt pour la balistique, c'est sûr…

Puis elle s'arrêta de parler et secoua la tête.

— Ou peut-être pas, reprit-elle. Ça t'arrive souvent d'avoir un Uzi sur les bras ?

— Pas très souvent, admit-il.

— Alors, bien évidemment, ça pourrait être lié à quelque chose de plus grand…

Elle continuait de le dévisager, son esprit passant rapidement en revue toutes les affaires qu'elle connaissait.

— C'était une affaire locale ?

Il fit un pas en avant et posa un doigt sur les lèvres de Doreen.

— Stop.

Elle lui jeta un regard noir.

— Tu es trop douée pour ça. Tu as conscience que je ne peux pas tout te dire.

— Bob Small, lâcha-t-elle.

Mack s'immobilisa et l'observa, ses yeux se perdant dans le vide.

Doreen arbora un grand sourire.

— C'est ça ! C'est lié à Bob Small.

— Je ne peux rien te raconter, éluda-t-il tout bas.

Puis, comme il arpentait le salon, un flot incessant de jurons jaillit à cause de sa frustration. Il finit par s'arrêter, les mains sur les hanches, continuant de la considérer d'un air mauvais.

Elle opina du chef.

— Tu ne peux peut-être rien *raconter*. N'empêche que ça ne change pas le fait que je suis capable de le lire dans tes yeux.

— Dans ce cas, bon sang, ne me regarde pas de si près !

Devant cet argument, elle explosa de rire.

— En plus, ajouta Mack, nous ignorons s'il s'agit de Bob Small. C'est une affaire qui est susceptible d'avoir un lien avec lui.

Elle hocha de nouveau la tête.

— Un tas d'affaires le sont.

— Exactement, en convint-il d'un air suffisant, et c'est ce qui pose un problème. Nous ne pouvons agir autant ni aussi vite que nous le voulons, car nous devons vérifier un tas de choses.

— D'accord, répondit-elle. Je peux m'en accommoder. Vérifier, c'est très important.

— Ça l'est vraiment beaucoup, alors accorde-nous une chance de faire ce que nous devons faire.

— Donne-moi le nom sur le tiroir.

Mack branla du chef.

— Doreen…

— Dis-moi à qui était ce compartiment qu'on a fracturé.

Mack parut y réfléchir, en roulant des yeux. Doreen patienta calmement.

— Joe Smith, lâcha-t-il.

Doreen grogna.

— Bien tenté, Mack. Me donner un faux nom…

Et pourtant, il haussa simplement les épaules.

— Je ne peux pas lancer une recherche sur Joe Smith ! se

plaignit-elle. Enfin si, je pourrais, mais j'aurais des milliards de résultats. Tu as une idée du temps que ça prendrait de passer tout ça en revue pour obtenir quelque chose de pertinent ?

Mack eut un sourire en coin.

— Bien. Qu'il en soit ainsi. Et il y a aussi Annalise, la nièce de Hinja, qui a été assassinée sur la côte.

— Et une fois de plus, souviens-toi que nous n'avons aucun corps. Nous n'avons pas la certitude qu'elle n'a pas simplement fugué.

— Cette fille de quinze ans ne s'est pas simplement levée pour s'en aller, déclara Doreen. Ça n'a pas pu se passer ainsi.

— Non, mais nous avons aussi connu des cas où les filles avaient été kidnappées et avaient réussi à s'échapper plus tard. Parfois, les actes des gens sont assez compliqués à comprendre pour nous, mais la vérité finit toujours par sortir.

— Tu l'espères, le corrigea Doreen. Je crois que pour la plupart des affaires, les gens ont cessé d'espérer il y a long-temps.

Mack grimaça en entendant ça.

— Oui, tu as raison. Nous faisons de notre mieux, mais nous ne parvenons pas toujours à trouver toutes les réponses.

— Je ne prétends pas que vous devriez, clarifia-t-elle avant de se tourner pour entrer dans la cuisine. Je prendrais bien du café, et toi ?

— Du café, ce serait bien.

— Tu sembles affreusement fatigué, Mack.

— La matinée a été dingue.

— Tu n'as pas vraiment pensé que quelque chose de dangereux se déroulait pile quand nous étions là-bas, n'est-ce pas ?

— Non, pas nécessairement, mais quand on tombe sur une arme spéciale comme celle-là, on se demande avec quoi c'est susceptible de concorder.

— Tu as mentionné un tas d'affaires ici, à Kelowna, récemment, et pourtant, je ne me souviens de rien concernant un Uzi, souligna-t-elle, pensant à voix haute.

— Non, nous non plus, et c'est ce qui pose un problème. Jusqu'à ce que nous trouvions une correspondance dans la base de données…

— C'est-à-dire la correspondance des armes utilisées ou la balistique ?

— À la base, cela concerne toute arme potentiellement utilisée, mais quand nous avons réalisé l'analyse balistique sur demande spéciale, oui, ça correspondait.

Doreen observa Mack avec enthousiasme.

— Oh, ça signifie que c'est une affaire non résolue !

Les sourcils de Mack se haussèrent.

— Non, ça signifie c'est une enquête en cours. Tu te rappelles ? Nous étions là-bas et nous avons trouvé l'arme…

Elle afficha son désaccord d'un mouvement de tête.

— De toute évidence, ce n'est pas une enquête en cours.

— Ça l'est désormais, déclara-t-il d'une voix ferme. Tu sais ce que ça signifie, lui dit-il en la fusillant du regard. N'est-ce pas ?

Comme elle l'étudiait, elle le vit désirer qu'elle prenne la bonne décision. Elle acquiesça.

— Je sais ce que ça signifie, confirma-t-elle calmement. Mais si ça se rattache à une affaire non résolue, c'est une tout autre histoire !

— Non, contesta-t-il catégoriquement. C'est une circonstance absolument différente.

— Je ne suis pas certaine de ce que ça veut dire, ça…

marmonna-t-elle.

— Je ne suis pas certain de pouvoir t'en révéler davantage.

— Parfait, lança-t-elle avant de le considérer un long moment. Énormément de gens attendent des infos à ce sujet.

— Il y en a toujours, et c'est l'une des raisons pour lesquelles tu dois rester en dehors de ça.

— Personne parmi mes connaissances n'irait rapporter…

Mack soupira puis secoua la tête.

— Bon, d'accord, Nan se montrerait curieuse, mais si je lui demande de ne pas le raconter aux autres, elle s'abstiendra.

— Ouais, tout comme quand je te dis de ne pas le faire et que tu ne le fais pas ? la railla Mack, curieux.

Elle fronça les sourcils.

— Ce n'était pas nécessaire…

Mack se mit à rire.

— Si, absolument ! Tu as oublié ? Nous ignorons ce qui se passe dans cette affaire. Donc j'ai besoin que tu restes silencieuse à ce sujet.

— Très bien, je n'en parlerai plus à personne.

— *Plus* ?!

Doreen acquiesça.

— J'ai dit à Nan que nous avions trouvé une arme dans une jarre, mais c'est tout.

— C'est déjà bien assez, grommela-t-il en soufflant.

— Eh bien, si tu parviens à l'associer à une autre enquête, ce sera une bonne chose. Tu seras en mesure de la résoudre en un rien de temps.

— Peut-être… Il est aussi possible que nous ne l'élucidions pas pendant un long moment. Un grand nombre de points doivent être reliés.

— Ce ne serait pas Bob Small, toutefois…

— Pourquoi cela ?

— Nous savons quelles armes il a utilisées ?

— Non. Tu as oublié ? Pas de corps…

— Alors, comment a-t-il pu être suspecté ?

— Il était un peu trop souvent dans le coin, ce qui ne plaisait pas aux gens…

— Tellement inopiné… tu réalises qu'avec un fourgon, il aurait été à même de jeter les corps n'importe où ?

— Et ce n'est qu'un souci parmi d'autres, admit calmement Mack. Comme je l'ai mentionné auparavant, il y a beaucoup à trier…

Elle demeura silencieuse et prépara le café, tout en y réfléchissant. Une fois le café fait, elle prit deux tasses et désigna la porte de derrière.

— Tu veux m'ouvrir la porte ?

Il s'en approcha, l'ouvrit, et ils allèrent dehors pour s'asseoir dans le patio.

— Tu deviens horriblement conciliante, dit avec hésitation Mack.

— Ah oui ? demanda-t-elle avec une touche d'humour. J'ai compris. Ce qui compte, c'est de résoudre ces affaires et d'en avoir une qui peut être jugée et gagnée au tribunal, mais j'avais cru comprendre que Bob Small serait un homme très âgé aujourd'hui…

— Ça n'enlève pas le fait qu'il est encore coupable dans bien des dossiers.

— Ou qu'au moins, tu présumes qu'il l'est, le corrigea-t-elle.

— Tout à fait. Et vu le temps qui s'est écoulé, nous ne pouvons commettre d'erreurs là-dessus.

Doreen soupira.

— Ça rend vraiment perplexe de penser que quelqu'un aurait réussi à perpétrer tous ces meurtres sans être inquiété…

— En tout cas, nous le supposons, tempéra Mack en la fixant avant de se replier sur lui-même. La plupart des tueries datent de plus de trente ans.

— Et tu as pourtant dit que la principale raison pour laquelle les gens arrêtent, c'est parce qu'ils sont incarcérés.

— Oui… C'est une raison courante, mais ça pourrait être un tas de trucs. Peut-être qu'il a vécu dans un autre pays et qu'il n'a pas cessé, mais continué là-bas.

Doreen le dévisagea.

— Et ce serait envisageable puisque c'est un routier, non ?

Mack acquiesça.

— C'est une hypothèse. Il est possible qu'il soit encore là, quelque part, à vaquer aux mêmes occupations que pendant toutes ces années.

Doreen frissonna.

— Penser que quelqu'un serait capable de tuer toutes ces jeunes femmes est déconcertant, marmonna-t-elle. Hinja était absolument certaine que Bob Small était responsable de la mort de sa nièce.

— Et pourtant il n'y a pas de preuve non plus, et ce serait bien si nous avions un peu de son ADN pour pouvoir l'utiliser…

— Eh bien, il a débarqué et a pris un tas de trucs dans la salle de bain de Hinja, mais j'ignore si quoi que ce soit a été oublié… Comme elle est décédée aujourd'hui, je n'en suis pas sûre. J'ai ses lettres et le carnet dans mes dossiers Bob Small.

— Mais rien de tout ça ne porterait son ADN…

— Non, mais ça ne signifie pas qu'il n'y aurait rien sur quelques-unes de ses affaires personnelles, suggéra Doreen. Je peux toujours contacter le notaire.

Il la regarda, sourcils froncés, puis haussa les épaules.

— Mais nous ne saurions jamais à qui appartiendrait cet ADN.

— Non, avoua-t-elle, et même si nous arrivions à repérer Bob chez Hinja, ça ne serait pas nécessairement le cas chez la nièce.

— Exactement, chuchota Mack. Ça le relie avec l'affaire, mais c'est tout.

Doreen y réfléchit puis hocha lentement la tête.

— Devoir rendre ça légal est vraiment un obstacle à la facilité, n'est-ce pas ?

Mack éclata de rire.

— Oui, absolument ! en convint-il affectueusement. Tu devrais peut-être trouver un autre truc sur lequel bosser…

Elle le fixa d'un air sagace.

— Un truc qui ne soit pas associé à Bob Small ?

Mack haussa les épaules.

— Je ne sais pas si nous avons ici une connexion éventuelle, mais la balistique a progressé avec une affaire datant de quelques années. Et encore mieux, je crois qu'ils ont relevé des empreintes digitales…

— Alors ça, dit Doreen en sautillant presque sur sa chaise, c'est très excitant, car ce petit bout de preuve scientifique est quelque chose qui nous a longtemps fait défaut avec Bob Small, non ?

— Une fois encore, nous ignorons si c'est lui. Cependant, si c'est le cas, pourquoi aurait-il un Uzi ? Et s'il en avait un, pourquoi l'aurait-il laissé là ?

— C'est une cachette d'urgence, proposa Doreen.

Il souleva un sourcil, elle haussa les épaules.

— Quand on voyage et qu'on ne veut pas être pris avec un flingue dans son véhicule, surtout si on traverse la frontière tout le temps, ce qu'il nous faut vraiment, c'est un endroit où garder nos affaires. Et bien qu'un columbarium soit un endroit étrange pour ça…, déclara-t-elle avant de froncer les sourcils devant lui et de demander : Quel était le nom du défunt, déjà ?

Il lui adressa un petit sourire.

— Joe Smith.

— Très bien, j'ai compris. Tu penses que cette arme est liée, d'une façon ou d'une autre, à Bob Small.

— Je ne sais pas si c'est lié, mais nous n'avons pas envie d'écarter d'autres affaires non résolues susceptibles de l'être. Par conséquent, nous cherchons un rapport.

— Oui, l'hypothèse serait que le défunt Joe Smith ait été inhumé et que le propriétaire de notre arme assistait à la cérémonie, ou alors que cette personne ait payé quelqu'un pour l'enfermer avec la prochaine urne qui se présenterait ou lors d'une occasion entre ces deux événements, durant laquelle le propriétaire du pistolet serait parvenu à la cacher et était présent lorsque le tiroir a été scellé.

Mack hocha la tête.

— Si on voulait déposer quelque chose de spécial là-dedans avec l'être cher, je suis certain que ce ne serait pas compliqué à mettre en place. Et tant que notre détenteur d'arme se souvenait du nom sur le columbarium, il était en mesure de revenir et de la reprendre à tout moment.

— Mais nous sommes en train de supposer que le possesseur du flingue et l'homme décédé ne sont pas de la même famille, qu'ils n'ont pas de lien de sang, souligna Doreen. Alors, est-ce qu'on laisserait sciemment quelqu'un n'appartenant pas à la famille enfermer une arme avec l'urne cinéraire d'un proche sans rien dire ? Et les dommages au columbarium étaient-ils accidentels, vu que l'arme était toujours là, ou…, poursuivit-elle avant de se tourner vers lui, excitée, ou avons-nous interrompu la personne qui essayait de récupérer le pistolet ? Donc la vraie question, c'est : pourquoi a-t-il fait ça ? En particulier, quand le coffre a-t-il été forcé et pourquoi l'arme était-elle toujours là ?

Mack regarda Doreen et lui sourit.

— Tu aurais été une grande détective !

— Ne le dis pas au passé, l'avertit-elle. Je pourrais encore te surprendre.

Il ricana.

— Dès que tu voudras postuler à la formation, je te donnerai une recommandation, mais ce n'est pas facile…

— Non, et je ne pense pas avoir envie de ce genre de restriction dans ma façon d'agir, marmonna-t-elle. Vous m'entravez constamment.

Mack secoua la tête à ces propos.

— Tu as conscience que ce n'est pas notre intention, n'est-ce pas ?

— Non, ce n'est pas intentionnel, et c'est ce qui rend la chose encore plus frustrante. Même quand vous n'essayez *pas*, vous le faites quand même. Alors, j'ai l'impression de ne pas être en mesure d'avancer ou de reculer à cause de toutes ces règles, se plaignit-elle. Mais j'aimerais vraiment en savoir plus sur cette jarre…

— Moi aussi, mais la plaque a été enlevée.

— Bien sûr, mais le gestionnaire du cimetière doit posséder des archives.

— Oui, et tu te souviens de la partie qui dit que je sais comment faire mon job ?

Doreen soupira.

— Tu ne me le dévoileras pas, hein ?

— Ce n'est pas prévu, rétorqua-t-il avec malice.

— Je pourrais t'apporter de l'aide, argumenta-t-elle.

Il secoua la tête.

— Tout doit être fait dans les règles.

— Bien sûr que ça doit être fait dans les règles, et je ne prétends pas le contraire.

— Tu dis ça, mais quelque part…

Elle renifla.

— Je ne comprends pas comment ça se passe, cependant, répondit-elle, indignée. Je fournis tellement d'efforts et puis tout à coup, la situation s'envenime.

— Et tu ne peux pas en vouloir aux animaux pour ça…

— Je ne pensais pas du tout les blâmer.

Les lèvres de Mack se tordirent.

— Je sais exactement où jeter le blâme, ajouta-t-il en la dévisageant délibérément, ce qui lui valut un regard noir.

— Pas drôle…

— Parfois, c'est *vraiment* pas drôle. Je suis d'accord avec toi là aussi.

Elle émit un grognement.

— Tu me feras des difficultés, n'est-ce pas ?

— Non, pas du tout, répliqua-t-il avant que son estomac ne se mette à gargouiller.

Doreen l'étudia.

— Tu as mangé ?

— Pas beaucoup, j'ai été pas mal occupé. Tu as de quoi manger quelque part ?

— Ici ? demanda-t-elle avant de se mettre à rire. Tu crois qu'il y a de la nourriture dans le coin ?

— Je peux toujours espérer, marmonna-t-il.

Elle se souvint alors des provisions que Nan lui avait données. Elle se leva et revint rapidement avec le panier.

Il la considéra attentivement tout en reniflant l'air avec un lent sourire.

— Tu as eu des restes en allant chez Nan, n'est-ce pas ?

— En effet, et pourtant j'ai le sentiment que je ne devrais pas m'y rendre, car elle continue de chiper de la nourriture pour moi.

— Vu le nombre de fois où tu les as aidés, je ne crois pas qu'ils te refuseraient un peu de nourriture.

— Ouais, jusqu'à ce qu'un nouvel arrivant débarque et cause des problèmes à Nan en raison de la générosité de la maison de retraite, grommela-t-elle en soupirant.

Elle leva le torchon afin qu'il puisse voir dessous.

— Oh, ouah ! s'exclama-t-il en la regardant de nouveau. Tu en as mangé ?

— Deux avec Nan, et elle m'a renvoyée chez moi avec le surplus.

Quatre croissants et deux petits scones aux fruits restaient.

— Je n'ai pas encore goûté ceux-là par contre.

Il tint le panier ouvert pour elle ; elle en prit un et lui l'autre. Et ils restèrent assis, à dévorer leur pâtisserie avec leur café.

Quand le téléphone de Mack se mit à sonner, il soupira, vérifia l'écran et répondit.

— Hé, Arnold ! Quoi de neuf ? Ouais, bien. Je suis chez Doreen, annonça-t-il avant de froncer les sourcils à cause de ce qu'il avait entendu. OK, donne-moi dix minutes et je serai là.

Il mit rapidement le reste de son goûter dans la bouche, observa un croissant et demanda :

— Ça t'embête si…

Doreen fit non de la tête.

— Prends-en un. Pars, maintenant, et assure-toi d'avoir mangé la prochaine fois.

Il s'esclaffa.

— Ou sinon je passerai par ici avec mes meilleurs espoirs. Dernièrement, tu t'en es bien tirée.

— Je m'en suis bien tirée avec quoi ?

— Bah, toute cette histoire de *bouffe de chez Nan*.

— Oui, je culpabilise encore plus…

Elle le regarda se saisir d'une autre viennoiserie puis en attrapa une pour elle.

— Tu veux en emporter ? lui proposa-t-elle.

— Non, ça devrait me contenter pour un temps.

Sur ce, il se leva, but d'un trait la fin de son café et déclara :

— Je dois y aller.

— Où vas-tu d'ailleurs ? demanda-t-elle, curieuse.

— Y a du nouveau.

Cette réponse était suffisamment évasive pour qu'elle hausse un sourcil et fasse remarquer :

— Ça m'a l'air intéressant…

— Peut-être, mais ça fait trop loin pour toi pour venir à pied, et je ne t'emmènerai pas.

— Et tu ne me diras pas où tu vas ?

— Non, en effet, confirma-t-il avant de rire. En plus, tu n'as pas besoin de savoir quoi que ce soit.

— Peut-être n'en ai-je pas besoin, admit-elle, mais ce serait marrant.

— Sans doute, mais pas cette fois.

Tentant de dissimuler sa déception, elle lui fit ses au revoir.

Mack salua les animaux en câlinant Mugs, en gratouillant Goliath et en effleurant les plumes de Thaddeus.

— Prenez soin d'elle, les gars.

Et il s'en alla.

Chapitre 5

L E JOUR SUIVANT, Nan réveilla Doreen de bon matin.

— Que se passe-t-il ? demanda Doreen en continuant de se frotter les yeux pour les débarrasser du sommeil.

— Tu es au courant ?

— Non.

— Ils sont en train d'ouvrir une tombe au cimetière !

— Qu'entends-tu par ouvrir ?

Doreen se mit en position assise sur le lit et vit Mugs à côté d'elle, les quatre pattes levées vers le plafond. Goliath était blotti, formant une petite boule à ses pieds, et Thaddeus marchait comme un soldat le long du rebord de la fenêtre de la chambre.

— De gros engins sont en train d'ouvrir une tombe ! s'exclama la voix enjouée de Nan.

Doreen se demanda quel rapport cela avait avec ses investigations en cours.

— Je n'ai rien su, et Mack n'a partagé aucune info.

— Non, bien sûr que non, siffla Nan avec dédain. Ils ont bouclé toute la zone du cimetière aussi. Quelques-uns d'entre nous iront y faire un tour plus tard dans la journée.

Doreen se rua hors de son lit.

— Vraiment ? Pourquoi ?

— Parce que nous voulons voir, déclara Nan, débordant de gaieté.

— D'accord, tu veux aller au cimetière pour voir une tombe que tu ne pourras pas approcher, car tu devras rester en dehors du périmètre qui a été bouclé.

— Ils ne vont pas le maintenir bouclé tout le temps ! tempêta Nan. En plus, tout est bon en ce moment pour briser l'ennui. Je croyais que tu cherchais quelque chose à faire ?

— Je voulais que tu te reposes.

— Moi ? J'aurai tout le repos du monde quand je serai morte, marmonna-t-elle. Je voudrais simplement vivre autant que possible à l'instant t.

Doreen grimaça en entendant cela, car c'était un sacré rappel de l'âge de sa grand-mère.

— Bien ! répondit-elle avant de bâiller.

— Je t'ai réveillée, ma chérie ?

— Oui, je n'ai pas passé une très bonne nuit.

— Oh ! alors, tu ferais mieux de te lever, petite paresseuse, car je leur ai dit que tu venais également.

Et là-dessus, elle raccrocha.

— Tu as dit quoi ?! s'écria Doreen.

Mais c'était le silence au bout du fil, car Nan était partie depuis longtemps.

La dernière chose que souhaitait Doreen était d'avoir affaire à un groupe de séniors de Rosemoor et d'assister à l'ouverture d'une tombe. Elle avait déjà connu des choses similaires dans d'autres affaires.

Dès que son esprit embrumé fut éclairci et qu'elle eut bu sa première tasse de café, elle envoya un message à Mack, lui demandant de l'appeler.

Quand il lui téléphona un court instant plus tard, il avait la voix distraite.

— Que se passe-t-il ? s'enquit-il de Doreen.

Elle lui relata ce que Nan lui avait raconté, ce qui le poussa à grommeler.

— Le mieux que tu puisses faire est de les maintenir chez eux.

— Tu ne comprends pas ! s'écria-t-elle. On ne peut garder ces gens-là chez eux ! Ils s'ennuient et prévoient d'en faire la sortie du jour.

Au bout du fil, le silence.

— Bon Dieu, comment ont-ils seulement su ?

— Je l'ignore, car ce sont eux qui me l'ont appris, donc tu ne peux pas m'en tenir rigueur. Et ont-ils raison ? C'est ce que vous allez faire ?

— Oui, une tombe va être ouverte aujourd'hui, confirma-t-il. Et non, personne ne sera autorisé à s'approcher suffisamment pour voir quoi que ce soit. Vous serez tous bloqués derrière une zone clôturée. Alors, pourquoi n'essaies-tu pas de les convaincre de rester chez eux ?

— Essayer et y parvenir, souligna Doreen, exaspérée, sont deux problèmes complètement différents. Et aucune des deux options n'est vraiment envisageable.

— D'accord, dans ce cas, quels sont tes projets ?

— Je l'ignore, mais une partie de moi me dit que si je ne les accompagne pas, ça se passera mal. Mais si je les accompagne…

— Ça ne se passera pas bien non plus, finit-il pour elle.

— Peut-être que je peux les tenir à l'écart des ennuis, et je comprends que tu aies l'air de penser que j'en suis capable, mais quand ils se débrouillent seuls, ils sont plutôt pénibles.

Cela fit râler Mack.

— Je ne serai pas là et je ne serai pas en mesure de t'aider si tu rencontres des problèmes.

— À quel point pourrais-je en avoir ? Ils vont déambuler autour du cimetière, certains vont probablement rendre visite à de vieux amis.

Il s'esclaffa, puis retrouva son sérieux.

— Je suppose que pour beaucoup d'entre eux, c'est comme ça qu'ils voient les choses, n'est-ce pas ?

— Absolument. Un tas de gens voient les choses ainsi.

— Parfait, marmonna-t-il, et c'est bien de visiter les êtes chers au cimetière. Cependant, je préférerais quand même que tu restes chez toi.

— Ouais, moi aussi, mais je ne suis pas certaine d'avoir confiance en Nan et en cette bande.

— Je n'ai pas du tout confiance en eux, déclara Mack.

— Alors, je suppose que je jouerai le jeu et essaierai de les retenir. Qui conduirait de toute façon ? Je ne suis pas sûre que tous soient des conducteurs encore valides, et c'est une autre partie du souci. Si c'est Richie, c'est une mauvaise nouvelle.

— Il a retrouvé son permis de conduire ?! s'exclama Mack, horrifié.

— Peut-être… Nan a parlé d'un truc à propos du fait qu'ils avaient une nouvelle vie et qu'ils étaient de nouveau libres.

— Oh, oh ! grommela Mack. Je téléphonerai à Darren.

Et il mit rapidement fin à l'appel.

Elle prit les dernières gourmandises que Nan lui avait données la veille et resta assise avec son café. Quand elle entendit des klaxons incessants provenant d'un véhicule devant la propriété, elle se leva et marcha pour découvrir le minibus de Rosemoor. Lorsqu'elle arriva dans son jardin,

Nan sortit du véhicule assez longtemps pour s'écrier :

— Dépêche-toi, ma fille, dépêche-toi ! On ne pourra pas t'attendre éternellement !

Doreen avait le regard fixe, elle était déroutée.

Puis Richie passa la tête côté chauffeur et s'égosilla :

— Viens ! Nous avons un accès gratuit à la liberté aujourd'hui !

Doreen comprit qu'elle n'avait pas vraiment le choix.

— Amène également les animaux, ajouta Nan.

Mugs passa alors la porte en trombe et se dirigea vers Nan qui avait déjà sauté dans le minibus. Tout en grommelant face à cette scène, Doreen se saisit rapidement de son sac à main et ôta Thaddeus de son perchoir, pendant que Goliath était déjà à mi-chemin du véhicule. Même s'il détestait le bruit, il ne permettrait pas qu'on l'oublie. Doreen verrouilla la maison et marcha jusqu'au véhicule.

Elle finit par se retrouver à bord avec les autres qui l'encourageaient et frappaient dans leurs mains, car elle s'était jointe à eux pour leur sortie. Elle regarda Nan et chuchota :

— C'est une mauvaise idée.

Nan se mit à rire.

— Peut-être, mais c'est rigolo !

Chapitre 6

CELA AVAIT DÛ être amusant pour quelques résidents de Rosemoor de voir un cercueil déterré et ramené à la surface du cimetière… Cependant, ils comprirent bien vite qu'ils ne seraient pas en mesure de se rapprocher suffisamment pour distinguer quoi que ce soit et qu'ils ne pourraient rien entreprendre, car ils étaient maintenus bien trop loin.

Doreen avait rassemblé ses animaux, Mugs et Goliath tous deux en laisse et Thaddeus sur son épaule ; ainsi, ils ne seraient pas blessés par les grosses machines qui étaient à l'œuvre. Quand plusieurs citoyens séniors pivotèrent pour observer Doreen, contrariés par les barricades en place, celle-ci leva les mains en signe de fausse reddition.

— J'avais prévenu Nan que nous ne pourrions pas nous approcher. Et elle avait dit que ça n'avait pas d'importance, car vous veniez ici pour l'aventure !

Ils hochèrent tous la tête et se retournèrent vers Nan.

— N'empêche que ce serait bien si nous arrivions à voir quelque chose, se plaignit Maggie, l'une des résidentes de Rosemoor, désormais en train de faire clairement la moue.

Nan acquiesça.

— Faisons le tour. Je ne sais pas pour vous, mais la

tombe de Chrissy est ici, comme celles de quelques autres amis. Par conséquent, pourquoi n'irions-nous pas leur rendre visite et, quand nous reviendrons, nous verrons s'ils sont sur le point d'en avoir fini avec l'exhumation.

Ainsi, la majeure partie des séniors partit en trois groupes de trois, pendant que Doreen resta avec Richie et Nan.

Doreen considéra sa grand-mère.

— Tu as agi délibérément pour te débarrasser d'eux ?

— Bien évidemment, ma chérie. Maintenant, tu peux aller te servir de ta magie.

Doreen posa un regard fixe sur elle.

— Tu t'attends à ce que j'aille glaner des informations auprès des ouvriers concernant cette histoire ? l'interrogea-t-elle, stupéfaite. Tu sais comment réagira Mack…

— J'ai essayé de poser la question à Darren aussi, évoqua Richie. Il ne s'est pas montré très généreux…

— Non, je pense qu'on leur a demandé de garder le silence sur cette affaire, supposa Doreen, en les observant l'un après l'autre. Cela dit, ça a l'air très excitant…

— Ça signifie que tu en sais plus que nous, souligna Nan en dévisageant sa petite-fille et en remarquant à quel point les animaux se montraient calmes.

— Non, vraiment pas, riposta Doreen. Peut-être que c'est le fait de savoir qu'ils travaillent dur pour garder ça secret qui rend cela très intéressant.

— Peut-être…, répondit Nan, suspicieuse.

Mais Doreen parvint à conserver une expression sérieuse. Elle fit remarquer avec précaution :

— Je pense qu'il y a des moments où il n'y a pas grand-chose que nous puissions faire à part laisser les choses en l'état pour la police. Bien entendu, je ne veux pas trop contrarier Mack.

— Oui, enfin, il y a *trop contrarier* et *pas contrarier du tout*, tempéra Richie en la regardant. Maintenant, si on se fie à tes propos, je crois que ça te va de le contrarier un peu…

— Pas vraiment, répliqua-t-elle en soupirant. En particulier depuis qu'il m'a demandé de bien me tenir dans cette affaire.

Comme elle observait l'engin de chantier en action, elle entendit un fracas soudain. Quand elle se rapprocha, tenant fermement Mugs et Goliath en laisse, la machine releva lentement le cercueil de la tombe, mais vint ensuite un bruit de craquement suivi d'une plainte humaine. Avec ses animaux, elle s'avança en courant, Nan et Richie suivant juste derrière elle.

— Vous allez bien ? s'enquit-elle de l'homme qui était tombé dans la tombe, et dont le haut de sa tête était en sang.

Elle lui fit signe de rejoindre l'autre côté et déplaça une échelle située non loin dans le trou.

— Ici, venez. On va vous remonter de là.

D'autres ouvriers arrivèrent en courant pour également leur prêter main-forte. Elle sortit le gars blessé et l'aida à s'asseoir ; elle vérifia sa tête.

— Je suis désolée… je devine que le cercueil vous est tombé dessus, c'est ça ?

— Oui, confirma-t-il, haletant de douleur quand elle nettoya rapidement la blessure. Je ne m'attendais pas à ça. Quand ce qui soutenait le cercueil s'est rompu, il s'est mis à se balancer et est venu me heurter.

— Compréhensible, je suppose, après tant d'années de décomposition, dit-elle en essayant avec peine de distinguer ce qui se trouvait désormais dans la tombe, le cercueil ayant chuté sur le côté.

Les animaux portaient leur attention sur le gros trou également et pourtant, les policiers avaient accouru pour dissimuler son contenu. Doreen entendit des voix basses.

— Qu'est-ce qui vous a frappé au juste ? demanda-t-elle à l'homme blessé.

Il leva les yeux sur elle et murmura :

— Je jure devant Dieu qu'on dirait que des armes sont sorties de ce truc, au lieu d'un corps. Ça n'aurait pas dû être aussi lourd. Non seulement le cercueil aurait tenu bon, mais rien que le corps en décomposition aurait rendu le soulèvement plus facile. Peu importe ce qui m'a frappé, ce n'était pas léger.

Elle y réfléchit pendant un moment.

— Alors, ce ne sont que plus d'armes dissimulées, hein…

— Ouais, je crois.

L'un des ouvriers vint vers lui.

— Ça va, mon gars ?

Et avec l'aide de son camarade, l'ouvrier blessé se mit lentement debout, grimaça légèrement et ajouta :

— Je vais bien. J'ai été heurté quand ce cercueil s'est balancé et m'a fait voler jusqu'à la tombe.

Son collègue opina du chef.

— On va s'occuper de ta tête, t'emmener à l'hôpital et tout vérifier.

— Mec, je hais les hôpitaux…, grommela la victime.

— Oui, mais vous avez tout de même pris un coup, rétorqua Doreen avec une inquiétude évidente. Il ne faut pas se montrer imprudent à ce sujet, ajouta-t-elle en considérant de nouveau les hommes jusqu'à apercevoir Darren qui les quittait pour la rejoindre. Darren, vous avez appelé une ambulance ?

Il confirma d'un signe de tête.

— On va faire venir quelqu'un.

— Bien, répondit-elle avant d'abaisser la voix pour s'adresser à Darren. Vous réalisez que votre grand-père a conduit tout ce groupe jusqu'ici, moi comprise ?

Darren la regarda, choqué.

— Oui, je suis venue, car je me suis dit qu'il valait mieux que je sois là pour veiller à ce qu'ils obéissent plutôt qu'ils se pointent seuls et fassent d'eux-mêmes du grabuge. Mais ils m'en veulent, car je ne peux obtenir aucune info.

Darren leva les yeux au ciel.

— Ouais, comment croyez-vous que pépé s'est comporté avec moi ce matin ? Rien ne lui faisait plaisir, déplora-t-il avant de scruter autour de lui. Je vois pépé avec votre grand-mère… Où sont passés les autres ?

— Ils sont partis rendre visite à leurs amis, dit-elle.

Mais comme il eut l'air perplexe, elle expliqua :

— Se recueillir sur les tombes de leurs amis décédés.

— Ah…

Il ne demeurait pourtant pas ravi de cette idée.

— Je suppose que vous avez les choses sous contrôle ici, murmura-t-elle.

Darren secoua la tête, regardant en arrière vers la tombe mise au jour.

— Pas vraiment ce à quoi on s'attendait…

Elle opina du chef.

— Mais étant donné que Mack et moi avions déjà découvert une arme, déclara-t-elle encore à voix basse, ça a du sens.

— Comment ça peut en avoir ? la questionna-t-il en la fixant des yeux.

Elle se retourna vers Richie et Nan.

— Je ne crois pas que ça ait un lien avec le dossier de

Bob Small, mais nous aurons d'abord besoin des conclusions de la scientifique.

Darren ne quitta pas Doreen des yeux.

— Pourquoi ça n'est pas lié ?

— Selon mes notes, Bob Small n'avait pas besoin d'armes, précisa-t-elle tout bas. Il faisait tout de lui-même. Ce qui se passe ici, ça connote davantage des activités de gang.

Il sourit.

— Mack a raconté que vous envisagiez d'entrer dans la police. Vous seriez un excellent atout.

Elle lui adressa un large sourire.

— Merci.

— Je le pense vraiment, et c'est exactement ce que disait Mack plus tôt à propos de tout ça. Attendez qu'il soit au courant de celle-là…

— La bonne nouvelle, c'est que tout peut être mis sous clé, en sécurité. J'ignore comment vous avez découvert ça…

Darren baissa la voix.

— C'est le même nom que celui de l'urne au columbarium.

Elle posa un regard fixe sur lui.

— Donc en théorie, quelqu'un a enterré deux fois la même personne ?

— Exactement, et c'est ce qui a tout déclenché.

— J'aime ça. C'est machiavélique.

Darren éclata de rire.

— Content de savoir que vous pensez ça.

Un cri se fit entendre derrière eux. Il pivota et déclara :

— Et voilà Mack.

Il marcha jusqu'à lui pour lui parler pendant que Doreen retournait auprès de Richie et Nan. Tous deux l'interrogèrent des yeux. Elle leur répondit en faisant légèrement non de la tête, et les deux hochèrent la leur. Elle avait conscience que Mack arrivait derrière elle, principalement grâce à Mugs qui jappait et gigotait.

Il vint à leur rencontre, saluant tous les animaux qui réclamaient de l'être en premier. Puis Mack posa une main sur l'épaule de Doreen, observant sévèrement Richie et Nan avant de lancer :

— Peu importe ce que vous trouverez d'intéressant en cet instant, nous avons besoin que vous gardiez vraiment, *vraiment* le silence à ce sujet.

Les deux lui adressèrent un grand sourire, ravis d'être impliqués, puis acquiescèrent.

— Bien sûr, acquiesça Richie en se redressant fièrement. Tu peux compter sur nous.

Mack, d'une voix encore plus sérieuse que Doreen l'aurait cru possible, déclara :

— J'ai besoin qu'il en soit ainsi. Cela pourrait être très dangereux pour quiconque entendrait la mauvaise information en ce moment.

— C'est compris ! répondit Richie, bombant encore plus le torse sous le sentiment d'importance.

Mack pressa gentiment l'épaule de Doreen.

— Et toi ? lui demanda-t-il.

Elle se tourna pour lui accorder un sourire innocent.

— Je ne sais rien.

Il leva les yeux au ciel.

— Ce serait plus facile et plus sûr si c'était le cas, mais Darren m'a déjà dit le contraire.

Elle soupira.

— Très bien ! Je serai sage.

— Tu dois l'être, et quant à cette théorie que tu viens de

mentionner, ajouta-t-il en la regardant avec ironie, je pense malheureusement que tu as raison, et cela ne rend le jeu que plus dangereux.

— Il y a un tas de gangs de motards à la frontière nord de la ville, non ? se renseigna-t-elle.

Il confirma d'un signe de tête.

— Mais ce n'est pas parce qu'ils font partie d'une bande de motards que ce sont des tueurs.

— Non, mais ils sont susceptibles de détenir des armes, suggéra-t-elle. Et ça fait clairement monter les enchères, non ?

— Nous verrons, éluda-t-il. Il y a une grande quantité d'armes ici.

— Et quand ont-elles été mises en terre ? le questionna-t-elle tout bas.

Il inclina la tête, comme s'il combinait un haussement d'épaules et un hochement de tête.

— Ça, c'est un sacré point de marqué. Vu leur état, peut-être environ… une vingtaine d'années.

Elle baissa les yeux vers la tombe.

— Est-ce qu'elles peuvent encore servir ?

Il fit oui de la tête.

— Ouais, elles sont principalement restées au sec et au propre. Cependant, le bois du cercueil n'était pas de la meilleure qualité, et de l'eau s'est infiltrée. Alors, j'ignore combien de temps elles seraient restées dans de bonnes conditions d'utilisation, dit-il en pensant à voix haute, mais quiconque ayant des connaissances en armes serait en mesure de les remettre à neuf.

Il accorda un regard sévère aux trois civils indiscrets tout en faisant chaleureusement ses au revoir aux animaux et ajouta, pour les autres :

— Maintenant, rentrez chez vous et restez sages.

Chapitre 7

TOUT LE MONDE était à bord du minibus, de retour vers Rosemoor. Nan avait demandé à Richie de les y conduire directement au lieu de déposer Doreen. Bien sûr qu'ils auraient envie de discuter, que Doreen le veuille ou non. Déterrer une fausse tombe remplie d'armes ajoutait un tout nouvel élément complètement différent ; elle ne pensait plus du tout que cela avait un rapport avec l'affaire Bob Small désormais. Elle regarda Nan tandis qu'ils se garaient et elle lui proposa :

— Un thé ?

— Absolument, ma chérie, accepta-t-elle en fronçant toutefois les sourcils lorsqu'elle consulta sa montre. C'est l'heure de notre déjeuner…

— Oh, d'accord ! Allez donc déjeuner, on se parlera plus tard.

— Tu es sûre que ça te convient ? lui demanda Nan, anxieuse. Je ne veux pas te congédier affamée.

Doreen se mit à rire.

— Ça va, tout va bien.

Avec ses animaux dans son sillage, Doreen remonta lentement la crique, en direction de sa maison, l'esprit empli de l'intéressante tournure des événements.

Qui aurait cru que les gens pouvaient enterrer des armes, et pourtant, quelle idée ingénieuse ! Est-ce que les armes rouillaient ? Ou bien se détérioraient-elles comme les billets de banque ? Cet argent-ci était en plastique et était susceptible de durer éternellement dans une tombe. Surtout si on tentait de le garder en sécurité. On avait la cachette, et il fallait qu'elle soit disponible. De plus, enterrer des billets de banque était risqué, car ils pourraient être complètement ruinés par mère Nature. Par conséquent, en échangeant l'argent contre des armes et en les mettant en terre, le capital pouvait mieux résister aux éléments. Pourtant, il y avait autre chose que Doreen ne comprenait pas vraiment… Cela avait-il été fait par dépit ou pour avoir accès aux flingues pendant un certain temps ? Toutes ces questions tourbillonnaient dans sa tête. Quand elle revint chez elle, elle n'était pas plus proche de la réponse.

Quand Mack lui téléphona alors qu'elle entrait dans sa cuisine, elle répondit :

— Je vais bien. Les séniors sont tous retournés sains et saufs à Rosemoor. Ils prennent leur déjeuner, et je viens juste de rentrer à la maison.

— Bien ! s'exclama-t-il en riant. Maintenant, assure-toi de garder le silence à ce sujet.

— Je le ferai, mais tu sais parfaitement que l'un des témoins était un journaliste, n'est-ce pas ?

— Non, je l'ignorais.

Et il commença à jurer.

— Je ne m'en inquiéterais pas. Personne n'était suffisamment proche pour voir quoi que ce soit.

— Sauf toi.

— Oui, sauf moi, mais j'étais surtout préoccupée par la

tête du pauvre gars.

— Et nous avons apprécié, dit-il d'une voix adoucie.

— Je n'essaie pas de te compliquer la vie, mais une cachette d'armes de cette taille ?

Et elle réalisa que l'inquiétude était évidente dans le ton de sa voix.

— J'en suis conscient. Crois-moi, nous sommes vraiment concentrés dessus. Je ne suis pas du tout certain de ce qui résultera de tout ça.

— Oui, je comprends. Cette affaire-ci est dangereuse.

— Je suis content de t'entendre le reconnaître, approuva-t-il d'une voix sérieuse. Je t'en prie, fais attention et reste en dehors de tout ça.

— Promis.

Puis elle raccrocha. Il était difficile de seulement imaginer à quel point sa matinée était complètement différente de ce à quoi elle s'était attendue. Elle n'avait même pas eu l'occasion de se détendre et d'apprécier son moment dehors avec Nan, qui n'avait pensé qu'à s'assurer qu'ils seraient descendus au cimetière suffisamment tôt pour avoir les meilleures places. Doreen leva les yeux au ciel en y resongeant.

Ils n'avaient même rien appris au sujet de la tombe ouverte, excepté par le biais de Darren lorsqu'il a vendu la mèche.

Et par conséquent, il allait devoir prendre garde, car son grand-père Richie était plutôt méfiant également. Et la dernière chose qu'il leur fallait, c'était que Richie obtienne des informations sur des affaires et qu'il s'y retrouve lui aussi mêlé. Cette horrible pensée la fit grimacer, car essayer de garder Nan, Richie et le reste de Rosemoor hors du chemin de Mack allait laisser des traces.

Elle était assise et elle avait envie de plus de café ; l'unique tasse de ce matin ne suffirait pas pour la journée. Disposant désormais de café frais, elle ouvrit la porte de l'arrière de la maison et sortit. Presque immédiatement, son voisin Richard passa la tête par-dessus la clôture en bois.

— C'était quoi toute cette cacophonie ce matin ? lui demanda-t-il en la regardant froidement.

Elle le dévisagea, perplexe.

— Quelle cacophonie ?

— Cette bande qui est venue vous chercher, on aurait dit des aliénés enfuis de Bedlam.

Doreen ricana. Même lui avait le fantôme d'un sourire sur son visage.

— Vous êtes proche de la vérité, très proche. C'était Nan et quelques-uns de ses copains qui se rendaient au cimetière.

— Au cimetière, répéta-t-il. Pourquoi ?

— Des ouvriers y exhumaient une tombe, confia Doreen, et je suppose que la troupe de Rosemoor a estimé que l'événement était palpitant.

Il fronça les sourcils.

— Exhumer des tombes n'apporte de bien à personne, déclara-t-il, horrifié. Qu'est-ce qui pourrait être palpitant là-dedans ?

— Je n'en suis pas certaine, répondit-elle joyeusement. Mais vous savez comment est Nan, c'est une force de la nature.

— Je croyais que vous étiez censée lui apporter une influence équilibrée ! souligna Richard avec colère.

— Oui, eh bien, je ne crois pas que quiconque sur cette terre soit capable d'avoir beaucoup d'influence sur Nan, admit Doreen. Cette femme agit à sa guise.

— Comme vous, lâcha-t-il avec dégoût avant que sa tête

ne disparaisse de son côté de la clôture, abandonnant Doreen qui branlait du chef.

Il fallait vraiment qu'elle trouve une échelle, une chaise ou autre, afin de passer la tête du côté de Richard pour changer et découvrir ce qui s'y déroulait. Vu à quel point il aimait ça…

Bien évidemment, il n'apprécierait pas, c'était même sûr. Mais c'était tentant… Un jour, peut-être, quand elle serait prête à revenir vers lui et ses vilaines remarques désobligeantes. Et pourtant, elle avait aussi conscience que ce serait mieux de rester loin de tout ça et d'essayer de trouver la bonté dans son cœur pour faire fi de ses commentaires. Le truc, c'est qu'elle pouvait se montrer gentille la plupart du temps et que… eh bien, elle n'était pas tout le temps gentille à ce point.

Se faisant rire elle-même, elle rentra et se versa une tasse de café qu'elle apporta de nouveau dehors, dans la paix et le calme de son jardin. Ou aussi longtemps que son voisin ne passerait pas la tête par-dessus la clôture.

Assise là, elle se souvint que les animaux n'avaient même pas eu leur petit-déjeuner. Elle secoua la tête, se leva et les nourrit rapidement. Alors que leurs têtes étaient enfoncées dans leur bol de nourriture, elle se rassit à l'extérieur, se sentant mal de les avoir oubliés.

— Je suis navrée, Mugs. Les choses ont été quelque peu chaotiques.

D'un autre côté, s'il n'était pas venu avec elle lors de sa balade en minibus impromptue, Mugs aurait probablement été encore plus en colère.

Doreen cogita à propos de l'incident survenu plus tôt ; cette cachette d'armes était si grande que leur masse combinée avait provoqué la chute du cercueil… Bien que l'homme blessé ait aussi mentionné quelque chose à propos des dommages causés par l'eau, ce qui était logique en un sens. C'était un ensemble unique de circonstances qu'elle ne pouvait oublier. Elle avait eu un aperçu des armes en désordre au fond de la tombe, mais n'en avait pas suffisamment vu pour être en mesure d'identifier chacune d'elles. Des trucs noirs et métalliques… Et en grande quantité.

Ce serait probablement une histoire de gang, étant donné qu'il y avait trop de flingues pour une seule personne. Même pour un criminel comme Bob Small ; il s'en était tiré malgré ses meurtres pendant très longtemps parce qu'il s'était fait tout petit, qu'il était resté simple. Il n'avait pas impliqué d'autres gens et il n'avait pas eu d'autres problèmes. Il était resté calme et, quand quelqu'un entrait dans son monde, il en sortait rapidement, tout comme avec Hinja.

Tout en réfléchissant au cas Bob Small, elle réalisa qu'elle avait oublié de prendre contact au sujet de la succession de Hinja ou de demander à Nan de leur passer un coup de fil à propos du moindre objet personnel dont ils allaient se débarrasser et susceptible d'avoir été touché par Bob Small. Ce dont ils avaient vraiment besoin, c'était son ADN… Et trouver des membres de sa famille, au moins, ou un quelconque lien susceptible de les mener sur le bon chemin. Non pas que des familles souhaiteraient être mêlées à ça, mais avec les nouveaux logiciels de généalogie en ligne, ça paraissait être la meilleure option.

Cela devait être dur de découvrir qu'il y avait un tueur en série dans sa famille…

Elle appela Nan plus tard et lui demanda les coordonnées de la personne qui lui avait transmis les informations concernant la succession de Hinja.

— Attends une minute, lui dit Nan avant de revenir

quelques minutes plus tard avec un nom, un numéro de téléphone et une adresse électronique. Je ne suis pas sûre pour le numéro de téléphone, mais ils m'ont envoyé du courriel.

— Si tu pouvais me fournir ces renseignements, j'apprécierais.

— Bien sûr ! répondit Nan d'une voix vibrante de curiosité. Tu vas te pencher sur cette affaire ensuite ?

— Je ne suis pas certaine de mes projets encore, concéda Doreen en riant. Cette excursion au cimetière m'a découragée.

— Ça refroidit, hein ? lança Nan, tout le rire dans sa voix se tarissant. Il y a même des personnes qui étaient allées rendre visite à quelques amis enterrés et qui ont été perturbées par l'exhumation, avec tout cet arsenal au cimetière…

— Ce n'est pas vraiment facile d'ouvrir une tombe, qui plus est sans bruit, sans mutiler le terrain qui l'entoure, souligna Doreen.

— Non, et tout le monde n'est pas en mesure de le comprendre. Nous n'avons relaté à personne ce que nous avions vu ou entendu, mais beaucoup avaient des choses à raconter. Ils avaient par exemple l'impression que leurs amis n'appréciaient pas la perturbation de leur repos.

— Tu veux dire, leurs amis décédés ?

— Oui, confirma Nan de mauvaise humeur. J'ai conscience qu'un tas de gens ne croient pas à ça et qu'ils riraient d'eux, mais jusqu'à ce que tu aies des amis qui meurent et qui passent l'arme à gauche, il n'est pas facile de constater que leur repos éternel n'est pas vraiment éternel, pas quand des gens débarquent avec de gros bulldozers pour tout ouvrir.

— Sans doute, oui, admit Doreen en hochant la tête, compréhensive. Mais quand on songe à tout ce qui était caché dans cette fausse tombe, je crois que c'est une bonne chose qu'elle ait été exhumée.

— Je le pense aussi, mais ça fait réfléchir également, non ?

— Je ne crois pas que tu seras en position de t'en inquiéter cela dit. Nous devons nous montrer responsables et ne pas nous mêler de tout ça.

— Eh bien, ça ne va pas être simple. Et je ne crois pas que tu écouteras toi-même ce conseil, la railla-t-elle avant de se mettre à rire.

— Peut-être pas, reconnut Doreen, mais je joindrai cette personne qui t'a contactée concernant la succession de Hinja. Je reviens vers toi dans peu de temps, annonça-t-elle avant de raccrocher.

Dès qu'elle eut composé le numéro en question, une jeune femme répondit ; une nièce, une petite-nièce en vérité.

— Ah ! s'exclama Mila. J'ai beaucoup entendu parler de vous via les journaux et bien sûr par votre grand-mère. On raconte là-bas que vous n'êtes pas loin d'une détective.

— La plupart du temps, c'était purement de la chance.

— Non, désapprouva Mila. J'ai lu en détail quelques-unes des affaires sur lesquelles vous avez enquêté ; je ne suis pas certaine que la chance ait quelque chose à voir là-dedans.

— Je n'en suis pas sûre, éluda Doreen, mal à l'aise avec ce genre de conversation. J'ai obtenu tous les renseignements concernant la succession de Hinja, et tout se trouve ici à présent, sur mon bureau.

— Bien. Vous pensez pouvoir en tirer quelque chose ?

— Je ne sais pas vraiment. Ça fait longtemps…

— Je sais, mais c'est ma cousine qui a disparu…

— Je suis navrée. Ça a dû être difficile.

Mila soupira.

— Mais le fait de savoir qu'elle croyait avoir un lien avec la mort de sa nièce, même inconsciemment, ça a aussi été difficile.

— C'est Hinja qui vous a dit ça ?

— Avant de mourir, elle m'a avoué un tas de choses, avoua Mila. À ce moment-là, j'ignorais si je devais la croire ou non… Puis j'ai passé ces lettres en revue avant de les envoyer à votre grand-mère, alors je sais que Hinja croyait que le fait d'avoir fréquenté Bob Small la rendait responsable de la disparition de sa nièce. Je ne peux imaginer pire horreur…

— Non, vous avez raison. Encore une fois, ça remonte à si loin… et Hinja n'est pas allée voir la police. Autant que je sache, elle n'a rien conservé susceptible de porter l'ADN de Bob Small. J'ai peur qu'il n'y ait rien sur lequel je sois en mesure de bosser.

— Je possède ses boîtes de souvenirs, confia Mila. Je ne savais pas bien quoi en faire.

— Quel genre de souvenirs ?

— Des carnets. Il y a un mot ici accompagné de quelques cadeaux de sa part et d'autres objets qu'elle a collectionnés pendant tout le temps passé avec lui.

— Et pourquoi a-t-elle conservé ça ? C'était normal venant de Hinja ?

— Non, mais ma grand-tante n'avait pas eu beaucoup de chance dans ses relations, donc je crois qu'elle était devenue un peu possessive et bizarre dès qu'il était question de Bob Small. C'est ce qu'aurait dit ma mère de toute façon.

— D'accord, souffla Doreen avant d'y réfléchir. Et je viens d'apprendre que, après que ce gars est sorti de sa vie, elle a vraiment été mal. Et selon ma grand-mère, Hinja n'a pas eu d'autres liaisons après celle-là.

— Non, je ne crois pas, confirma Mila. Bref, si vous le souhaitez, je peux vous envoyer tous ces souvenirs.

— Oui, s'il vous plaît. J'aimerais vraiment.

— Vous pensez sincèrement que ce Bob Small est en vie ?

— Je n'en suis pas certaine. Il est probable qu'il soit parti aux États-Unis ou qu'il ait trouvé un nouveau terrain de chasse, car ça devenait trop difficile par ici. Je ne sais vraiment pas.

— C'est drôle parce que lors de l'office en hommage à Hinja, il y avait un étranger devant la tombe, et j'ignorais qui c'était. C'était un homme âgé, aux cheveux gris, et il aurait pu avoir aussi bien soixante ans que cent, fit-elle remarquer en riant. Mais il avait l'air plutôt triste. Quand je lui ai demandé s'il connaissait ma grand-tante, il a hoché la tête et répondu : « Oui, depuis longtemps. » Il m'a regardée d'un drôle d'air pendant un long moment, puis il est parti.

— Vous le reconnaîtriez ?

— Je l'ignore, pourquoi ?

— Vous avez les cheveux bouclés ?

— Oui, en effet.

— Dans ce cas, déclara Doreen d'une voix rauque, pourriez-vous faire attention à vous, s'il vous plaît ?

— Pourquoi ? la questionna une nouvelle fois Mila.

— Parce que le dénominateur commun, si vous avez lu ces lettres, c'est que son petit ami, ce Bob Small, s'il est responsable de toutes ces disparitions de jeunes filles, a un truc avec les femmes aux cheveux frisés.

Mila s'exclama.

— Cet homme a effectivement mentionné un truc à propos de mes adorables boucles ! Oh, mon Dieu… Vous pensez que c'était lui ?

— Honnêtement, je crois que c'est bien possible, oui. Et cela signifie plus que jamais que vous allez devoir être extrêmement scrupuleuse pour que rien ne vous arrive.

— Je ne veux rien avoir à faire avec lui ! s'écria Mila. Je ne veux vraiment rien avoir à faire avec ça !

— Et c'est une bonne idée, mais il pourrait déjà être trop tard.

Chapitre 8

DOREEN VOULAIT RACONTER à Mack cet étrange fait nouveau, mais il était encore si occupé à travailler qu'elle ne savait pas quand elle pourrait être en contact avec lui. Quand Nick téléphona, elle se montra impatiente avec lui, car elle souhaitait qu'il libère la ligne au cas où Mack appellerait.

— Que vous arrive-t-il aujourd'hui ? lui demanda Nick.

Doreen poussa un soupir.

— J'attendais votre frère.

Il éclata de rire.

— Je suis ravi de l'entendre, mais est-ce qu'on pourrait au moins s'occuper de ce qui doit être fait ? lâcha-t-il, exaspéré.

— Bien entendu, mais vous ne m'avez pas dit ce qui devait être fait.

Nick soupira à son tour.

— Si, à l'instant.

— Oh ! répondit-elle d'une petite voix. Je suis désolée.

— Tout va bien. Je serai content aussi quand tout cela sera terminé.

Et cela rappela à Doreen que Nick s'occupait de tout ça

gratuitement, même si elle était censée recevoir une somme d'argent considérable, ce qui la ferait se sentir encore plus mal. Elle finirait par insister pour le payer en échange de tout son travail.

— J'apprécie vraiment, s'excusa-t-elle. Cette affaire sur laquelle j'enquête a pris un tournant très étrange.

— Je crois que c'est le cas de toutes vos enquêtes. J'ignore comment vous trouvez tant d'affaires étranges et bizarres, pour commencer.

— Hé, vous n'étiez pas au cimetière aujourd'hui, où ils ont utilisé un engin de chantier pour déterrer une tombe ! Quand ils ont soulevé le cercueil, la partie inférieure est tombée. Puis le cercueil et son contenu sont venus heurter le crâne de l'un des ouvriers qui a alors basculé dans la sépulture ouverte. Le cercueil était rempli d'armes.

Après un moment de silence absolu, Nick lâcha :

— Quoi ?

— Oui, alors, pardonnez-moi si je suis un peu distraite !

— Bonté divine, mon frère y était ?

— Oh, il est arrivé après ! J'ai inspecté la tête du mec, et il va bien. Mais nous autres avons été quelque peu choqués.

— Peut-être que je n'ai pas envie de déménager à Kelowna après tout…, déclara Nick en se mettant à rire.

— Ouais, vous n'êtes pas le premier à me dire ça, renifla Doreen. Je suis venue, car Nan m'a raconté à quel point l'endroit était magnifique, paisible et adorable. Et qu'est-ce que j'y ai trouvé pourtant ? Eh bien, pensez à tout ce que j'ai vécu ici…

— En effet, j'ai bien vu, concéda Nick en s'esclaffant franchement désormais. J'ai grandi ici et je ne savais rien de tout ça.

— Non, et je crois que c'est ça, le truc ; si on n'est pas

dans la police, la plupart de ces histoires ne nous touchent même pas.

— Sauf vous, fit-il chaleureusement remarquer.

— Ah, je l'ignore… Parfois, je pense que suis plus un problème qu'une solution.

— Je ne dirais pas ça, désapprouva Nick. Vous avez accompli un tas de bonnes choses ici.

— Et pourtant, il semble parfois que ce n'était pas assez bien.

— Et maintenant, sur quoi vous travaillez ?

Elle soupira.

— Sur Bob Small, principalement. Je parlais à la petite-nièce de la femme qui est sortie avec ce type.

— Bob Small, Bob Small…, marmonna Nick.

— Oui, suspecté d'être un tueur en série prolifique, mais pourtant pas de preuves, pas de corps, aucune idée de son identité, mais plusieurs personnes aux cheveux bouclés disparues. Et la femme qui est sortie avec lui pense que Bob Small lui a pris sa nièce. Par conséquent, elle a passé le reste de sa vie hantée par la culpabilité, car elle avait le sentiment que si elle n'était pas sortie avec lui, sa nièce serait saine et sauve.

Silence.

— Et oui, sa nièce avait les cheveux frisés, reprit Doreen. Son corps n'a jamais été retrouvé, et franchement, je ne suis pas certaine que le moindre corps l'ait été, mais le nombre estimé de victimes change constamment, d'une douzaine supposée à trente ou cinquante.

— Sans les corps ? Dans ce cas, comment la police est-elle sûre que ce Bob Small est ne serait-ce que réel et qu'il a commis tous ces crimes ?

Doreen poussa un gros soupir.

— Je n'ai pas de certitude absolue, mais selon ce que j'ai appris, ça vient d'un autre détenu qui avait été incarcéré avec Bob Small pendant un temps. Son compagnon de cellule a essayé de se servir de cette connaissance sur place à son avantage afin d'obtenir de meilleures conditions de vie en prison. Cependant, comme il n'avait aucune preuve, ça n'a pas fonctionné.

— Intéressant… Donc Bob Small s'est confessé auprès de son codétenu sur le fait d'être un tueur en série ?

— Oui, il semblerait, confirma Doreen. Donc nous le connaissons en tant que Bob Small. Mais alors, parfois, on en vient à se demander si l'actuel prisonnier n'a pas inventé tout ça, simplement pour être en mesure de s'en aller en bénéficiant d'une meilleure situation, si vous voyez ce que je veux dire. Sans preuve, je ne suis toutefois pas certaine qu'il en ait bénéficié.

— Bon… Quelquefois, ces gens sont uniquement là pour mentir, tricher et voler…

— Peut-être, mais s'il avait la moindre information véridique sur ce potentiel tueur en série…

— Vous ne l'avez pas contacté, n'est-ce pas ?

Doreen afficha un large sourire au téléphone.

— Je n'y avais pas songé, mais je vais le faire !

Et sur un éclat de rire, elle mit fin à l'appel.

Chapitre 9

DOREEN ÉTAIT TOUJOURS en train de rire quand Nick la rappela dans la foulée.

— Vous n'allez pas lui téléphoner pour de vrai, si ? la questionna Nick, inquiet.

— Oh ! je prendrai contact avec lui, mais ce n'est pas si facile. Je me demande d'ailleurs s'il me parlera ou s'il me dira la vérité.

— Il vous demandera quelque chose en échange.

— Oui, mais les gens changent aussi avec le temps. Alors, on ne sait jamais. Je pourrais peut-être lui envoyer une lettre de rupture…

— Ne vous approchez pas de ce mec. Vous ignorez comment il est.

— En effet, acquiesça-t-elle avant d'y songer. Je ne peux pas prétendre que j'en ai vraiment envie non plus. Même si j'ai déjà eu affaire à des prisonniers auparavant.

— *Super*, marmonna Nick, en grande partie dans sa barbe. En plus, à la base je vous ai contactée pour vous demander si vous aviez eu des nouvelles de Mathew.

— Non, aucune, pourquoi ?

— Car j'ai dégoté un juge qui interviendra plus tôt dans

ce dossier à cause des problèmes que nous pose Mathew.

— Oh, intéressant… Vous croyez que ça apportera plus d'ennuis à Mathew ?

— Ouais, je crois. Il est aussi possible qu'il termine avec des poursuites pénales et bien d'autres tracas juridiques auxquels il ne s'attendait pas avec ce divorce.

— *Super*, dit Doreen en faisant la moue. Encore d'autres trucs à me mettre sur le dos.

— Peut-être, mais il avait le choix de ne pas aller devant un juge.

— Et maintenant que vous avez trouvé quelqu'un de notre côté, est-ce que Mathew essaiera de régler ça en dehors du tribunal ?

— Possible… Avec de la chance, si vous le souhaitez.

— Je veux un arrangement. Je n'ai vraiment pas envie d'aller au tribunal.

— Vous avez conscience que vous ne serez pas jugée, n'est-ce pas ?

Doreen hésita puis déclara :

— Je suis quasi sûre que chaque personne qui est allée au tribunal pensait qu'elle allait être jugée, qu'elle le soit vraiment ou non. Les circonstances et l'environnement rendent le tout vraiment craignos.

Nick se mit à rire.

— Vous marquez un point. Bref, ce n'est pas notre préoccupation aujourd'hui, mais si Mathew vous contacte, ne lui parlez pas.

— J'ai compris, acquiesça-t-elle en souriant.

Et cette fois, ce fut lui qui raccrocha.

Elle resta assise pendant un long moment, à fixer son téléphone, songeant à quel point sa vie avait évolué. Quand son portable sonna de nouveau et qu'elle vit apparaître le nom de Mathew, elle grimaça.

— Je ne vais pas répondre à ton appel ! cracha-t-elle à voix haute.

Il atterrit sur la boîte vocale, mais il ne laissa pas de message. Elle envoya un SMS à Nick : **Il vient juste d'essayer d'appeler. Je n'ai pas répondu et il n'a pas laissé de message.**

Nick la recontacta.

— Bien, faites en sorte d'être indisponible. Vraiment. Nous ne voulons pas le contrarier plus qu'on ne l'a fait, mais il doit aussi se rendre compte que vous êtes sérieuse.

Et là-dessus, elle mit fin à l'appel. Suivant la suggestion émise par Nick plus tôt – même s'il n'en avait pas vraiment eu l'intention –, elle s'assit et retourna sur Internet afin de chercher le nom et la localisation du détenu qui avait indiqué que Bob Small était un tueur en série. Cela prit du temps, mais finalement, avec son identité – Gary Wildorf – et le numéro de téléphone de la prison d'Abbotsford, elle appela et s'enquit de la présence de Wildorf. Quand elle en eut la confirmation, elle demanda :

— Comment puis-je lui envoyer un courriel ?

Il lui fallut un moment pour obtenir cette information, mais elle y parvint. Elle relut le brouillon de son message, sachant que cela perturberait vraiment Mack, puis, obéissant à un sentiment de bravade, elle cliqua sur « Envoyer ».

Et quand elle reçut un courriel en réponse quasi instantanément, elle eut comme un choc.

Venez me voir. Je ne vous parlerai qu'en face à face.

Elle écrivit un courrier électronique en retour. *Non, je ne fais pas ce genre de choses. Un appel téléphonique est tout ce que je suis prête à accepter.* Elle attendit et attendit, supposant qu'il ne voudrait rien avoir à faire avec elle si elle ne s'y rendait pas en personne. Toutefois, elle finit par recevoir sa réponse.

Très bien. Je peux recevoir un coup de fil cet après-midi.

À la fin du message était affiché un numéro de téléphone. Elle le lut et se rendit compte qu'il s'agissait de celui de l'établissement pénitentiaire, confirmant définitivement qu'il s'y trouvait. Elle patienta jusqu'au moment convenu et, après avoir composé le numéro, elle passa par un opérateur ainsi que d'autres personnes jusqu'à ce que, finalement, un homme prenne le combiné et demande :

— Bon sang, mais qui êtes-vous et qu'est-ce que vous me voulez ?

— Je m'intéresse aux dossiers Bob Small, commença-t-elle. Alors, j'espère que vous détenez de vraies informations.

— Si c'était le cas, en quoi ça me concernerait ? Personne n'a fait quoi que ce soit pour moi.

— Non, et il semble que vous ne sortirez pas de sitôt non plus, souligna-t-elle calmement. Je suppose donc que cela dépend si les choses ont changé ou si vous resterez comme vous êtes.

— Comment je suis ? l'interrogea-t-il, en osant rire.

— Quelqu'un qui est susceptible de réparer une erreur, mais qui pourrait ne pas s'embêter à le faire.

— Il ne s'agit pas d'une erreur. Ce gars a tué et je parle bien de *tuer*. Mais personne ne m'a cru, alors pourquoi vous le feriez ?

— C'est-à-dire que je suis l'une de ces personnes étranges qui ont tendance à se retrouver impliquées là où elles ne le devraient pas, expliqua Doreen, essayant de paraître aussi sincère que possible. Et c'est la vérité.

— Vous êtes une sorte de bon Samaritain alors ?

— En un sens, oui, c'est exactement ce que je suis. Et je m'occupe des familles de toutes ces femmes disparues, des familles qui essaient de comprendre ce qui est arrivé à leurs proches.

— Oh ! comme c'est dommage qu'elles n'y aient pas pensé avant que ces femmes ne soient tuées, rétorqua-t-il.

— Vous croyez vraiment qu'elles auraient pu faire quelque chose pour arrêter ça ? demanda-t-elle, curieuse. Est-ce que Bob Small a déjà parlé de ses petites amies ?

— Ouais, il y en avait une avec un nom vraiment bizarre… Je sais qu'elle avait plus d'affection pour lui qu'il ne l'aurait souhaité.

— C'était quand la dernière fois que vous avez partagé une cellule avec lui ?

— Oh, il y a dix, quinze ans, au moins ! Mais je ne vous parlerai pas si je n'ai pas un aperçu de ce petit accord…

— Et qu'espérez-vous obtenir ? Je ne fais pas partie de la police. Je ne suis rien.

— Non, mais vous écrirez probablement un bouquin et vous vous ferez quelques millions de dollars. Pourquoi est-ce que je vous laisserais avoir tout cet argent ?

— Mais je ne suis pas autrice. Je n'écris pas de livres et je sais parfaitement bien que je n'ai pas un million de dollars. Par conséquent, pourquoi ne songez-vous pas plutôt à toutes ces familles et aux femmes tuées par cet homme, sachant qu'il s'en est tiré sans être inquiété tandis que vous êtes coincé là-bas ? Vous pourriez agir de façon qu'il soit renvoyé en prison.

— Vous pensez vraiment que ce mec est encore dans le coin ? s'étonna Gary d'un ton rauque.

— Quel âge avait-il à l'époque ?

— Il était vieux, mais c'était encore un sale prétentieux.

— C'est votre chance d'aider à envoyer ce sale prétentieux en tôle. Alors, que ferez-vous ?

— J'y réfléchirai.

Et il raccrocha.

Chapitre 10

LE MATIN SUIVANT, Doreen se leva, prépara son café, nourrit les animaux, mais se sentait encore patraque à la suite de son étrange coup de fil de la veille à Gary, alors elle sortit sur la terrasse. Immédiatement ou presque, elle s'immobilisa : il y avait quelque chose de différent… mais quoi ?

Mugs sortit la tête derrière elle, reniflant l'air comme s'il voulait le tester. Mais il n'aboya pas, il ne montra aucun signe de contrariété. Il errait dans la zone. Soucieuse, Doreen observa. Assise calmement sur sa terrasse, elle aperçut une biche en bas de la crique qui marchait lentement vers ses rosiers. Elle la fixait, ébahie. C'était la première qu'elle voyait près de sa maison, et elle n'avait même pas imaginé qu'elles auraient pu venir sur sa propriété. Elle était absolument ravie puis commença à s'inquiéter pour ses roses, mais jugea que c'était un petit prix à payer tout en regardant les fleurs disparaître dans la gorge de l'animal.

Elle continua d'admirer, et une seconde puis une troisième biche se promenèrent lentement jusqu'à elle. Elle leva son portable et prit plusieurs photos avant de les envoyer à Mack. Par la suite, elle en envoya quelques-unes à Nan.

Cette dernière lui téléphona quelques minutes plus tard.

— N'est-ce pas adorable quand les biches viennent ? s'extasia Nan, absolument enchantée.

— Tu ne m'as jamais dit qu'elles venaient jusqu'ici, déclara Doreen d'une voix enrouée, incapable de détourner les yeux des cervidés.

— Oui, ça arrive, et aujourd'hui, tu l'apprends par toi-même.

— C'est une tout autre histoire de les voir. Sans parler de toutes les fleurs qu'elles mangent, ajouta Doreen, un ton légèrement mécontent dans la voix.

Cela amusa Nan.

— Ma chérie, tu fais pousser tellement de fleurs que je suis sûre que tu en as assez pour partager.

Doreen sourit.

— Je suppose que c'est une bonne façon de considérer les choses, hein ?

— Absolument. Tout le monde a besoin de manger, même les biches.

Et parce que Doreen s'était elle-même retrouvée sans nourriture un tas de fois, elle n'allait pas envier à une biche quelques fleurs écloses. Elle demeurait assise, captivée, les observant flâner dans la partie basse du jardin, traverser jusqu'à l'autre côté et remonter doucement plus loin. Elle ignorait si elles étaient même conscientes de sa présence ou si elles s'en fichaient. Au demeurant, elles semblaient ignorer Mugs qui n'avait pas aboyé.

Longtemps après avoir mis fin à l'appel de Nan, Doreen demeurait assise, joyeuse et reconnaissante des changements dans sa vie et dans sa situation, qui lui avaient permis de s'asseoir ici, près de la crique, dans sa propriété, et de regarder les biches errer dans son monde. La joie dura jusqu'à ce que le téléphone se mette à sonner de nouveau. Elle baissa les yeux dessus, et toute sa joie s'envola.

Mathew, encore.

Elle considéra l'appareil d'un air mauvais, revint aux biches et constata qu'elles avaient disparu à cause de la sonnerie du portable.

— Voilà, tout bonnement comme toi ! marmonna-t-elle à l'appareil. Tu as tout ruiné !

Mais que devait-elle faire ? Rester assise là et l'ignorer ?

Elle avait conscience que c'était ce que tout le monde attendait d'elle, mais c'était difficile. Le téléphone sonnait, sonnait, sonnait. Il finit par s'arrêter et basculer sur la boîte vocale. Doreen attendit un moment pour voir s'il allait laisser un message, puis elle vérifia s'il l'avait fait. Les mots de Mathew étaient sévères : *Je n'irai pas au tribunal, alors ne crois pas que tu joueras à ce jeu-là avec moi.*

Elle grimaça et envoya un SMS à Nick, afin de lui annoncer que Mathew avait rappelé, mais qu'il avait laissé un message déclarant qu'il n'irait pas jusqu'au tribunal.

Sur ce, Nick la contacta.

— Hé, comment allez-vous ? s'en enquit-il.

— J'étais en train de passer une magnifique matinée. Il y avait des biches dans mon jardin, et j'étais assise en savourant pleinement chaque moment jusqu'à ce qu'il téléphone.

— Ne le laissez pas ruiner votre matinée. Cet homme a encore beaucoup à apprendre.

— Ouais, mais je ne pense pas qu'il prévoie d'apprendre quoi que ce soit puisqu'il m'a indiqué qu'il n'irait pas au tribunal.

— C'est une bonne chose, croyez-moi. Je vais appeler son avocat maintenant, pour lui faire savoir qu'il a brisé l'accord lui interdisant de vous contacter. Assurez-vous de conserver ce message.

— Bien sûr, marmonna-t-elle. Je fais vraiment des efforts pour en finir avec ce divorce et sortir cet homme de ma vie.

— J'en suis conscient, réagit gentiment Nick. Nous y sommes presque.

— Je pense que je ne vous crois pas, grommela-t-elle dans sa barbe.

— Non, car vous êtes trop habituée à le croire, lui.

— Oui, mais c'est qu'il est effrayant, argua-t-elle tout bas.

— Et pas moi ? demanda Nick, horrifié pour de faux.

Elle éclata de rire.

— Non, vous n'êtes pas effrayant, et Mack non plus.

— Mack et moi tâchons de l'être, déclara-t-il, faussement indigné. Ça fait partie de notre job.

— Non, ça ne fonctionne pas. En tout cas, pas avec moi. Mais il faut avouer que j'ai été terrorisée par le meilleur, souligna Doreen avec une pointe d'amertume qui la surprit.

— Je comprends bien, vraiment. Laissez-moi parler à son avocat et voir où ça mène.

Et il mit fin à l'appel.

Elle s'assit, tentant de regagner un peu de sa joie matinale qui avait été si dominante quelques instants auparavant seulement, mais il était difficile de retrouver ce sentiment d'innocence et de gaieté quand Mathew ruinait constamment les choses.

Puis elle se souvint d'un truc que quelqu'un avait dit à propos de *ne pas accorder d'importance à des détails*. Elle fronça les sourcils, tâchant de se remémorer le message précis, mais ce n'était pas chose aisée, car ne pas écouter Mathew et ne pas simplement lui obéir, c'était encore si inhabituel pour elle… Quand on ressent cette peur, on abandonne sa force qui fait de soi ce qu'on est pour la donner à la personne qui a l'intention de vous faire payer.

Et il ne s'agissait pas là de la citation exacte, mais de quelque chose approchant. Elle avait bien mesuré l'abondance de son propre pouvoir, de sa propre capacité à prendre des décisions et de sa propre capacité à être elle-même qu'elle avait cédée à Mathew. Il était plus facile de dire qu'il l'avait prise, mais, en vérité, Doreen l'avait laissé se servir pendant des années, tandis que sa peur n'avait cessé de grandir.

Il avait été plus facile pour elle d'abandonner que de lutter. Aujourd'hui, de nombreuses femmes comprendraient. Cependant, Doreen devait changer cette partie d'elle. Elle avait également conscience que tous ses objectifs de développement personnel l'inciteraient à arrêter et à retrouver son propre équilibre, sa propre force. Elle se demanda ce que ça coûterait…

Elle se débrouillait parfaitement bien avec tout le reste dans son nouveau monde. Même avec le fait qu'elle avait peu d'argent, en plus de devoir supporter tous ces meurtres de folie ainsi que les gens dangereux. Et pourtant, ça lui convenait de leur parler, elle supportait tout le monde sauf son ex. Sa crainte de Mathew empiétait toujours sur sa vie, ruinait toujours ses journées, car il s'était évertué à l'habituer à être sa victime.

À cause de ça, elle commença à être énervée. Parce qu'elle avait succombé aux harcèlements de son mari toutes ces années. Parce qu'il était parvenu à la manipuler aussi longtemps. Parce qu'il avait été un tel despote aussi longtemps. Elle ignorait ce que la colère pouvait y changer, mais ça lui faisait du bien.

Ce feu de rage brûlait profondément en elle, comme si

ses flammes chassaient toute l'influence de Mathew. Et lorsque le téléphone se remit à sonner, c'était lui, de nouveau. Elle attrapa son portable et l'agressa :

— Je t'ai dit d'arrêter d'appeler !

Cela le fit rire.

— Ouais, mais tu ne le pensais pas. Et en plus, j'ai un message pour toi.

— Oh, j'ai un message pour toi aussi ! déclara-t-elle d'un ton dur et tranchant. On se verra au tribunal.

Et là-dessus, elle raccrocha.

Son sourire s'élargit, et son visage fut fissuré par la joie tandis qu'elle réalisait qu'elle s'était adressée à lui comme à un être humain normal au lieu d'être effrayée par toutes ses paroles. Elle savait que Nick n'en serait pas ravi, mais elle ? Elle était *aux anges*.

Pourtant, elle ressentait également une légère peur qui se faufilait doucement en elle, car elle devait désormais se confesser. Elle grimaça, prit son téléphone et, dès que Nick répondit, elle admit :

— J'ai tout gâché.

Il y eut un moment de silence à l'autre bout. Nick l'interrogea, avec précaution :

— Qu'avez-vous gâché ?

Elle lui expliqua ce qui était arrivé.

— Et que lui avez-vous dit ?

— Je lui ai dit qu'on se verrait au tribunal.

Nick commença alors à ricaner.

— Je peux comprendre pourquoi vous avez eu envie de lui répondre ça même si je vous ai demandé de rester loin de lui, souligna-t-il, mais j'imagine que ça vous a sans doute soulagée.

Elle éclata de rire.

— Oh la la ! s'exclama-t-elle. C'était génial ! Vous n'avez pas idée à quel point ! C'était gé-nial !

Doreen pouvait jurer qu'elle entendait le sourire de Nick dans le combiné.

— Dans ce cas, je vous pardonne de ne pas avoir suivi les instructions…

Elle ricana.

— J'ai vraiment essayé. J'ai vraiment essayé, et puis je me suis sentie en colère en réalisant à quel point il avait nui à ma vie, en pensant à la peur que j'ai ressentie et au contrôle qu'il a eu sur moi toutes ces années, et je suis devenue furieuse, expliqua-t-elle, simplement.

— Maintenant que cette colère est repartie comme elle est venue, vous pensez être capable de vous sortir de tout ce pétrin avec Mathew et de me laisser m'occuper de ça ?

— Peut-être, sauf s'il me rappelle ; dans ce cas, je n'en suis pas sûre.

Nick grommela en entendant ça.

— Je parlerai à son avocat qui, lui, ignore totalement qu'il vous a contactée.

— Eh bien, il m'a recontactée. Est-ce qu'on peut l'accuser de harcèlement ou quelque chose comme ça ?

— Oui, c'est la prochaine étape, lui précisa chaleureusement Nick. Plus il fera ce genre de choses, plus le chèque sera gros.

— Comment ça fonctionne ? demanda-t-elle, confuse.

— Je m'étais préparé à me montrer plutôt gentil à ce sujet, mais maintenant qu'il vous harcèle, il en est hors de question. Donc tenez bon. Je vais appeler son avocat tout de suite.

Et là-dessus, Nick raccrocha de nouveau.

Elle resta assise, un demi-sourire s'affichant sur son visage à mesure qu'elle réalisait que, pour la première fois peut-être, elle avait eu la bonne réaction vis-à-vis de Mathew. Après plusieurs minutes, durant lesquelles elle patienta et s'interrogea, Nick finit par la rappeler.

— Son avocat lui parlera, lui transmit Nick. Je l'ai informé que nous ajoutions des accusations de harcèlement et que nous allions demander une injonction pour qu'il reste loin de vous.

— Intéressant… Cela mettra Mathew plus en colère.

— Oui, et son avocat le sait également. Il faut donc qu'on conclue tout ça avant que quelque chose de vraiment stupide n'arrive.

— Ouais, un truc stupide, comme me faire du mal.

— Voilà, exactement, confirma Nick d'une voix soigneusement basse. Par conséquent, la question est : croyez-vous être en mesure de rester loin de lui ces prochains jours ?

— Hmm, réfléchit-elle. Une chance qu'il cesse de m'appeler ?

— Une chance que vous cessiez de répondre ? répliqua-t-il.

— Oui, je pense que oui, acquiesça-t-elle en poussant un gros soupir. Surtout si ça nous amène plus rapidement vers le dénouement.

— Ce sera le cas, et il ne voudra plus rien avoir à faire avec vous une fois qu'il aura payé, mais en attendant, les choses sont susceptibles de se dégrader.

— Je ne comprends pas pourquoi. S'il a connaissance de son sort, il ne prendra pas sur lui et n'acceptera rien.

Cela fit éclater Nick de rire.

— Parce qu'une sacrée somme d'argent est en jeu, et que la loi n'est pas du côté de Mathew dans cette affaire.

— Mais s'il avait autant d'argent que vous le prétendez,

il pourrait certainement prendre sa part et aller de l'avant.

— Il pourrait, mais je ne suis pas certain que ce soit son genre de céder.

Doreen grimaça.

— Ça, il ne le fera pas, confirma-t-elle.

— Dans ce cas, nous aurons un plus gros problème, déclara Nick. Mais si j'arrive à l'amener jusqu'au tribunal assez tôt, il n'aura pas d'autre choix. Autrement, nous demanderons à la police d'aller le chercher, de lui donner un avertissement, et ensuite, nous le verrons au tribunal.

— *Super*, marmonna Doreen, peu convaincue qu'il s'agisse d'une bonne idée.

Et cette idée fut une grande source de réflexion les minutes suivantes. Elle passa la matinée à s'affairer chez elle, s'occupant du jardin abîmé pendant une heure. Elle rendit ensuite visite à la mère de Mack. Et elle n'eut aucune nouvelle de son ex.

Chapitre 11

DE RETOUR À la maison, Doreen commença à se
détendre. Mack lui téléphona tôt dans l'après-midi.

— Maman m'a informé que tu étais passée…

— Oui. Elle se portait comme un charme.

— Elle n'a pas pensé la même chose de toi… Elle m'a
dit que tu étais distraite et de toute évidence inquiète à
propos de quelque chose.

Doreen marqua une hésitation.

— Bon, j'ai peut-être été inquiète à propos d'une chose,
mais ton frère a ça sous contrôle.

— Encore Mathew ?

— Oui, murmura-t-elle. Je lui ai dit aujourd'hui qu'on
se verrait au tribunal, grommela-t-elle… alors que j'étais
censée ignorer ses appels, expliqua-t-elle avant d'entendre
Mack soupirer. Avant que tu ne te mettes en colère contre
moi, je crois qu'il m'était nécessaire de le faire !

Il l'écoutait pendant qu'elle racontait.

— Bon, dans ce cas, c'était probablement une bonne
chose. Mais ce serait sacrément bien si on pouvait franchir ce
cap.

— Oui, toi et moi ensemble. Et je trouve que ton frère

est fou de croire que Mathew abandonnera de sitôt.

— Je ne pense pas que Nick prévoie qu'il abandonne de sitôt. Je pense qu'il espère que Mathew causera suffisamment de tort sans blesser sérieusement qui que ce soit à part lui-même.

— Je ne crois pas que Nick aura beaucoup de chance, car Mathew dispose d'avocats plutôt futés.

— Il a également franchi la ligne d'un point de vue légal, et il a conscience que le juge s'en servira. Alors, s'il peut garder tout ça en dehors du tribunal, il s'en sortira nettement plus facilement. Mais une fois que le juge aura découvert ce qu'il a fait, entre ta précédente avocate et le harcèlement dont tu es victime, l'histoire sera totalement différente.

— Et c'est ce qui m'angoisse, car plus on s'approche de la date du jugement, plus on s'approche d'un Mathew perturbé.

— J'ai mis en place une alerte au cas où il viendrait jusqu'ici par avion, confia Mack. Crois-moi, on est dessus.

— Bien, répondit-elle avec un certain soulagement.

— Qu'as-tu fait d'autre aujourd'hui ?

— J'attends encore d'avoir des nouvelles du détenu. Autrement, ça a été une journée plutôt bonne.

— Le détenu ? répéta Mack d'une voix monotone, calme. Quel détenu pourrait-ce bien être ?

Et Doreen fit la moue.

— Oh ! je crois que je ne t'ai pas parlé de ça non plus…

— Non, confirma-t-il d'une voix basse et vraiment maîtrisée. Tu ne l'as pas fait. Peut-être pourrais-tu m'en dire plus maintenant…

Doreen poussa un soupir.

— Je devrais sans doute… au cas où ça éclaterait.

— Comme quoi ? la questionna-t-il en haussant la voix.

— Rien qui soit effrayant ou néfaste d'aucune sorte, s'empressa-t-elle de déclarer pour le rassurer. Cependant, toutes les victimes potentielles dont nous avons entendu parler dans cette affaire viennent des déclarations de ce détenu qui a partagé sa cellule avec Bob Small. Mais personne n'a jamais retrouvé ce dernier. Personne n'a jamais eu la moindre preuve qu'il s'agissait de ce type. Par conséquent, j'ai contacté le prisonnier.

— Tu as fait quoi ?

— Oui, mais c'était l'idée de Nick !

Après un silence de mauvais augure à l'autre bout du fil, elle s'empressa d'ajouter :

— Je ne crois pas que Nick voulait que je le fasse. Il a demandé au passage si j'avais contacté le compagnon de cellule de Bob Small, ce qui m'a convaincue de le faire.

— Oh, bon sang de bonsoir ! marmonna Mack. Pourquoi ? Alors que tu as déjà suffisamment de dossiers à étudier, tu as besoin d'avoir encore plus de prisonniers, plus de criminels dans ton entourage ?

— Je n'avais pas envisagé ça sous cet angle. J'avais plutôt dans l'idée de voir si cet homme allait modifier son histoire après toutes ces années.

— Et donc ? Qu'a-t-il dit ?

— Il a dit qu'il voulait quelque chose en échange.

— Évidemment que c'est ce qu'il veut, grommela Mack avec dégoût. C'est un subterfuge commun parmi tous les criminels.

— Eh bien, c'est super… Sauf que je n'ai pas grand-chose à lui offrir, et il était plutôt déçu d'apprendre que je ne fais pas partie de la police et que je suis… Comment m'a-t-il appelée ? Un truc à propos de saleté d'âme charitable…

Cela amusa Mack.

— Si c'est le pire nom qu'il t'ait donné, tu t'en sors bien.

— N'est-ce pas ? Je me suis dit que je m'en sortais bien, moi aussi. Bref, je lui ai demandé s'il souhaitait partager ses informations avec moi, et il a dit qu'il y réfléchirait.

— Et que lui as-tu spécifiquement demandé ?

— Plus d'infos sur ce Bob Small afin qu'on puisse le traquer. Le détenu a partagé sa cellule avec lui il y a environ dix, quinze ans, ou en tout cas dans ces eaux-là. Le temps passe trop vite… Je ne crois pas que le prisonnier en ait une idée vraiment précise, mais il a précisé que Bob Small était vieux à cette époque.

— S'il te rappelle, tiens-moi au courant.

— Je n'y manquerai pas. Je suppose que tu ne peux rien faire pour lui soutirer des renseignements, n'est-ce pas ?

— Non, confirma-t-il, prudent. De toute évidence, s'il détenait l'information que désire la police, il serait possible de conclure un marché, mais ce n'est pas en mon pouvoir. Dans l'administration pénitentiaire, même nos dossiers comportent des empreintes digitales, des photos et de possibles pseudonymes, mais il me faut plus que quelques coupures de journaux et les paroles d'un détenu pour avoir la permission d'accéder à cette affaire.

— D'accord. Je ne sais pas non plus s'il a quoi que ce soit à dire ou pas.

— Vu ce que tu essaies de faire et ce que tu souhaites obtenir en lui parlant, j'ai vraiment besoin que tu me tiennes au courant à tout moment.

Une telle note d'inquiétude emplissait sa voix qu'elle répondit immédiatement :

— Bien sûr !

Il hésita un moment puis s'étonna :

— Je m'attendais à un gros argument.

— Eh non ! Je ne souhaite pas la mort. Je ne comprends pas vraiment ce que recherchent ces gens… Je sais simplement qu'il détient l'information, alors ça mérite une conversation.

— Bien, dit Mack.

Il y avait un soulagement presque perceptible dans sa voix. Doreen se mit à rire.

— En plus, si on obtient quoi que ce soit de sa part, je pourrais avoir besoin de ton aide pour que tu viennes avec quelque chose susceptible de lui faire envie.

Mack renifla.

— Ces mecs-là veulent de meilleures conditions de vie, des cellules différentes, ce genre d'âneries, mais la plupart du temps, ça n'arrive pas.

— Il est enfermé depuis longtemps, lui rappela-t-elle.

— Oui, et ça le rend plus que méfiant. Certains types s'en sortent vraiment bien en prison et en ressortent en meilleure forme, et d'autres y sont à perpétuité. Quand ils sont libérés, ils récidivent afin d'y retourner.

— Par choix ? demanda Doreen, stupéfaite.

— Oui, par choix, car ils ne savent plus comment se comporter dans la société actuelle. C'est tellement différent de ce à quoi elle ressemblait quand ils ont été incarcérés…

— Je suppose que c'est logique, concéda-t-elle tout bas, encore ébahie. Je n'y avais pas songé.

— Tu devrais, car certains de ces gars sont assez dangereux et certains n'ont plus beaucoup de morale ou de principes.

— Bien sûr, mais pas tous, j'espère. J'ai besoin que ce mec-là soit intéressé.

— Je ne compterais pas là-dessus, répliqua Mack gentiment.

— Je sais, je sais. Il a tenté de se débarrasser de moi également, mais il est aussi furax que ce Bob Small s'en soit sorti avec tous ces meurtres alors que lui est toujours coincé en tôle.

— Oui, c'est l'une des manettes que tu pourrais actionner, lui suggéra Mack, mais une fois de plus, tu devras être très prudente.

— Une dernière chose, ajouta Doreen, ce qui fit grogner Mack. J'ai discuté avec la petite-nièce de Hinja, et, aux funérailles de cette dernière, elle a vu un vieil homme qu'elle n'a pas reconnu. Il lui a dit qu'il aimait bien ses cheveux bouclés. Je crains qu'elle n'ait parlé à Bob Small.

Juste après, elle entendit quelqu'un appeler urgemment Mack dans le fond.

— Tu devrais y aller, conclut-elle. Passe une bonne journée.

Et elle raccrocha.

Elle demeura à sa place un long moment, puis elle se dit qu'elle s'était possiblement mise un peu dans le pétrin. Mais bon, quand n'était-ce pas le cas ? Il semblait que le pétrin faisait partie de son quotidien, et elle en restait pantoise, car qui aurait été en mesure de prédire qu'elle aurait ces problèmes constamment ?

Son téléphone sonna de nouveau, mais elle ne connaissait pas le numéro.

Elle hésita, mais quand elle finit par répondre, elle reconnut Scott, de chez Christie's, à l'autre bout du fil.

Chapitre 12

— VOUS VOILÀ ! dit Scott. Je n'étais pas certain de réussir à vous joindre.

— Salut ! répondit-elle, souriante, soulagée que le vendeur d'antiquités la contacte. J'étais inquiète, je me demandais ce qui se passait.

— J'entends. C'est une très longue procédure, et honnêtement, certaines pièces requéraient un peu de boulot pour être nettoyées, expliqua-t-il en guise d'excuses.

— Je peux comprendre que certaines avaient besoin d'un soin particulier. Alors, comment ça se présente ? le questionna-t-elle, hésitante.

— Ça se présente bien. Nous avons une vente aux enchères ce week-end pour quelques-uns des objets les moins chers, confia-t-il. Les livres ont été publiés dans un bulletin d'informations spécial. Avez-vous parlé au vendeur de livres anciens ?

— Je n'ai parlé à personne. Tout est parti de la maison, et après ça, je suis restée ici, à me poser des questions.

Il éclata de rire.

— Vous vous demandiez si nous étions des voleurs venus dérober tout le contenu de votre propriété avant de nous aller ? la taquina-t-il.

— Eh bien, oui, peut-être, admit-elle. Ça a été un coup dur de ne pas savoir ce qui se passait…

— Vous aviez bien conscience que les pièces devaient d'abord être réparées, n'est-ce pas ?

— Oui, j'étais au courant de ça, et nous ignorions dans quel état elles se trouveraient avant la moindre enchère tant que des spécialistes ne les auraient pas examinées. Pourtant, malgré tout ce qui s'est passé, les mois défilaient, et je n'étais sûre de rien…

— Je vous comprends. Quelques-uns des plus petits objets et certains livres anciens sont programmés pour la première vente, ainsi que certains petits ustensiles de cuisine, ce week-end. Bien évidemment, il y aura encore quelques mois avant que le fruit de ces transactions n'arrive jusqu'à vous, mais ces ventes nous donneront une idée du montant qui vous sera dû, déclara-t-il d'une voix assurée. Pour les objets plus coûteux, nous organiserons une mise aux enchères spéciale dans… bon sang, dit-il avant de s'arrêter pour réfléchir. Nous avons repoussé pour que les réparations soient effectuées, mais je pense que nous nous situerons en novembre. Je n'aimerais pas vous indiquer une date en octobre avant de vraiment en être sûr…

Elle y songea puis approuva.

— Puisque nous sommes fin septembre, ce n'est pas si loin.

— Je suis soulagé que vous pensiez ainsi. Je craignais que cela vous fasse hurler.

— Ce n'est pas que je hurle, clarifia-t-elle, mais vous êtes au courant de ma situation financière…

— Absolument. J'ai conscience que vous avez besoin d'argent, et nous essayons de vous en obtenir le maximum pour vos antiquités.

— Ça me convient pour un petit moment. J'ai fini par obtenir une récompense pour l'un des boulots que j'ai effectués récemment. Ça m'a permis de mettre de côté pour quelques mois.

— Oh, c'est merveilleux ! s'exclama Scott. Je n'ai jamais vraiment eu d'aptitude pour ce que vous faites. Je trouve merveilleux que vous ayez trouvé un moyen de gagner de l'argent pour vous en sortir.

— Eh bien, ça ira mieux quand je n'aurai pas à m'inquiéter de devoir m'en sortir, souligna-t-elle dans un soupir. Certains mois sont plutôt difficiles.

— Et nous croyions que la majeure partie de tout ça serait en route pour les enchères, admit Scott, mais nous avons décidé de diviser les objets et de présenter ceux de plus grande valeur dans une vente séparée. Nous avons pensé que ce serait mieux de ne pas les mélanger avec les plus petits articles. Et nous avons déjà un couple de collectionneurs privés qui désire quelques bouquins. Je me demandais si ça vous conviendrait qu'on vous appelle pour vous faire des offres.

— Qui s'en occupe ?

— John. Il gère les collections privées aux enchères. Donnez-lui des livres rares, et vous aurez de la chance si vous parvenez à lui parler de nouveau !

— Je me souviens en effet de m'être dit qu'il en voudrait peut-être quelques-uns pour lui.

— Je pense que c'est la question qui se posera si vous êtes disposée à lui en vendre pour son usage personnel.

— Mais comment saurais-je si son offre est équitable ? l'interrogea-t-elle, inquiète.

— C'est une très bonne question ! Je peux vous dire qu'il

a bel et bien fait évaluer tous les objets et qu'il a de la paperasse à vous montrer. Maintenant, la *valeur* est une chose tandis que le *prix de vente* en est une autre. Et ce sera là un petit challenge pour vous.

— Très bien, marmonna-t-elle. Donc il en voudra quelques-uns, et le reste partira à la première vente aux enchères ?

— Oui, confirma Scott. John désire deux livres, je crois. Donc les autres partiront aux enchères. Nous avons une mise en vente spéciale pour la littérature, qui inclut la musique, même l'art, et ce genre de thèmes. Vous avez quelques illustrations également, non ?

— Oui, apparemment ma grand-mère avait des goûts éclectiques.

— Elle avait d'excellents goûts, corrigea Scott. Je ne sais pas s'ils étaient éclectiques… Je ne sais pas non plus si elle s'intéressait vraiment à ces objets ou si elle avait l'œil pour déterminer ce qui pourrait générer de l'argent, mais cela vous en procurera certainement beaucoup.

— Et cela, bien entendu, la rendra heureuse, déclara Doreen avec le sourire. Je ne suis pas contre le fait que John ait quelques pièces. C'est simplement que… Peu importe ce que je dirai, je passerai pour une cupide.

Scott commença à rire.

— Non, absolument pas. Ce sont des investissements. Il faut que nous en tirions un maximum pour vous, précisa-t-il d'une voix réconfortante. Vous devriez garder en tête que certains objets ont plus de valeur que d'autres, et John ne veut pas acheter les plus chers. Deux d'entre eux l'intéressent, ajouta-t-il avant de nommer les livres.

— Je suis désolée, les titres ne signifient pas grand-chose pour moi…

— Je vois. Les papiers que je vais vous envoyer indiquent que leur valeur respective est estimée à soixante-quinze mille et soixante-deux mille.

Doreen s'immobilisa et fixa son téléphone.

— Par livre ?!

— Oui, oui ! s'exclama Scott, amusé. Je devine que vous ne vous attendiez pas à de telles sommes.

— Non, clairement pas ! Et par-dessus le marché, vous avez mentionné que ces deux-là n'étaient pas les plus chers, n'est-ce pas ? se hâta-t-elle de demander.

— C'est exact. Il a découvert que d'autres vaudront bien plus.

Doreen s'assit et retint son souffle.

— Ouah… Ma grand-mère, quel phénomène !

— Non seulement c'est un phénomène, mais j'espère aussi qu'elle est encore en bonne santé pour vous voir bénéficier de toutes ces récompenses.

— Eh bien, si ça ne prend pas plus de temps, le railla Doreen avec une pointe d'humour, elle le devrait.

Scott rit de nouveau.

— Je demanderai à John de vous appeler, et vous déciderez de la suite à donner à ces deux estimations.

— Bien sûr, mais êtes-vous en train de me dire que ces prix sont négociables ?

— Oh, absolument ! Et si vous estimez que l'offre de John n'en vaut pas la peine, cela pourrait partir aux enchères. Ensuite, si vous ne les vendez pas, vous pourrez les lui céder.

— Oh, ça pourrait être le moyen le plus facile.

— Oui, mais dans ce cas, pour lui, ce serait prendre le risque de ne pas les avoir, car certains de ces livres, selon lui, devraient partir assez rapidement.

— D'accord… ça représente encore plus de choses auxquelles penser.

— Il y a toujours plus à penser, acquiesça chaleureusement Scott. Mais je veux vraiment mettre aux enchères certains des petits objets ce week-end, puis les plus gros plus tard, en novembre, comme vous le verrez dans le catalogue que je vous ai envoyé.

Il raccrocha, laissant Doreen les yeux fixés sur son téléphone. Puis elle se leva et se mit à courir dans la maison, hurlant de joie à pleins poumons. C'était comme si, pour une fois, elle était du côté de ceux qui reçoivent de bonnes nouvelles. Elle était toujours en train de danser et de crier devant les animaux quand son portable sonna de nouveau. Elle soupira, revint sur terre, toujours débordante d'enthousiasme, sur un nuage. C'était Nan qui l'appelait.

Doreen lui raconta rapidement le coup de fil de Scott, et Nan riait et l'encourageait.

— Ce sont des nouvelles absolument merveilleuses !

— Je ne sais toujours pas quoi faire concernant les livres que souhaite John.

Nan hésita avant de parler.

— Eh bien, d'une certaine façon, je te conseillerais de les lui vendre, tant qu'il en propose un bon prix.

— Mais qu'est-ce qu'un bon prix ? Il n'offrira pas moins que leur estimation, si ?

— Non, et un tas de gens proposeront plus que la valeur estimée, souligna Nan avec cette manière ressemblant à celle d'une enseignante dans la voix. Tu ne peux te permettre de faire don de quoi que ce soit.

— Non… et je ne sais même pas ce que je pourrais dire, car, pour le moment, je suis bien trop excitée !

Nan gloussa.

— Oui, c'est énorme. Tu t'en es très bien tirée.

— Et pourtant non… et ce n'est pas moi, c'est toi.

— Et je m'en attribuerai le mérite autant que possible ! déclara fièrement Nan.

Doreen en fut amusée.

— Tu avais une raison de m'appeler ?

— Oui. Je voulais savoir si tu avais obtenu plus d'informations.

— Non, souffla Doreen avec regret. Mack a plutôt été fermé comme une huître à ce sujet.

— Oui, apparemment Darren également, ajouta Nan en soupirant. Cela ne fait que nous rendre encore plus avides de connaître le fin mot de l'histoire.

— Je me concentre davantage sur le problème de Hinja.

— Oh, ma chérie, il est bien triste celui-là !

— En effet. J'ai enfin lu toutes les lettres et les notes, et j'ai contacté sa petite nièce, la femme qui t'avait envoyé tout ça. Elle m'a expédié ce qui restait. Alors, je verrai si tu souhaites quoi que ce soit en souvenir d'elle et si quoi que ce soit a un lien avec ce Bob Small.

— Si c'est bien l'homme qu'on recherche, fit remarquer Nan.

— C'est ça, le truc. Une fois de plus, nous sommes confrontés à des « si ». Ce pourrait être lui et ce pourrait ne pas être lui.

— Et c'est toujours ça le pire. On peut faire autant d'allusions et de suppositions qu'on veut, en fin de compte, il faut s'assurer qu'on tient la bonne personne. Et jusqu'à présent, il semble que Hinja s'inquiétait de n'avoir aucune preuve.

— Tu as raison sur ce point. Je pense que ça l'a tourmentée jusqu'au bout.

— Oh oui, définitivement ! Ça a été dur pour nous tous

quand Hinja s'est montrée si silencieuse, car nous étions impuissants à soulager ses sentiments de culpabilité.

— Je n'arrive pas à imaginer… mais tout ça pour dire que ça a été une bonne journée jusqu'à présent, déclara Doreen en ricanant.

— Tant mieux. Je voulais vérifier que tu n'avais aucune nouvelle info…

— Non, aucune. Je suis surprise que tu ne m'invites pas pour le thé.

— Oh, ma chérie, non, pas aujourd'hui ! Nous rejouons au boulingrin. Depuis cette escapade au cimetière, j'ai réalisé que nous avions pris du retard dans nos jeux, alors nous allons devoir augmenter la cadence.

— Ah, tu as organisé un autre tournoi ?

— Ils bossent dessus en ce moment. Nous avons besoin de suffisamment de joueurs pour que les parties en vaillent la peine et, bien sûr, nous espérons qu'ils vivent suffisamment longtemps pour qu'elles aient lieu, dit-elle en ricanant de son propre humour noir.

Doreen sourit, car l'humour macabre semblait être actif à tout moment dans ces maisons de retraite.

— Passe une belle journée, Nan, déclara Doreen avant de raccrocher.

Elle resta assise là, encore excitée par la nouvelle de sa prochaine grosse rentrée d'argent – rien que pour elle –, ce qui signifiait qu'elle aurait de quoi manger et payer quelques factures.

Elle se demanda si elle devait en proposer un peu à Nan pour toute l'aide qu'elle lui avait apportée ou si cela ne contribuerait qu'à lui déplaire davantage. Doreen ne voulait pas contrarier sa grand-mère, mais en même temps, était-ce la meilleure chose à faire ? C'était toujours un piège : choisir la bonne option paraissait évident, mais quand on prenait en compte les personnalités de chacun, ce n'était pas toujours aussi simple.

Toutefois, Doreen avait envie de s'assurer que Nan savait à quel point elle appréciait tout ce qu'elle avait fait pour elle et ne voulait pas commettre l'erreur d'en tirer parti. Elle prit du temps pour y réfléchir, puis réalisa qu'il était inutile de le faire maintenant, car il était encore trop tôt ; il n'y avait aucune somme d'argent à ce stade de toute manière. Et selon Scott, il s'écoulerait encore deux mois, si ce n'était trois, avant que des fonds n'arrivent jusqu'à elle.

Elle proposerait également à Nick de lui offrir quelque chose pour tout le temps qu'il avait consacré à son divorce.

Elle finit par se lever afin de se préparer un sandwich. Elle était toujours en train de danser quand la sonnette retentit. Elle cessa de bouger tandis que Mugs alla jusqu'à la porte d'entrée en aboyant comme un fou.

Elle hésita puis marcha jusqu'à sa porte. Vu l'attitude de Mugs, elle n'était pas certaine de devoir l'ouvrir. Mais elle le fit, et ses yeux découvrirent Mathew. Elle le regarda d'un air mauvais.

— Qu'est-ce que tu fiches ici ? lui demanda-t-elle en marmonnant.

— Je suis venu te parler, répondit-il avec une note de désespoir dans la voix, ce qui poussa Doreen à froncer les sourcils. Je peux entrer ? la questionna-t-il.

Elle secoua immédiatement la tête.

— Non, sûrement pas. Je sais déjà que j'aurai des problèmes rien que pour t'avoir ouvert la porte.

— Eh bien, tu l'as déjà ouverte, rétorqua-t-il, exaspéré. Alors, arrête de laisser les avocats tout contrôler, invite-moi à entrer et parle-moi.

— Te parler ? À chaque fois que je te parle, tu finis par me menacer.

Il rougit.

— Je suis désolé. Tu sembles réveiller mon mauvais caractère ces jours-ci…

— Pas moi, contesta-t-elle en maintenant fermement la porte à peine ouverte. Tu sais parfaitement que tu dois t'adresser à tes avocats.

— Bien sûr, mais tout ce qu'ils veulent, c'est causer tribunal.

— À quoi tu t'attendais ? Si tu ne parviens pas à trouver un accord, ce sera un procès.

— Nous pouvons parvenir à un accord, mais tu dois te montrer raisonnable…

Le regard de Doreen était noir.

— C'est pour me dire ça que tu es venu ici ? demanda-t-elle avec sévérité. Parce que tu sais où tu peux aller si c'est le cas…

Ce fut au tour de Mathew de la considérer furieusement.

— Quand es-tu devenue si mauvaise ? l'interrogea-t-il sèchement.

— Peut-être à peu près au moment où Robin m'a trahie et que tu m'as poignardée dans le dos, grommela-t-elle, ses yeux lançant des éclairs. Et ce divorce n'est rien d'autre qu'une question d'équité.

— Ce n'est pas équitable ! rugit-il. C'est moi qui ai tout bâti. Tu ne devrais rien recevoir de tout ça !

Elle le fixait, le visage impassible, se demandant comment elle était supposée s'extirper de cette situation. Il poussa violemment la porte qui rebondit dans la main de Doreen. C'était sa seule option pour l'empêcher de la pousser de nouveau.

Mugs commença à aboyer comme une furie.

Mathew posa un regard noir sur lui et ordonna :

— Fais taire ce chien, veux-tu ?

— Non, répondit-elle sèchement. C'est toi qui essaies de forcer l'entrée, et cela va à l'encontre de ce que les avocats tentent de t'empêcher de faire.

— Je m'en fiche. Je ne peux pas aller devant un tribunal.

— Pourquoi pas ? Tu parles toujours d'avoir les avocats à ta disposition et d'attaquer tout le monde en justice.

Il hocha la tête.

— Ouais, et curieusement, mon nom finit traîné dans la boue avec les avocats.

— Trouve-toi d'autres avocats malhonnêtes pour s'occuper de ça à ta place.

— J'en ai un paquet, grommela-t-il, mais le tien s'est comporté comme un con.

Cela apporta un sourire à Doreen.

— Ravie d'entendre ça ! Tout ce que tu as à faire, c'est parvenir à un accord avec mon avocat.

— Je ne peux pas y arriver si tu ne me parles pas ! rétorqua-t-il. Pourquoi crois-tu que je suis ici ?

— Je n'en ai aucune idée… Je ne peux pas prétendre que je suis très heureuse de te voir.

— Eh bien, c'est vraiment dommage, car je suis là et je ne partirai pas tant que nous n'aurons pas arrangé ça.

— Arrangé quoi ?

— Je veux que tu acceptes l'argent qui t'a été proposé et que tu me laisses tranquille.

— Moi ? Te laisser tranquille ? répéta-t-elle, stupéfaite. Tu dis ça sérieusement ?

— Absolument, confirma-t-il d'une voix rageuse. Tu ne prendras pas tout mon argent.

— Je ne veux pas tout ton argent, clarifia-t-elle, mais tu commences vraiment à m'énerver. Il vaudrait mieux que tu t'en ailles et que tu me foutes la paix.

Sur ce, elle tenta de refermer brutalement la porte.

Mais il y avait Mathew, le pied en plein milieu, qui la dévisageait en lui adressant un sourire qui glaçait le sang de Doreen.

— Tu vas me forcer ?

Puis quelqu'un derrière Mathew intervint :

— Non, mais moi, oui.

Chapitre 13

MATHEW SE RETOURNA, quelque peu étonné, et découvrit Mack, un ange vengeur qui se tenait immobile, les mains sur les hanches, et qui le regardait froidement. Mack posa les yeux sur Doreen.

— Et tu as des choses à m'expliquer, dit-il d'un air agressif.

Elle grimaça.

— J'ai ouvert la porte. Je ne pourrai pas me tirer d'affaire là-dessus, si ?

— Non, en effet, confirma Mack avant de reporter son attention sur Mathew. Et j'ai une cellule qui vous attend.

Mack se tourna et désigna Arnold et Chester, de grands sourires sur leurs visages et des menottes dans les mains.

Avant que Mathew n'ait l'occasion de répliquer, il fut menotté et emmené vers le gros véhicule.

Doreen considéra Mack avec stupeur puis interpella Mathew pendant qu'il était conduit vers la voiture.

— Ce nouveau bijou te va bien !

Mathew pivota, et le fait de la voir en compagnie de Mack parut le dévaster. Il commença à jurer, à la maudire et à la menacer. Mack déclara d'un ton sec à son intention :

— Cela ne contribue qu'à nous donner plus de charges contre vous, alors continuez !

Presque comme si Mack avait fini par lui faire comprendre qu'il était sérieux, Mathew se tut et se laissa installer à l'arrière du véhicule. Puis Chester s'assit à l'avant avec Arnold, et ils s'en allèrent.

Doreen se tourna vers Mack.

— J'ai conscience que j'ai mal agi. J'avais vérifié l'une des fenêtres sur le côté, mais je n'ai pas réussi à voir qui se trouvait sur le porche. Et tu m'avais dit que tu vérifierais s'il prenait l'avion et que tu me tiendrais au courant…

Mack jura dans sa barbe.

— Comment ça se fait que tu finisses toujours par me mettre ça sur le dos ?

Doreen lui sourit.

— Ça dépend si tu me cries dessus ou pas.

Il lui lança un regard en coin.

— Tu sais ce que tu mérites…

Elle ouvrit les bras.

— De ne pas me faire crier dessus. J'allais déjà mal avant sa présence ici.

Immédiatement, la colère de Mack s'envola, et il lui ouvrit les bras.

Elle s'y blottit et se mit à sourire quand Mack les replia fermement sur elle.

— Je n'aime vraiment pas cet homme, marmonna-t-elle.

Mack renifla.

— C'est le bon moment pour s'en rendre compte, répondit-il en secouant la tête.

— Tu vas le dire à ton frère ?

— Oh que oui, je vais lui dire ! Désormais, on l'accusera de t'avoir de nouveau menacée, d'avoir tenté d'entrer par la force ainsi que tout ce qui me viendra en tête, déclara Mack en jetant un œil mauvais en direction de Doreen. Qu'est-ce qu'il voulait ?

— Il a expliqué qu'il ne partirait pas tant que nous n'aurions pas réglé le divorce et que j'étais censée accepter l'offre qu'il avait proposée. Que je devais cesser d'être cupide et que je ne méritais pas tout son argent.

— Bien évidemment. Et qu'as-tu répondu ?

— Qu'il était supposé en discuter avec ses avocats.

— Ça aurait pu marcher, excepté qu'il l'avait déjà fait, je présume.

— Oui, il a commencé à se mettre vraiment en colère à ce moment-là. Je ne crois pas qu'il apprécie beaucoup Nick…

Cela amusa Mack.

— Non. Il est préférable de connaître mon frère quand il est de ton côté. Mais quand il est contre toi, je suis presque sûr qu'il est effrayant.

— Eh bien, j'ai vu assez de choses effrayantes pour toute une vie, grommela-t-elle. Je ne peux pas prétendre désirer avoir plus peur que ça.

Mack la pressa doucement puis la ramena à l'intérieur.

— Nous nous mettons en scène…

Elle scruta alentour et vit Richard qui l'observait d'un air mauvais. Elle lui rendit son regard.

— Vous voyez ? Vous causez encore des problèmes ! lui lança-t-il en secouant le poing à son intention.

Elle leva son propre poing pour imiter son geste.

— Vous auriez pu appeler la police et me donner un coup de main !

Richard la considéra, surpris.

— Vous voulez dire que vous aviez besoin d'aide ?

Elle opina du chef.

— Oui, en effet !

— Oh…

Et là-dessus, il rentra chez lui.

Doreen s'adressa de nouveau à Mack.

— Tu sais qu'il n'est pas facile de vivre ici ?

Il soupira, la poussa à l'intérieur et referma la porte. Puis il salua les animaux qui l'entouraient.

— Comment a réagi Mugs ?

— Il ne voulait pas s'arrêter d'aboyer sur Mathew, ce qui l'a énervé également.

— Oui, je suppose qu'il sait comment est Mathew ?

— En un sens, oui. Mugs a toujours été bien entretenu et soigné à cause des règles strictes de Mathew, donc j'ignore s'il a conscience que les chiens sont susceptibles de mal se comporter. Mugs était clairement de mon côté.

— Dans ce cas, bon chien ! dit-il à Mugs qui était visiblement content d'avoir des câlins.

Il en tira alors parti et se frotta contre Mack.

Doreen secoua la tête.

— Même quand je pense bien agir, j'agis mal, marmonna-t-elle, ce qui fit soupirer Mack.

— Ne commence pas. Tu t'en sors très bien.

— Hmm, oui, je n'ai pas cette impression. Même avec ton aide et celle de Nick, je ne parviens toujours pas à mettre fin à ce divorce.

— Oh, nous y arriverons maintenant ! Et nous aurons quelques charges en bonus auxquelles Mathew devra réfléchir également.

— Vous allez vraiment porter ces accusations contre lui ?

— Oui, ou nous en servir pour faire pression, afin qu'il fasse le nécessaire pour se sortir de là et s'en aller, et ainsi nous assurer qu'il ne recroise jamais ta route.

— Et donc, qu'arrivera-t-il s'il continue ?

Mack lui adressa un sourire féroce.

— Alors nous lui ferons la totale ! lâcha-t-il joyeusement.

— Vous pouvez vous en occuper maintenant ? se plaignit-elle. Et ignorer tout le reste ?

Mack éclata de rire.

— Tu te souviens de cette partie où il faut respecter la loi ?

— Je trouve que la loi aurait besoin de changer…

Mack hocha la tête.

— Un tas d'aspects réglementaires ont effectivement besoin d'être modifiés. Et après, quoi ? Tu vas devenir avocate ?

Elle le considéra puis haussa les épaules.

— Je ne pense pas être capable de faire ce job.

— Non, moi non plus. De plus, c'est ce que Nick fait de mieux et je ne crois pas qu'il souhaiterait la moindre compétition.

Doreen renifla.

— Oui, je crois qu'il est effrayé par moi en vérité.

— Je n'en serais pas totalement surpris, grommela Mack. Un tas de gens le sont…

— Je ne suis pas effrayante, protesta-t-elle. Pourquoi affirmer le contraire ?

Il leva les yeux au ciel tandis qu'elle ouvrait la voie vers la cuisine.

— Un café ? lui proposa-t-il.

Elle le regarda, d'un air ravi.

— Tu peux rester ?

— Je peux rester un peu pendant qu'ils emmènent Mathew au poste.

— Bien. Peuvent-ils aussi jeter la clé ou au moins la donner à Chester pour qu'il la perde un moment ? marmonna-t-elle, ce qui incita Mack à rire.

— Ils le traiteront du mieux possible, mais sans plus. Ils savent tous qui il est et ce qu'il fait.

— Tant mieux. Je ne lui ai jamais rien fait, tu en es conscient ? Je me sens même très bizarre d'être dans cette situation désormais.

— C'est normal.

— Quand je crois aller mieux, il déboule dans ma vie, et je lui ouvre la porte !

— Tu savais qu'il était là ?

— Non, je l'ignorais, vraiment ! J'aimerais penser que je n'aurais pas ouvert la porte dans le cas contraire… Je ne sais pas si ça aurait fait une différence ou si Mathew ne l'aurait pas ouverte à coups de pied.

— Eh bien, ça aurait constitué un bel ensemble d'accusations contre lui. Comme c'est parti, j'ignore si son avocat le fera sortir assez vite.

— Il a expliqué qu'il avait du mal à dénicher des avocats désormais, quelque chose en rapport avec son nom qui avait été traîné dans la boue.

— Oui, ce n'est pas chose aisée que de s'en tirer, une fois qu'on a été radié du barreau à cause d'un client.

— Je crois que ça importait peu à Robin…

— Peut-être que si elle était toujours en vie, ce serait le cas. Ou bien si elle avait eu une idée de sa mort imminente.

Doreen opina lentement du chef.

— Je suppose qu'on ne réfléchit pas vraiment aux consé-quences, car on n'imagine jamais que ce seront *nos* conséquences, non ?

— Non, tout le monde croit toujours qu'il sera le seul à

s'en sortir sans problèmes, confirma Mack. Je peux t'affirmer que ça ne marche pas comme ça.

Elle lui tapota doucement la joue.

— Merci d'être encore venu à ma rescousse.

Il hocha sobrement la tête, les yeux baissés sur elle.

— Ce serait bien si je n'avais pas constamment à venir à ta rescousse.

— Oui, n'est-ce pas ? approuva-t-elle avec malice. Tu avais découvert qu'il était ici ?

Mack acquiesça.

— Mais je n'étais pas disponible, expliqua-t-il en tâchant de garder un ton assuré. Quand j'ai reçu l'alerte, Mathew était déjà en chemin jusque chez toi. Quand je suis arrivé, je l'ai vu devant ta porte d'entrée, prêt à te battre à mort.

— Si tu n'étais pas arrivé à ce moment-là, je crois qu'il se serait servi de ses poings pour que je signe.

— Laisse-moi appeler Nick. Prépare le café, et nous irons nous asseoir et nous détendre.

— Ça me paraît bien, acquiesça-t-elle, avant de s'exécuter en écoutant Mack relater à son frère ce qui s'était passé.

Elle parvenait à discerner des tons plus durs ici et là, tandis qu'ils discutaient des options. Finalement, une fois le café versé, elle ouvrit la porte arrière de la maison et fit un pas dehors, se demandant ce qui était advenu de ce sentiment absolument resplendissant avec lequel elle avait entamé sa journée. Elle chercha les biches, en vain, espérant que leur présence lui permettrait de retrouver un certain équilibre. Cela dit, pourquoi resteraient-elles dans cette zone de turbulence ?

Elles étaient plus malignes que ça, dommage que ce ne soit pas le cas de Doreen. Presque immédiatement, elle se souvint qu'elle ne s'était pas montrée soumise. Au lieu de ça, elle s'était mise en colère et avait, sur l'instant, gagné la partie, grâce à l'arrivée providentielle de Mack. Désormais, s'ils étaient en mesure de tenir Mathew loin de sa vie, ce serait parfait. Sur ce, elle attendit que Mack ait terminé son appel téléphonique, puis elle lui demanda :

— Alors, à qui appartenaient les flingues ?

Il la regarda d'un air ahuri. Doreen sourit.

— L'Uzi du columbarium et la cache d'armes dans cette fausse tombe.

— On essaie encore de le découvrir, répondit Mack.

— Tu crois que c'est lié aux histoires avec Bob Small ?

— Je ne le pense pas. Ça représente bien trop d'armes pour lui.

— C'est ce sur quoi je m'interrogeais… Et s'il était un survivaliste ?

— Un survivaliste ? répéta-t-il, amusé.

Doreen haussa les épaules.

— Quelqu'un qui attend la fin du monde…

— Mais pourquoi enterrer les armes dans le cimetière ?

Doreen fronça les sourcils.

— D'accord, donc ça n'a pas trop de sens non plus. Alors, nous revoilà avec la théorie du gang ?

Mack fit oui de la tête.

— Oui, c'est l'hypothèse sur laquelle on travaille.

— Vous êtes allés parler aux bandes ?

— Je m'en suis occupé ; personne ne sait rien.

Doreen leva les yeux au ciel, et Mack sourit.

— C'est toujours comme ça, non ?

— Cependant, d'un autre côté, souligna Doreen, je parie qu'ils sont énervés par le fait de ne pas avoir eu connaissance de ce butin.

— Je crois que même les gangs essaient encore de découvrir comment c'est arrivé là et pourquoi.

— Et les caméras ? Lorsque ce vandalisme a été perpétré ?

— Nous bossons encore dessus. Il y en a dans le cimetière, mais pas dans ce secteur.

— Bien évidemment, elles se situent de l'autre côté, non ?

Mack sourit et confirma.

— Elles ne peuvent pas couvrir tous les angles.

— Non, mais ce serait bien si elles couvraient au moins les bons, grommela-t-elle.

Cela fit bien rire Mack.

— Je ne vais pas débattre sur ce sujet avec toi, mais prenons en considération le fait qu'un tas de gens vont et viennent là-bas, rien que pour voir les sépultures.

— Mais dans ce cas, avec ces caméras au cimetière, comment quelqu'un aurait-il eu connaissance du meilleur moment pour enterrer les armes ?

— Ils ont dû collaborer avec le personnel du cimetière, selon moi.

— Mais même, pourquoi laisser des armes enfouies pendant vingt ans ?

— C'est ça le hic. Si une personne a enterré l'Uzi et cet amas de flingues, pourquoi les avoir abandonnés là aussi longtemps ? Cependant, si une personne a mis l'Uzi dans le columbarium et qu'une autre a enfoui le plus gros stock, la question demeure. Comment quelqu'un savait-il que la plus grosse quantité se trouvait là ? Ou bien était-ce seulement une mauvaise farce ?

— Tu crois que ce n'était que ça ? Une farce ? Car si c'étaient des gosses et qu'ils ont vu ce qu'il y avait dans le cercueil, ils se seraient servis directement avant de s'enfuir.

— Et c'est l'une des interrogations à laquelle nous devrons répondre. Et oui, nous sommes sur le coup.

— Je sais que vous l'êtes. Ce serait bien si vous étiez en mesure, tu sais…

— D'obtenir des réponses plus rapidement ? tenta Mack en riant.

— Oui… Est-ce que, à tout hasard, tu passes beaucoup de temps là-bas ?

— Non, pas depuis un moment.

— Je me posais simplement la question.

— Ce serait une bonne idée, sous-entendit-il en agitant les sourcils à son intention.

Elle hoqueta.

— Attends une minute ! Es-tu en train de me suggérer d'aller au cimetière, d'y faire un tour, rien que pour voir ce qui serait susceptible de s'y trouver ?

— Je ne peux pas te dire de faire quoi que ce soit. Officiellement, je dois te demander de rester en dehors de ce bazar. Je ne suspecte personne d'y retourner, surtout que les armes ont désormais été mises au jour et qu'elles sont en notre possession.

Elle y réfléchit et hocha la tête.

— À moins que quelqu'un surveille la présence de la police…

— Et c'est l'une des raisons pour lesquelles c'est probablement une bonne chose que tu ailles là-bas. La présence de la police est presque terminée.

Doreen regarda Mack, ravie.

— Alors, je vais emmener les animaux cet après-midi, et peut-être que Thaddeus pourra rendre visite à Big Guy.

Mack opina du chef.

— Pas une mauvaise idée, surtout s'il veut sortir.

Thaddeus avait ouvert les yeux sur son perchoir, relevé la tête et s'était mis à crier : « Big Guy ! Big Guy ! Big Guy ! »

Doreen grimaça, car maintenant qu'il était lancé, il n'y aurait pas moyen de l'arrêter.

« Big Guy ! Big Guy ! Big Guy ! »

— Oh la la…, déplora Mack en fixant l'oiseau. Combien de temps il peut faire ça ?

— Trop longtemps, marmonna Doreen. Je n'aurais pas dû le prononcer à haute voix.

— Non, tu n'aurais sûrement pas dû. Mais la bonne nouvelle, c'est que ça va m'inciter à retourner au travail plus vite !

Et là-dessus, il se mit debout, vida le reste de café dans sa tasse et suggéra :

— Tu devrais peut-être l'y emmener maintenant… Ne le prends pas mal, mais pourrais-tu essayer de rester hors des ennuis pour une fois ?

Quand Doreen se leva d'un air indigné, Mack lui adressa un large sourire.

— C'est mieux. Tu semblais un peu démoralisée.

Elle poussa un soupir.

— Alors c'était ça, un effort pour que je me sente mieux ?

— Ça fonctionne ?

Elle s'esclaffa.

— Peut-être. Je dis bien peut-être.

— Bien. Dans ce cas, pars et profite. Et souviens-toi : laisse les flics tranquilles si tu vois qui que ce soit là-bas.

— Promis.

Dès que Mack fut parti, Doreen se tourna vers Thaddeus.

— N'irions-nous pas voir Big Guy ?

Thaddeus croassa de nouveau, courut le long de sa main et blottit sa tête contre la sienne pour murmurer : « Big Guy, Big Guy, Big Guy. »

Elle prit son téléphone et appela Jerry, le propriétaire de Big Guy. Qui se trouvait bel et bien chez lui.

Quand elle mentionna que Thaddeus était déchaîné pour rendre visite à Big Guy, Jerry se mit à rire, sous le charme, et répondit :

— Bien sûr, venez ! On peut les laisser ensemble et, si vous êtes partante, on s'assiéra et on prendra une tasse de café.

— Parfait ! Il n'y aura jamais trop de café dans le monde.

Elle pouffa tandis qu'elle se préparait pour se rendre chez lui.

Chapitre 14

E N PLUS DE Mugs et de Goliath, Doreen prit Thaddeus pour rendre visite à Big Guy. Le vrai nom de l'oiseau était King, mais son surnom, Big Guy, restait collé à Thaddeus. Elle ne savait pas si elle devait laisser Mugs et Goliath dans la voiture ou prendre le risque de les emmener à l'intérieur.

Comme elle passait devant le cimetière pour aller chez Jerry, elle eut envie de sourire. Son affaire *Embrouille dans les lys* n'avait pas été la plus simple à résoudre, mais globalement, ça s'était conclu par les plus gros bénéfices. Elle avait rencontré un autre amoureux des bêtes, Jerry, dont les animaux étaient engagés pour les fêtes d'enfants, dans les hôpitaux et à d'autres occasions, gratuitement. De plus, Jerry possédait un ami oiseau pour Thaddeus.

Elle se gara bientôt dans l'allée de Jerry et décida de prendre tous ses animaux avec elle. Comme elle remontait jusqu'à la porte d'entrée, celle-ci s'ouvrit et, assurément, l'autre énorme perroquet se trouvait sur l'épaule de Jerry.

« Big Guy, Big Guy, Big Guy ! » s'écria immédiatement Thaddeus. Secouée de rires, Doreen laissa Thaddeus remonter l'autre bras de Jerry.

— C'est bon si Mugs et Goliath se joignent à nous ? lui demanda-t-elle.

— Bien sûr ! Plus on est de fous, plus on rit.

Jerry ouvrit la voie dans sa maison, avec les deux oiseaux sur ses épaules, et dit :

— On ne pense pas assez souvent aux après-midi jeux pour les animaux.

Elle lui adressa un grand sourire.

— Je descendais jusqu'au cimetière de toute manière, mais ce gars-là semble toujours le deviner.

— Une raison particulière d'aller au cimetière ? la questionna-t-il en l'observant attentivement.

— J'y connais certainement suffisamment de gens à qui je devrais rendre visite, confia-t-elle, mais je suis sûre que vous avez entendu parler de tout ce remue-ménage autour des armes trouvées dans un cercueil, dans une fausse tombe.

— Oui, c'est fascinant !

— Je me trouvais là-bas avec un policier quand nous avons découvert que l'un des tiroirs du columbarium avait été démoli. C'est ce jour-là que nous sommes tombés sur la première arme.

Après avoir demandé à Goliath et à Mugs de bien se tenir, elle fournit plus d'explications à Jerry.

— Le nom figurant sur le compartiment abîmé se trouvait également sur la concession du cimetière. J'ignore sur quelles ficelles tire la police, mais ils ont décidé d'ouvrir le cercueil mis en terre lorsqu'ils ont compris qu'il n'y avait aucune personne décédée et inhumée sous cette identité dans les archives.

— Ouah ! Et maintenant, il semble qu'une cachette remplie d'armes y était enterrée à la place ?

Doreen confirma.

— Et pourtant, ils ignorent encore qui les y a enfouies.

— C'est incroyable… On n'envisage même pas ce qui se passe ici. Comment quelqu'un arriverait à empiler une si grande réserve d'armes sans que personne ne soit au courant ?

— C'est dingue. Pourquoi enterrer tous ces flingues et pourquoi là-bas, au cimetière ?

Jerry y réfléchit tout en allant jusqu'à la cuisine.

— La facilité d'accès, peut-être ?

— Oui, mais ça aurait demandé beaucoup de boulot pour exhumer tout ça. Et c'était profond. Il a fallu de gros engins pour les récupérer.

— Évidemment, les cercueils sont tous enfouis à deux mètres sous terre afin d'empêcher les animaux de déterrer les corps. Cela dit, les pilleurs de tombes creusaient à la main, alors les exhumer, à ce stade, pour mettre au jour des armes, je ne crois pas que ce serait si compliqué, cogita-t-il à voix haute.

— Peut-être pas en théorie, répondit Doreen. Mais ça reste une étrange occupation… Et il faudrait sacrément longtemps pour accomplir ça : enterrer toutes ces armes, sans faire de bruit, tout en s'assurant qu'il n'y ait pas de témoins.

Jerry lui sourit.

— Étrange pour nous, oui, mais pour quiconque a fourré toutes ces armes là ? Ouah…

— C'est l'autre point. La valeur de cette cachette est grande, donc j'imagine que ça a été entreposé pour une raison particulière. Je pensais à des guerres de gangs et de territoires.

Jerry hocha la tête.

— Oui, mais je crois qu'il y a un tas d'autres raisons plus viables.

— Lesquelles par exemple ?

Jerry prépara le café, bougeant avec précaution à cause des deux perroquets sur ses épaules. Les oiseaux bavardaient plutôt bien sur lui. Cela le fit rire, et il finit par les poser tous deux sur la table, où ils restèrent ensemble, à se toiletter et à se donner de petits coups de bec.

— Ils s'entendent vraiment bien, n'est-ce pas ? remarqua-t-elle, ébahie.

— Oui, vraiment. Et le vôtre est tellement bavard !

— *Tellement* bavard, confirma-t-elle en levant les yeux au ciel. Avez-vous déjà vu quelqu'un au cimetière susceptible d'être impliqué dans cette histoire ? Ça a forcément été réalisé d'une manière ou d'une autre…

Jerry plissa le front sous la réflexion.

— J'imagine que la police est en mesure de déterminer depuis quand cet amas est enterré. Si ça l'a été pendant au moins vingt ans, alors ça remonte à un certain temps… Si ça l'est depuis seulement environ six, huit ans, ça reste long, mais les archives concernées seront plus faciles à retrouver, suggéra-t-il. Toutefois, quand c'est plus vieux, c'est une autre paire de manches.

Elle lui jeta un coup d'œil.

— Vous avez entendu des rumeurs à ce propos ?

Il haussa les épaules.

— Il y a eu des rumeurs à propos d'une cachette d'armes, il y a un moment maintenant. Mais pas vraiment ce dont les gens avaient envie de parler.

Elle opina du chef, au courant des mœurs des environs.

— Je suppose que je ne suis pas encore une personne du coin avec qui on se sent autorisé à discuter de ça, hein ? demanda-t-elle avec une pointe d'humour.

Il lui accorda un sourire en coin.

— Vous avez parcouru du chemin grâce à ce que vous

avez accompli pour le petit garçon d'ici, dans notre voisinage. Ces événements resteront dans le cœur des gens, et pourtant, techniquement, vous êtes encore une étrangère à leurs yeux.

Elle hocha lentement la tête.

— De plus, je bosse encore avec la police.

— Exactement. Alors ne le prenez pas pour vous s'ils s'occupent encore seulement d'eux.

— Et je comprends ça également, acquiesça-t-elle avant de soupirer. Quel dommage.

— Je peux me renseigner autour de moi, proposa Jerry. Il y aura pas mal d'enthousiasme à propos de ces récents ragots. Je ne suis pas du tout surpris que vous vous y intéressiez.

— J'étais là au moment où nous avons découvert cette case vandalisée. Et il semblerait que quelqu'un ait été interrompu en s'attelant à la tâche, car il n'a pas nettoyé.

— Sérieusement ? s'étonna Jerry en la regardant fixement.

— Oui, donc on a pris l'unique arme qui s'y trouvait.

Jerry branla du chef.

— Et si un enfant avait mis la main dessus ?

— Je sais ! s'exclama-t-elle d'une petite voix. Vous imaginez ? C'est ahurissant !

— Mais la cachette de l'arsenal qui a été enterré doit être vraiment ancienne.

— Je crois que vous avez raison. Et cette collection d'armes était si lourde que ça a endommagé le cercueil. J'ignore s'il était constitué de bois traité ou si c'était seulement du contreplaqué, comme ils utilisaient avant.

— Et pendant très longtemps, ça faisait très bien le boulot.

— Oui, et ensuite, le commerce organisé est arrivé, ajouta-t-elle en faisant un geste de la main. Et tout le monde a voulu quelque chose de plus grand et de meilleure qualité, et était incité à acheter plus.

— Et c'est un problème ?

— Oui, si le cercueil en pin suffit, peut-être que c'est tout ce dont les gens ont besoin, mais je suppose qu'ils veulent faire leurs adieux à leurs proches d'une belle manière.

— Et pourtant, il y en a qui ne peuvent pas se le permettre.

— Et ça ne contribue qu'à ajouter de la culpabilité, surtout si vous n'étiez pas en mesure de les aider de leur vivant ou d'être là pour eux. Par conséquent, vous voulez quelque chose de bien à la fin, mais *vouloir* ne signifie pas *en être capable*.

— Et puis les morts s'en fichent.

Doreen ricana.

— Ils s'en fichent, ils l'ignorent. Cependant, vous avez soulevé des choses pertinentes. Donc, quand je vous laisserai, je prendrai la direction du cimetière et j'irai y faire un tour. Peut-être que j'y verrai quelque chose. Ou peut-être pas ! ajouta-t-elle en riant avec un haussement d'épaules.

— On ne sait jamais, souligna Jerry d'un air sérieux. Apparemment, vous remarquez des choses que d'autres ne remarquent pas.

Elle se mit à rougir, mal à l'aise avec ce compliment.

— Peut-être, et pourtant ça m'a vraiment l'air d'être une vieille affaire. Alors, que cette personne qui a enterré toutes ces armes à feu soit encore en vie ou pas, c'est une autre histoire.

— Si celle-ci n'est plus en vie, comment sommes-nous censés le savoir ?

Doreen montra son accord.

— Souvent, les gens laissent des indices au plus proche parent, en particulier quand il s'agit de quelqu'un qui aurait été en mesure de comprendre et qui aurait peut-être même exploité l'information.

Il secoua la tête.

— Ça me laisse perplexe.

— Pensez-y : si vous planquez un million de dollars quelque part, que vous ne pouvez pas vous y rendre et que vous n'avez qu'un seul fils, ne voudriez-vous pas les lui laisser en héritage ?

Jerry contempla fixement Doreen puis acquiesça lentement.

— Je suppose que oui, mais il y aurait des chances pour qu'il soit simplement tué puisqu'on parle d'un grand nombre d'armes et pas d'un million de dollars.

— Exactement, mais le mourant peut espérer que le fils trouve le moyen de l'obtenir, même si le propriétaire d'origine, le supposé père, ne l'a sans doute pas.

— Je ne suis pas plus avancé, déclara Jerry, ce qui fit rire Doreen.

— Oui, il y a de quoi, et j'ignore quelle est la vérité dans ce cas, mais ce serait bien de la découvrir.

— Ça met la ville entière en effervescence, confirma-t-il. Ça représente un paquet d'armes !

— Et heureusement, confia-t-elle avec un sourire lumineux, tout a été mis sous clé.

— Tout de même, je suppose que la police scientifique devrait réaliser des tests dessus.

— J'imagine qu'ils le font pour s'assurer que rien ne soit lié à d'autres crimes.

Jerry fit la moue.

— Et quiconque constitue des réserves d'armes peut

avoir une raison innocente à cela, comme les survivalistes se préparant à la fin du monde, ou peut-être qu'ils avaient l'intention de les vendre, qui sait…, réfléchit-il avant de hausser les épaules et d'en rire. Je n'ai aucune idée de ce que pourraient être les autres raisons.

Doreen sourit.

— Mais pourquoi toutes les enterrer s'il s'agit d'un survivaliste ou s'ils avaient prévu de les vendre ? Peut-être que les enfouir servait à les éloigner de la rue, mais dans ce cas, pourquoi ne pas les détruire ? Je crois que les flics ont souvent carte blanche à ce sujet, durant lesquelles ils ont le droit de saisir des armes sans qu'on ne leur pose aucune question. Cela représente un moyen sûr de s'en débarrasser.

— Mais si ces personnes avaient un casier judiciaire, ils ne le feraient pas.

— Non, c'est sûr, acquiesça Doreen avant d'y songer. C'est à se demander dans ce cas, hein ? Je dirais que c'était…, commença-t-elle avant de cesser de parler et de secouer la tête. Non, ça n'a pas de sens non plus.

— En étant au cimetière, les armes étaient suffisamment proches ; au cas où quelqu'un du coin aurait eu à les récupérer, il le pouvait. Cependant, elles étaient suffisamment loin des habitations et aussi suffisamment difficiles à atteindre pour ne pas rendre la tâche facile. Et pourtant, il y a assez d'armes en jeu pour inciter quelqu'un à s'y rendre un jour… Vous avez vu cette planque ?

— J'étais là quand le cercueil a lâché. Quand il s'est mis à se balancer, il est venu frapper l'un des ouvriers pile sur le côté de la tête, et ce dernier a glissé dans la tombe. Donc, bien évidemment, tout ce qui se trouvait à l'intérieur du cercueil est tombé en même temps.

— Ouah ! Comment réussissez-vous toujours à vous

retrouver sur place ?

Ce commentaire poussa Doreen à lever les yeux au ciel.

— Vous ne croirez jamais comment j'ai atterri là-bas…

Elle lui relata rapidement l'histoire concernant sa grand-mère. Ils finirent leur tasse de café en discutant de l'affaire, mais ils ne parvinrent à aucune autre réponse. Jerry pointa le doigt sur Doreen.

— Si vous résolvez celle-là, votre notoriété franchira les frontières !

Elle grimaça.

— Je ne cherche pas la notoriété, rétorqua-t-elle, ce qui amusa Jerry.

— Peut-être pas. J'enquêterai dans le coin pour vous. Rappelez-moi dans quelques jours, et je vous raconterai ce que j'ai appris.

— Ça marche ! s'écria-t-elle avant de se lever pour partir et d'observer Thaddeus. Thaddeus, il est temps de dire au revoir à Big Guy !

Il commença à pousser des cris : « Big Guy ! Big Guy ! Big Guy ! » en se frottant la tête contre l'autre perroquet. Ce dernier, loin d'être en reste, l'imitait, mais sans parler. Doreen leur sourit.

— Ça nous fait vraiment du bien de les voir ensemble, n'est-ce pas ?

— Oui, en effet, confirma Jerry, souriant lui aussi. Et ce petit gars est bien plus joyeux depuis qu'il a rencontré le vôtre.

— Oh, c'est agréable à entendre ! Et vous continuez d'emmener le vôtre faire le tour des écoles, des hôpitaux, tout ça ?

— Oui, ça m'a bien occupé.

— Ce doit être une bonne chose, non ? demanda-t-elle

en se tournant vers lui, curieuse.

Jerry agita les épaules.

— Oui, mais le soutien n'est plus ce qu'il était. C'est intimidant.

Doreen grimaça.

— Je crois que tout apport de soutien est au plus bas cette année, marmonna-t-elle.

— Et vous ? Vous avez un boulot ?

— Non, pas de boulot. Je fais un peu de jardinage, mais je suis plus embourbée dans toutes ces affaires non résolues qu'autre chose, bien que ça ne rapporte pas.

Jerry s'en amusa.

— Oui, je remarque ça. Les activités qu'on aime pratiquer ne semblent pas payer des masses, n'est-ce pas ?

— Comment ça se fait ? déplora-t-elle en secouant la tête. On pourrait croire que si on effectue du bon boulot, on devrait automatiquement recevoir de l'argent. Certaines personnes prétendent que c'est comme ça que ça marche, mais je n'en suis pas si sûre.

— Ce serait bien, conclut Jerry, rire aux lèvres. Mais ça n'a pas encore marché pour moi en tout cas.

Sur ce, s'esclaffant encore, Doreen sortit avec ses animaux pour rejoindre sa voiture.

Chapitre 15

DOREEN ARRIVA AU cimetière en voiture et se gara. Après en être sortis, ses animaux s'attroupèrent. Elle s'adressa à eux :

— Promis, nous ne faisons qu'y passer. Tout va bien.

Cependant, Mugs se comportait de façon étrange… Évidemment, la dernière fois qu'elle était venue ici seule, elle avait été attaquée. Et cela avait mis Thaddeus en chasse, ce qui avait abouti à une fin plutôt différente de ce qu'elle avait imaginé.

Gardant ses compagnons près d'elle, elle marcha jusqu'à l'endroit où la tombe avait été ouverte. Elle était vide, et il n'y avait personne alentour. Le ruban marquant la scène de crime était encore là, ce qu'elle trouvait idiot.

D'un autre côté, si le propriétaire des armes ou quelques gamins espiègles étaient venus ici en pleine nuit pour rire, c'était peut-être une bonne précaution. Elle n'avait jamais pensé à faire des choses de ce genre quand elle était plus jeune. Courir partout et se faire peur dans les cimetières n'était pas dans ses habitudes durant son enfance.

Elle resta au même endroit pendant un long moment, à étudier la tombe exhumée et à scruter la zone. Elle se trouvait dans la partie en bas du cimetière, une partie plus ancienne. Les routes étaient proches. Question accessibilité, il s'agissait de l'une des tombes les plus faciles d'accès ; question visibilité, c'était l'une des moins visibles. Dans l'ensemble, ce n'était pas un mauvais endroit pour enterrer des flingues, sans témoins susceptibles de se promener tout près.

Cela la rendit soucieuse, et elle se demanda comment quelqu'un aurait pu avoir l'opportunité de venir planquer ces armes en une soirée. C'était peut-être un employé… Peut-être que quelqu'un qui travaillait au cimetière avait été impliqué et avait même suggéré cette cachette.

Tandis qu'elle envisageait cette possibilité, elle entendit d'étranges bruits autour d'elle. Elle se retourna, mais ne vit rien. Mugs était agité, tirait sur sa laisse, voulait retourner à la voiture.

Elle décida qu'elle devrait sans doute la jouer futée et rester avec lui. Et elle n'avait aucune garantie que son mari soit encore écroué. Elle était presque sûre que l'avocat de Mathew l'avait fait sortir de prison à cette heure-ci. Avec ces pensées mettant ses nerfs en pelote, elle revint sur ses pas, vers le véhicule.

Quand elle scruta autour d'elle, elle crut distinguer quelqu'un parmi les arbres, en train de l'observer. Elle ne savait pas bien de qui il s'agissait, et elle ne le reconnut pas, mais étant du genre amical et ne souhaitant pas que quelqu'un pense qu'elle était sournoise, elle leva la main et fit signe. Elle attendit dans sa voiture un moment, regardant la personne se glisser davantage dans l'ombre. N'étant pas certaine de ce qu'elle avait aperçu, elle téléphona à Mack.

— Hé, comment vas-tu ? s'enquit-il d'elle.

— Je vais bien, répondit-elle, se sentant un peu nerveuse. Est-ce que mon mari est toujours en prison ?

— Ton ex-mari tu veux dire ? souligna-t-il, en insistant sur le mot *ex*, ce qui fit grimacer Doreen. Il a été libéré il y a une heure.

— Ah…

— Pourquoi ? répliqua-t-il vivement. Tu l'as vu ?

— Non. Je suis au cimetière, et on dirait que quelqu'un rôde dans les parages, dans la partie basse.

Après un moment d'hésitation, Mack répondit :

— Et tu crois que c'est lui…

— Non, j'essayais de réduire les possibilités, et je me sentirais mieux si ce n'était pas lui.

— Eh bien, j'espère que non. Je vais vérifier s'il a pris un vol.

— Mais s'il n'a été libéré qu'il y a une heure…

— Ce n'est pas lui, annonça Mack avec soulagement. Il s'est rendu dans la zone d'embarquement de l'aéroport.

— Oh, alors il embarquera sur ce vol ?

— Je suppose, oui, mais il peut s'éclipser de nouveau et ne pas le prendre.

— *Génial.* J'aimerais avoir la confirmation qu'il a embarqué.

— Ouais, moi aussi. Et l'avion décolle dans vingt minutes.

— Et on aura une mise à jour ensuite ?

— Idéalement oui, mais…

— D'accord, donc peut-être pas, déplora-t-elle avant de soupirer. *Super.* Je pense que je vais rentrer chez moi.

— Bonne idée, mais assure-toi de ne pas être suivie… Je meurs d'envie de manger du saumon, pas toi ?

Elle fixa son téléphone.

— Je meurs d'envie de manger, répondit-elle avec ironie. Si tu as du saumon et que tu veux partager, je suis absolument partante.

Mack ricana.

— Ça a été une sacrée journée.

— Oui, en effet. Et j'aurais vraiment besoin d'un bon repas.

— Entendu. Je serai là aux alentours de 17 heures.

— D'accord. Je peux préparer quelque chose pour l'accompagner ?

— Oui, tout à fait ! Tu peux préparer du riz et des légumes.

Puis il raccrocha.

Doreen fronça les sourcils, car, premièrement, elle ignorait si elle avait des légumes et, deuxièmement, il a dit ça comme si elle savait déjà comment cuire du riz. Elle ne savait même pas si elle avait déjà essayé… Cela étant, rien de tel que le présent pour commencer.

Tandis qu'elle remontait son allée en voiture, Richard était en train de s'occuper dans son jardin de devant. Dès qu'il l'aperçut, il s'interrompit et lui lança un regard mauvais. Doreen fit mine de s'en moquer.

— Hé, ravie de vous voir également !

Avec ses animaux, elle entra dans la maison et verrouilla la porte derrière elle. Elle n'avait pas bien conscience du problème de Richard ; était-il vraiment aussi grincheux qu'il s'évertuait à le montrer ou était-il en réalité un mec sympa ?

Tout était sujet à débat pour elle. Elle se rendit dans sa cuisine pour vérifier si elle avait des légumes ou si elle aurait besoin de faire des courses. Elle trouva des carottes et se demanda si elle devait préparer une salade de carottes, mais ce ne serait pas assez nourrissant pour Mack. Elle regarda dans son garde-manger et trouva du riz, mais comment pourrait-elle avoir plus de légumes ? Fouillant son frigo une fois de plus, elle découvrit une courgette dans la partie inférieure. Elle remarqua qu'elle avait l'air un peu triste, mais elle était sans doute encore mangeable. Elle la prit en photo et l'envoya à Mack. Il répondit avec un pouce levé.

— OK, parfait, dit-elle à voix haute.

C'était entendu alors. Elle avait au moins de quoi le sustenter. Elle se sentait mal à chaque fois qu'il venait quand elle n'avait pas de quoi manger. Même si dernièrement, elle avait eu la chance de recevoir des pâtisseries de Nan, ce qui avait grandement contribué à améliorer son moral. Elle s'installa devant Internet et chercha comment préparer un paquet de riz. Ensuite, avant de le mettre à cuire, car Mack n'arriverait pas avant un moment, elle retourna à ses enquêtes sur Bob Small.

Juste après avoir vérifié son téléphone portable pour voir si elle avait reçu des messages, elle se demanda si Gary Wildorf – le détenu qu'elle avait contacté – avait la moindre idée de l'existence des flingues cachés. Mais pourquoi serait-ce le cas ? Ce n'était pas comme s'il était d'ici. Pourtant, si Bob Small était du coin, est-ce que cette planque d'armes avait un lien quelconque avec ce supposé tueur en série ? Sauf que ça ne collait pas… Pourquoi un tueur en série irait enterrer des armes ?

Dans son esprit, le profil de la personne capable d'un tel acte était très différent de l'idée qu'elle s'était faite de Bob Small. Bien évidemment, elle s'était déjà fourvoyée auparavant, plusieurs fois même.

Toutefois, elle ressentait le besoin de rappeler Gary. Ses sourcils se froncèrent sous la réflexion. Si elle engageait la conversation, ça la rendrait avide, un truc qu'elle ne parvenait pas à dissimuler longtemps, surtout qu'elle avait vraiment besoin d'un retour de sa part. Pourtant, en même temps, elle ne voulait pas qu'il pense qu'il réussirait à avoir le dessus.

Restant à sa place, elle se demanda qui d'autre elle pouvait interroger. Entre tous ceux qui étaient impatients d'obtenir des infos récentes et cette personne non identifiée parmi les arbres dans le cimetière, elle devrait parler à Mack. Mais elle souhaitait disposer d'une liste de questions qu'elle pourrait lui poser pendant le dîner.

La grande question à laquelle elle voulait absolument une réponse était : est-ce que Mack avait interrogé le moindre ancien employé du cimetière ? Ce pourrait être un employé actuel également, susceptible d'avoir être impliqué dans la mise en terre de ces armes il y a vingt ans ou plus, mais l'hypothèse d'un ancien employé serait dans l'ensemble plus logique selon elle. Cela serait plus rationnel que quelqu'un ait eu accès aux archives ou aux emplacements, et qu'il ait été en mesure d'organiser cet enterrement spécial de flingues, dans un cadre privé.

Ensuite, selon la période à laquelle cet événement avait eu lieu, peut-être que les gens se fichaient pas mal des archives. Peut-être que les choses étaient quelque peu désorganisées et qu'un peu d'argent était passé de main en main. Autant de possibilités qui n'avaient pas beaucoup de sens...

Tandis qu'elle commençait à se demander si Mack arriverait à l'heure, son téléphone se mit à sonner. Elle baissa les yeux pour vérifier le nom. Elle répondit, prudemment, à l'appel provenant du centre de détention.

— Allo ?

— Je veux quelque chose en échange, lâcha brutalement Gary.

— Oui, et je vous ai dit que je n'avais rien à vous donner.

— Non, mais j'ai effectué des recherches sur vous, répliqua-t-il en ricanant. Vous et le flic, vous êtes plutôt proches…

— Intéressant… Je suis surprise que ce soit même aux infos. Et nous sommes amis, mais à peine plus que ça.

Elle entendit un bruit derrière elle et se retourna pour lancer un regard furieux à Mack qui était entré dans la cuisine et l'observait avec attention, une étrange expression sur le visage. Elle montra le téléphone et continua de discuter avec Gary.

— En plus, un détenu comme vous n'a pas vraiment beaucoup d'options quand il s'agit de négocier.

— Je parie que j'en ai quelques-unes, rétorqua-t-il.

Doreen appuya rapidement sur le haut-parleur.

— Car je ne vous donnerai aucun renseignement sans ça, ajouta-t-il.

— J'ignore si vous en avez vraiment à me fournir… Les gars comme vous inventent des histoires uniquement pour se rendre intéressants.

— Je n'ai rien inventé ! rugit-il, et les sorcières comme vous compliquent la vie des gens comme moi.

— Ah, et comment vous supposez ça ? lui demanda-t-elle, stupéfaite.

— Parce que c'est comme ça que j'ai commencé à avoir des ennuis, admit-il. Tout ça pour l'amour d'une bonne femme.

— Eh bien, si c'était une femme bonne, elle ne vous a vraisemblablement pas attiré d'ennuis.

Le silence parvint de l'autre bout du fil.

— Vous vous croyez maligne ? la gronda-t-il.

— Non, pas tant que ça, déclara Doreen d'un ton enjoué. En plus, si vous ne me révélez pas quelque chose qui en vaille le coup, rien ne verra le jour.

— Je vais vous donner quelque chose, mais ensuite, vous devrez vous en servir avant de revenir vers moi. Autrement, je ne vous apprendrai rien de plus.

— Oui, et qu'est-ce que vous me donnerez ? le questionna-t-elle en riant. J'ai besoin de quelque chose de concret, qui dure, avec lequel je puisse agir.

— Oh, j'en ai des tas ! s'exclama-t-il avant d'être silencieux un moment. Mais si vous croyez que vous en obtiendrez beaucoup de ma part sans rien m'accorder en retour, vous avez tort. Alors, je vais vous donner un nom… et ce nom vous mènera à d'autres noms si vous parvenez à le faire parler.

— S'il est toujours en vie, ajouta-t-elle.

— Oh oui, elle est toujours en vie, mais j'ignore si elle se confiera à vous ou pas.

— Ça dépend de qui vous parlez, car si c'est l'ex-petite amie de Bob Small, elle est morte.

— Les deux ? demanda-t-il, choqué.

— Eh bien, Hinja l'est, déclara Doreen, sourcils haussés en regardant Mack qui s'assit à côté d'elle pour écouter la conversation.

— C'était l'une d'elles, ouais, dit Gary avant d'attendre un long moment pour ajouter : Il faut que vous discutiez avec Ella. Elle en sait plus que ce qu'elle prétend.

— Ella qui ?

— Comment suis-je censé le savoir ?! fulmina-t-il.

— Vous savez combien d'Ella il y a dans ce monde ? le questionna Doreen, estomaquée. Vous pensez que je vais consulter tout un annuaire pour essayer de trouver chaque Ella ?

— Ce ne devrait pas être si compliqué… Elle vivait à Kelowna. Ella… Hickman, je crois. Vous lui parlez puis vous revenez vers moi pour qu'on discute cette fois, mais assurez-vous d'avoir quelque chose à me proposer, prévint-il avant de raccrocher.

Doreen écrivit rapidement le nom et se tourna vers Mack.

— Qu'en penses-tu ?

— Tu tiens un truc, affirma-t-il en hochant la tête. Je ne pensais même pas qu'il t'en dévoilerait autant.

— Eh bien, je ne viendrais pas vraiment vers toi pour lui soutirer quelque chose s'il ne me donnait rien de valable, argua-t-elle. Mais je vais maintenant passer quelques coups de fil pour voir si je parviens à mettre la main sur cette Ella Hickman.

— Oui, fais donc ça, grommela-t-il, consterné, les yeux rivés sur le nom qu'elle avait écrit sur son bloc-notes.

— Tu la connais ?

Il leva les yeux vers elle.

— Je ne la connais pas. J'ai *entendu parler* d'elle. C'est différent.

— Oh, ce qui signifie ?

— Elle était dans la politique. Elle est aujourd'hui à la retraite, mais je peux t'affirmer qu'elle ne sera pas du tout encline à te parler.

— Ah, ne me dis pas qu'elle a fini par devenir une personne de pouvoir dans cette ville…

— Si. Toutefois, je ne suis pas certain que ce soit encore le cas.

— Car elle est à la retraite ?

— Possible. Je ne veux pas trop en dévoiler, car je n'ai pas envie d'altérer ton impression sur elle. C'est un véritable moteur dans bien des domaines, ajouta-t-il avant de se mettre à rire. Et de bien des façons, vous vous ressemblez toutes les deux. J'adorerais être là quand tu lui parleras !

— Bien, je vais voir si j'arrive à organiser ça.

Mack secoua la tête.

— Non, je crois que dans le cas présent, tu t'en sortiras mieux toute seule.

Elle le regarda fixement.

— Je crois qu'il faut que tu m'en dises plus.

Il soupira.

— C'est une grande militante pour tout ce qui concerne les femmes et une grande détractrice pour ce qui concerne les hommes.

Doreen le dévisagea, sourcils froncés.

— Eh bien, un tas de gens ont un côté sexiste. Je ne pense pas que ce soit nécessairement la même chose que de la haine.

— Peut-être pas, admit Mack, et ce n'est sans doute que ma propre perception. Tu as raison sur ce point, mais ce serait intéressant pour toi de discuter avec elle et ensuite de me dire ce que tu en penses.

Doreen opina lentement du chef.

— Je vais très certainement m'en occuper rapidement. Tu as abouti quelque part avec cette histoire de flingues ? demanda-t-elle à Mack qui lui répondit d'un geste de négation. Tu as exploré du côté des anciens employés du cimetière ?

— Nous attendons une info qui nous permettra de dater le cercueil.

— Oui, c'est nécessaire. J'ai essayé de comprendre qui d'autre aurait pu faire ça, mais entre vingt ans ou plus et dix ans, il y a une sacrée différence.

— Tout à fait. Et vingt ans, ça nous oblige à remonter loin. Dans les deux cas, personne n'ira les réclamer, et nous les avons soustraites à la vue du public. Alors, au-delà du fait d'être une source de curiosité et d'inquiétude quant à la question de savoir où on peut en trouver d'autres, ces armes ne sont pas exploitables, et il ne nous reste plus qu'à les sécuriser.

Cette réflexion poussa Doreen à froncer les sourcils.

— Arrête de froncer des sourcils, la gronda-t-il en lui caressant doucement la tempe d'un doigt. On est dessus.

— Oui, mais quels crimes ont été commis avec ces flingues ?

— Un grand pour ce qui est de l'accumulation d'armes. Mais si la balistique nous apprend qu'elles ont été utilisées lors d'un crime, ce sera une tout autre histoire.

— Et ça va prendre un moment.

Mack pouffa.

— Il y avait un paquet d'armes… ça prendra plus qu'un moment. Et même lorsque nous aurons les résultats de l'analyse balistique, il faudra qu'on essaie de trouver une correspondance. Et selon la période à laquelle ça remonte, notre dossier ne sera peut-être pas si béton.

Doreen soupira.

— Ce n'est jamais facile, hein ?

Mack éclata de rire pour de bon.

— Non, mais ça en vaut la peine, donc tu peux compter sur nous, nous nous en occupons.

— Contente d'entendre ça, déclara-t-elle avant de se lever. J'ai préparé du riz et une salade de carottes.

Il cessa de bouger et la regarda.

— Tu as fait quoi ?

Le visage de Doreen afficha son inquiétude.

— C'est bien ?

Mack la considéra, ravi.

— C'est mieux que bien ! s'extasia-t-il avec un énorme sourire. Je ne voulais pas paraître si choqué.

Elle leva les yeux au ciel.

— Eh bien, oui, tu l'as été, et pour une bonne raison, je suppose.

Il explosa de nouveau de rire.

— Oui, chaque jour, tu t'améliores.

Doreen sourit.

— Je ne crois pas, mais c'est gentil à toi de le croire.

Et alors, ils se mirent à préparer le dîner.

Chapitre 16

L E MATIN SUIVANT, Doreen se réveilla tôt et sut exactement à qui téléphoner. Elle ne sortit même pas du lit pour tendre le bras et prendre son portable. Quand Nan répondit, Doreen lui demanda :

— Comment s'est passé le jeu de boules hier ?

— Nous avons gagné ! annonça-t-elle gaiement. Tu t'es levée tôt.

— Je ne sais pas quelle heure il est, admit Doreen, mais je me suis réveillée et me suis dit que tu pourrais être une bonne source d'informations…

— Oh, j'aime ça ! Qu'essayons-nous de résoudre cette fois ?

— Je me demandais si tu connaissais les personnes qui gèrent le cimetière, qui y travaillent ou qui ont pu y travailler pendant toutes ces années ?

D'abord le silence à l'autre bout, puis Nan lança :

— Je devrais ?

— J'ignore si tu devrais ou non. Je partais seulement du principe que, parmi les habitants de la ville, tu aurais au moins une idée.

— Je n'ai pas vraiment connu beaucoup de gens avec ce

plan de carrière, concéda Nan, d'une voix encore pensive.

— En d'autres termes, non ?

— Non, je ne suis pas sûre, mais je suis certaine que quelqu'un d'autre, oui.

— C'est ce que j'ai pensé. Donc je vais me lever et prendre une douche. J'avais envisagé de te mettre cette idée en tête afin de voir si des souvenirs étaient susceptibles de se manifester.

— Et pourquoi veux-tu leur parler ?… Enfin, bien sûr que tu veux leur parler. C'est logique. Je reviendrai vers toi, ma chérie, annonça-t-elle avant de raccrocher.

Doreen bondit du lit et courut jusqu'à la douche. Au moins, elle serait habillée et serait à même d'avoir une meilleure idée de ce qui se passait avant la fin de la journée. Elle avait autre chose à faire également ce jour-là : contacter cette adorable personne portant le nom que lui avait révélé le détenu. Elle l'avait écrit la veille au soir : *Ella Hickman*.

Doreen jeta un œil sur Internet, le temps que le café termine son goutte à goutte. C'était encore une personne que Nan était susceptible de connaître… Mais Doreen ne souhaitait pas que sa grand-mère puisse déjà faire quelconque rapprochement avec le moindre remue-ménage au cimetière.

Quand elle eut son café et qu'elle fut assise dehors avec ses notes à écrire une liste de questions à poser à Ella, Nan la rappela.

— Desmond ! Tout le monde l'appelle Dezy. Un vétéran qui n'avait plus toute sa tête.

— Qui est-ce ?

— Il a longtemps travaillé au cimetière. Je crois que c'est pour cela que tout le monde disait qu'il n'avait pas toute sa tête.

— Pourquoi ? Parce qu'il était à l'aise avec les morts ?

demanda Doreen, le ton léger.

— Je crois, oui. Je ne pense pas l'avoir déjà entendu saluer quelqu'un, mais Dezy était clairement le type qui a toujours travaillé au cimetière. Si tu avais besoin de déposer des fleurs ou de t'occuper d'une nouvelle pierre tombale, quelque chose comme ça, tu t'adressais à lui et alors, il allait parler à ses patrons.

— Dans ce cas, il avait quand même toute sa tête, non ? en déduisit Doreen. Autrement, il n'aurait pas été capable de prendre ces décisions.

— Tu pourrais avoir raison, mais les gens deviennent bizarres dès qu'ils parlent de cimetières.

— Oui, c'est vrai. Une idée de l'endroit où se trouve cette personne ?

— Il doit continuer son activité aujourd'hui, mais je ne suis pas sûre qu'il travaille encore là-bas.

— Et il pourrait encore s'y trouver puisqu'il y a toujours été, suggéra Doreen.

— Ce qui signifie ?

— Je veux dire qu'il est peut-être bénévole. Peut-être qu'il flâne dans le cimetière, suggéra-t-elle en songeant à l'homme qu'elle avait aperçu au loin la veille.

— C'est possible. Je suppose que si tu contactes le cimetière, ils seraient en mesure de te donner l'information.

— Je vais faire ça, acquiesça Doreen, impulsive.

Et juste après, elle s'exécuta. Quand elle tomba sur l'une des réceptionnistes, la femme lui confirma :

— Desmond, oui, mais il ne travaille plus pour nous. Il a passé l'âge d'être capable d'effectuer le moindre boulot.

— D'accord, mais je crois qu'il traîne encore un peu au cimetière, non ?

— Oh, absolument ! Il dirait que c'est sa maison, là où

se trouvent ses amis.

— Et je présume que nous parlons là des morts ? demanda gentiment Doreen.

— Pour lui, je ne crois même pas qu'ils le soient, clarifia la standardiste. Il a toujours eu une affinité avec les gens ici. Il était très gentil avec les parents des défunts, c'était plus facile de le laisser gérer les cérémonies.

— Il en officie beaucoup ?

— Non, pas depuis longtemps. Il ne s'est pas occupé des récents fossoyages ou des événements de ce genre. Il a supervisé le creusement de certaines nouvelles parcelles. Il était là pour s'assurer que personne ne vandalise les lieux, ce genre de choses. Il faisait partie de l'équipe de gardiennage jusqu'à ce que ça devienne trop dur pour lui. Alors, nous sommes passés par un sous-traitant, une compagnie en ville, confia-t-elle.

— Et a-t-il bien pris ces changements ?

— Je pense qu'il a compris qu'il n'était plus apte à s'en occuper, répondit la femme avec précaution. Puis-je vous demander pourquoi vous posez toutes ces questions ?

— Oh, j'examine certains problèmes…

— Tant que ça ne concerne pas ce qu'ils ont découvert au cimetière l'autre jour… Pour cela, vous devriez parler à la police.

— Ce n'est pas un souci, acquiesça Doreen avant de rapidement raccrocher.

Elle se dit que le meilleur moyen de trouver ce Dezy serait de retourner au cimetière pour voir s'il déambulait encore parmi les arbres, à surveiller les lieux. Ça semblait drôle ainsi formulé, mais c'était presque comme s'il restait là-bas, ne sachant faire que ça ou pensant qu'il serait le suivant, ou un truc de ce goût-là… Elle l'ignorait.

Mais si quelqu'un avait la moindre information sur cette cache d'armes, ça semblait être le meilleur moyen d'avoir une première piste. Toutefois, la réceptionniste n'apprécierait pas que quelqu'un contacte Dezy, car si des secrets devaient être révélés, il serait le premier à moucharder.

Elle effectua une recherche sur Internet pour voir si ce nom ressortait, et ce fut le cas à deux reprises. Elle se rendit sur les images et obtint une moitié de photo de lui dans la foule. En tout cas, elle imaginait que c'était lui, elle n'en était pas sûre. Elle devrait demander à Nan si elle savait à quoi il ressemblait… Mais ce gars-là était petit, maigre, avait le visage creusé. Comme s'il avait déjà un pied dans la tombe. Elle ne le pensait pas dans le mauvais sens ; la vie semblait avoir été dure avec lui. Sur ce cliché, il donnait l'impression d'avoir tout juste perdu quelqu'un d'important pour lui.

Et bien évidemment, travailler dans un cimetière ne sauve pas vos propres amis ni votre famille de notre destin commun.

Déterminée à faire la lumière sur cette affaire, Doreen s'empressa de verser du café dans un thermos et de rassembler les animaux afin de s'en aller au cimetière. Dès qu'ils furent de nouveau dehors, Mugs était content de se rouler par terre et de profiter d'une sortie. Il était heureux, mais calme, à ses côtés. Pendant ce temps-là, Goliath se fit la malle. Doreen secoua la tête. Thaddeus frottait la sienne contre sa joue, comme pour l'apaiser.

Ils longèrent les balises tandis qu'elle continuait de regarder autour d'eux pour voir si Dezy se trouvait dans les parages. Quand elle aperçut quelqu'un qui œuvrait sur une tombe, elle marcha jusqu'à lui et demanda s'il travaillait ici. Il leva les yeux vers elle et confirma d'un signe de tête.

— Oui, je suis l'un des vacataires chargés de l'entretien

de la pelouse. Alors, si vous avez besoin d'aide, vous devriez contacter le bureau.

— Je vois. Je cherche Desmond.

— Oh, il est ici, quelque part ! répondit l'homme qui se redressa pour vérifier les alentours. Je l'ai aperçu de l'autre côté, là-bas, un peu plus tôt.

Doreen sourit et opina du chef.

— Merci, j'irai le chercher par là-bas alors.

— C'est difficile de le louper. J'apprécie ce gars, mais il se comporte comme quelqu'un qui a perdu son meilleur ami.

Elle fit la moue, mais hocha la tête.

— Merci. J'irai voir si je peux lui donner un coup de main dans ce cas.

Le mec s'amusa de ce commentaire.

— Ça le changerait. Je crois que c'est le mec qui a été là pour tout le monde pendant des années.

Ces mots firent réfléchir Doreen tandis qu'elle prenait la direction indiquée. Car si Dezy était une personne empathique, il aurait tendu la main un tas de fois au fil du temps, compatissant avec nombre de gens endeuillés. Il fallait avoir une âme spéciale pour tenir ce rôle… Alors qu'elle s'approchait, elle remarqua quelqu'un assis sur le côté d'un banc. Se demandant s'il s'agissait bien de lui, elle l'interpella.

— Desmond ?

Il se leva et se tourna.

Doreen lui adressa un sourire tout en avançant.

— Je vous cherchais !

Il la regarda plus attentivement.

— Je vous connais ? la questionna-t-il.

Doreen fit non de la tête.

— Non, je ne suis pas à Kelowna depuis très longtemps.

L'homme fronça les sourcils.

— Mais vous me semblez familière toutefois…, dit-il avant d'y réfléchir un moment.

Elle tenta de mettre doucement en place la conversation.

— Eh bien, ma grand-mère vit en ville, à Rosemoor.

— Ah, souffla-t-il avant de remarquer la présence des animaux et que son visage ne s'illumine alors. Vous avez amené les animaux aussi !

— J'ai amené les animaux ?

— Maintenant, je vois qui vous êtes.

Elle grimaça. Si elle voulait rester incognito, elle devait se souvenir de laisser les animaux de côté. Mugs s'approcha et salua gentiment Dezy. Doreen hésita avant d'ajouter :

— Vous êtes ici depuis longtemps ?

L'homme acquiesça.

— En effet.

— Et je présume que vous n'aviez pas très envie de mettre fin à votre travail ici, n'est-ce pas ?

— Eh bien, oui et non, lui apprit-il en haussant les épaules. Le temps qui passe ne fait pas tout, parfois.

Doreen fit la moue.

— Vous avez raison. Je vous comprends.

Il lui jeta un coup d'œil.

— Mais vous êtes loin de la retraite.

— Ce qui est une bonne chose, car je n'ai pas d'activité me permettant d'y prétendre.

Pour une raison, il trouva cela drôle. Il regarda autour d'eux et baissa la voix.

— Je suppose que vous êtes ici pour les armes à feu…

— Oui. J'étais l'une de ceux qui ont découvert la sépulture vandalisée.

Les sourcils de l'homme se froncèrent.

— C'est bien terrible, déplora-t-il sans avoir l'air de le

penser.

— Oui, je trouve aussi. La vraie question, c'est pourquoi vous avez fait ça, et, maintenant qu'elle a été découverte et ouverte, irez-vous en parler à la police ?

L'homme la dévisagea, sous le choc. Elle joua la nonchalance.

— Je comprends. Vous ne vous attendiez pas à ce que je résolve ça, à ce que j'établisse le lien entre le columbarium et la planque d'armes sous terre qui ont tous les deux bénéficié de votre aide, mais en réalité, il n'y avait pas beaucoup d'autres options…

Il la considéra, effaré, puis regarda autour d'eux comme pour s'assurer que personne ne les entendait.

— Vous ne savez pas de quoi vous parlez.

— Moi je crois que si. Tant bien que mal, vous auriez pris des dispositions pour que ça ait lieu, et je parle d'ajouter l'Uzi au columbarium, de surveiller la mise en terre du grand stock d'armes. Ou alors, vous avez creusé et enterré vous-même… Je l'ignore, mais très peu de personnes sont en position suffisamment favorable pour y parvenir.

Il ne la quitta pas des yeux puis se laissa lentement tomber sur le banc.

— Oh la la… Curieusement, je ne pensais pas que ça me retomberait dessus.

— Et pourquoi pas ? demanda-t-elle, curieuse. Ça ne pouvait retomber que sur un nombre limité de personnes.

Il la fixa de nouveau, mais elle pouvait voir la sueur perler et la panique grandir dans ses yeux.

— Écoutez, reprit-elle. Je n'essaie pas de vous compliquer la vie.

Il grimaça.

— Ravi de l'entendre, répliqua-t-il, le ton dur. Car ça ne

me plairait pas de constater que vous pourriez le faire si facilement, sans aucun effort.

Doreen grimaça à son tour, ayant déjà été confrontée à cette opinion une ou deux fois auparavant.

— J'aimerais simplement savoir ce qui s'est passé…

— Ce qui s'est passé est simple. On m'a obligé à assigner une tombe à une personne qui disposait déjà d'une case dans le columbarium.

— Ça, je l'ai compris. S'ils avaient acheté une sépulture et un endroit pour placer une urne, pas de problème. Je suppose qu'ils voulaient conserver les deux options…

L'homme opina du chef.

— Voilà ! Je n'ai pas imaginé que ça posait un problème, mais ensuite, ils ont souhaité un enterrement nocturne.

— Et a-t-on évoqué une raison religieuse ?

— Non, ils n'ont pas vraiment donné de motif. Cependant, ils ont insisté sur le fait qu'il fallait procéder ainsi. Ils n'ont pas ouvert le cercueil ou quoi que ce soit de ce genre. Ils voulaient que tout soit réalisé… furtivement.

— D'accord. Il est évident que c'est ce qu'ils voulaient, et maintenant, nous savons pourquoi, dit-elle avant de le regarder plus attentivement. Vous étiez au courant de ce qu'il y avait dans le cercueil ?

Il secoua la tête.

— Non, je l'ignorais.

— Et qu'avez-vous pensé quand il a été ouvert ?

L'homme frissonna.

— Je me suis dit que la police viendrait frapper à ma porte, mais au lieu de ça, c'est vous, lui lança-t-il en la considérant, soucieux.

— Elle va venir, déclara-t-elle nonchalamment. Je ne suis que la première vague, ajouta-t-elle avec un petit sourire.

Il opina lentement du chef.

— Je n'ai rien fait de mal, j'ai suivi les instructions. J'aurais agi de la même manière pour un tas de gens. Tant de personnes préfèrent un enterrement au calme, parfois secret. Ce n'est pas comme si nous n'avions jamais connu de cas uniques auparavant. On avait eu ce mec fan d'OVNI qui avait souhaité être enterré dans un vaisseau spatial de fortune, confia timidement Dezy. Ça avait dû être réalisé la nuit, car il ne voulait pas que les aliens le trouvent.

La mâchoire de Doreen se décrocha.

— Vous devriez écrire un bouquin. Je suis sûre que vous avez des douzaines de bonnes histoires à partager.

L'homme se mit à rire.

— Probablement !

— Alors, vous ignoriez ce qui se trouvait là-dedans, ce qui était enterré ?

Il secoua la tête.

— Oui, je l'ignorais. Et honnêtement, je me souviens peu des personnes concernées.

— Est-ce que n'importe qui peut s'occuper des funérailles ou faut-il que ce soit un membre de la famille ?

— Non, il y a eu énormément de cas où ce sont les amis qui ont fini par prendre des dispositions. Soit la famille était trop effondrée, soit une personne avait été mandatée pour apporter son aide. Ou alors il n'y a pas de famille, et c'est quelqu'un d'autre qui s'en charge, même des avocats, bien que ce soit moins commun, mais ça arrive.

Cela fit réfléchir Doreen un instant.

— Je suppose que n'importe qui peut prendre des mesures concernant les concessions, tant que vous autres êtes clairs sur le fait qu'ils en ont le droit. Je veux dire, beaucoup de salons funéraires organisent et préparent les funérailles, ainsi les proches n'ont pas à s'en occuper.

L'homme haussa les épaules.

— Les procédures ont commencé à devenir plus complexes à l'époque, signala Dezy, mais j'imagine mal quelqu'un vérifier que vous en avez l'autorisation. Ça n'est jamais arrivé avant.

— Oui, et qu'est-ce que ça dit sur le monde dans lequel nous vivons ? Voilà la question que je me pose…

— Pour info, je n'ai pas vandalisé cette niche. Je n'ai jamais rien fait qui puisse gâcher mes années ici. C'est l'endroit où je trouve toute la paix dont j'ai besoin. Je ne voulais rien qui vienne souiller ça.

Il observa la pelouse de l'autre côté.

— Mais aujourd'hui ? poursuivit-il en secouant la tête. Aujourd'hui, rien que le fait de penser que tout le monde me considérera comme si j'avais joué un rôle là-dedans… C'est terrifiant.

— Je ne crois pas qu'ils imagineront que vous êtes impliqué, répondit-elle avec précaution. Je pense qu'il s'agit plus du fait que vous détenez de toute évidence des informations et qu'ils en ont besoin.

Il soupira lourdement puis se tourna pour la regarder.

— Je n'y avais même pas songé, jusqu'à ce que vous me posiez ces questions. J'ai su que la fausse tombe avait été ouverte, mais j'ignore à qui elle appartenait.

— Y a-t-il des archives ? Qui mentionneraient la personne qui a pris les dispositions ?

— Bien sûr, sans doute quelqu'un qui représentait la succession, qui gérait les funérailles de la personne. Bien que je ne sache pas si quelqu'un a été enterré, au demeurant…

— Et vous avez accès à ces archives ?

Il branla du chef.

— Plus maintenant. Si vous m'aviez demandé il y a un an ou plus, avant que je ne perde mon boulot, alors j'aurais pu.

— Mais vous croyez que le cimetière disposerait encore de ces archives ?

— Bien sûr, pourquoi pas ? Autant que nous le sachions, c'était une inhumation en bonne et due forme.

— Et ça l'était, dit-elle en souriant. Je suppose que vous n'avez pas la moindre idée de la date à laquelle a été enterré le cercueil, n'est-ce pas ?

Il fronça les sourcils, et elle haussa les épaules, suggérant :

— Cinq, dix, trente ans ?

— Oh, euh… c'était il y a longtemps, répondit-il en remuant la tête de haut en bas. J'ignore combien d'années. Là encore, les archives le diront.

— D'accord. Je demanderai à la police de les vérifier dans ce cas. Ils en ont bien plus l'autorité que moi.

— Depuis que le cimetière a été repris par une plus grosse compagnie, ça a perdu un peu de ce côté humain.

— C'est ce qui est arrivé ? Une nouvelle entreprise a conclu un contrat de sous-traitance, ils ont jeté un œil aux finances et ont décidé que vous n'en faisiez plus partie ?

L'homme grimaça, et de la tristesse lui emplit les yeux.

— Oui, c'est comme ça que ça marche. Je n'avais pas vraiment reçu d'avertissement non plus.

— Ils ne voulaient pas vous garder afin que tout le monde soit content ?

— Je ne crois pas que qui que ce soit l'ait réalisé avant que je ne l'apprenne, et j'étais déjà parti. Ça s'appelle rationaliser et moderniser.

— Désolée… Vous avez autre chose dans votre vie ?

— Je suis à l'âge de la retraite de toute manière, fit remarquer Dezy, alors ce n'est pas comme si j'étais censé continuer de travailler. Cependant, le budget est serré, et un peu d'extra serait le bienvenu. J'adorerais rester… même simplement en tant que gardien ou hôte d'accueil, comme ces gens à Walmart.

— Vous aimeriez être hôte d'accueil à Walmart ?

— Oui, mais au cimetière.

— Donc vous voulez être hôte d'accueil au cimetière ?

Il la regarda et lui sourit.

— Je suppose que ce ne serait pas une bonne idée, hein ?

— Ce n'en est pas une mauvaise. De toute évidence, les gens sont très affectés et endeuillés quand ils s'y rendent. Alors, ça ne ferait pas de mal de croiser un visage compatissant durant cette période difficile.

— Je connais tant les gens ici… J'ai cru que j'y resterais toujours.

— Eh bien, je n'abandonnerais pas encore à votre place, suggéra-t-elle avec un doux sourire. Quand avez-vous perdu votre emploi ?

— Il y a quelques mois, ça ne fait pas encore tout à fait un an.

Elle hocha la tête.

— Alors, tout le monde n'est pas au courant que vous n'êtes plus employé ici.

— Non.

Chapitre 17

L'ESPRIT ENCORE STIMULÉ par toutes les informations que lui avait données Dezy, Doreen se balada jusque chez Nan plus tard cet après-midi-là.

Quand cette dernière aperçut sa petite-fille, elle se leva d'un bond.

— Tu as découvert quelque chose ! s'écria-t-elle, ravie.

Doreen secoua lentement la tête.

— Rien de concret. Plus précisément, je n'ai encore rien qui le soit vraiment.

— Ah, mais tu es dessus, interpréta Nan en opinant calmement du chef, en guise de satisfaction. Je le savais.

Cela amusa Doreen.

— *Toi*, tu le savais peut-être, mais moi, je n'en étais pas sûre. Je ne le suis toujours pas.

— Évidemment que non, ça prend du temps. Tu dois attendre que ton merveilleux cerveau te dise quelque chose.

Le front de Doreen se plissa.

— Tu crois qu'il suffit que je demande à mon cerveau pour que les réponses arrivent ? l'interrogea-t-elle, curieuse.

— Même si j'aurais aimé que ce soit si facile, je suis certaine que ça ne l'est pas. Tu dois laisser les choses tourbillonner dans ta tête pendant un temps, non ?

— Oui. Ce n'est pas nécessairement un problème.

— Non, bien sûr que non, opina Nan. Je ne suis pas sûre que ce soit la meilleure des solutions non plus…

— Peut-être pas.

Doreen y réfléchit pendant longtemps, assise. Nan finit par lui proposer :

— Tu veux en parler ?

Doreen lui fit non de la tête.

— Non, je ne peux pas en parler maintenant, répliqua-t-elle avant de lui adresser un sourire. Mais j'ai discuté avec Dezy.

Nan la considéra pendant un temps, surprise par le changement de sujet de conversation puis la questionna :

— Oh la la ! Comment va-t-il ?

— C'est un sacré personnage et il va bien. C'est une personne vraiment surprenante. Et je crois qu'il a bon cœur également.

— Ah oui ?

— Je crois qu'il est le plus heureux quand il est au cimetière, à parler aux gens, qu'ils soient vivants ou morts… Je pense qu'il est seul.

— Quand nous vieillissons, nous préférons en faire autant que possible avant que les gens ne s'imaginent que nous ne valons plus rien. C'est l'une des raisons pour lesquelles nous t'apprécions tellement, car toi, tu nous apprécies.

Et ces mots étaient si tristes que Doreen ne put que fixer Nan des yeux.

— J'espère que ça ne changera jamais, répondit-elle gentiment. Tu as toi aussi un cerveau merveilleux.

— Oh, avant, oui, mais j'ignore s'il est encore aussi remarquable, rétorqua Nan en gloussant, mais on peut toujours espérer !

— Je trouve que tu t'en sors très bien, et ne laisse personne affirmer le contraire.

Nan lui adressa un sourire.

— Tu es un amour.

— J'essaie, mais je n'en suis pas aussi sûre parfois… Certaines fois, je crois que je ferais mieux de trouver un autre passe-temps.

— Oh, ma chérie, tu traverses une crise en ce moment ?

En entendant ce terme, Doreen éclata de rire.

— Non, je ne crois pas. Simplement l'une de ces réévaluations de ma vie et de ce que j'en fais.

— En ce moment, tu n'as pas besoin de procéder à la moindre réévaluation, car tu as des affaires à traiter.

Nan n'avait pas tort, mais allumer et éteindre, ce n'était pourtant pas vraiment la chose la plus facile à faire pour Doreen.

— Tu as raison. Et une affaire qui est assez juteuse.

— Les armes ajoutent clairement quelque chose de juteux, renchérit Nan en souriant. Et crois-moi, tout le monde en parle.

— J'ai discuté avec Jerry, le maître de Big Guy. J'y ai emmené Thaddeus pour jouer.

Alors, Thaddeus, ayant entendu le nom de son ami, descendit d'un saut, remuant la tête d'avant en arrière. « Big Guy ! Big Guy ! Big Guy ! » Impossible de l'arrêter désormais. Doreen grimaça.

— Nous n'allons pas y aller aujourd'hui, lui indiqua-t-elle.

Mais Thaddeus ne voulait rien entendre.

« Big Guy ! Big Guy ! Big Guy ! »

Nan se leva promptement, courut jusqu'à la cuisine et

revint avec quelques crackers.

— Tiens, Thaddeus. Prends un biscuit.

« Thaddeus aime Nan. Thaddeus aime Nan. »

Cette dernière s'esclaffa.

— Quel filou ! s'écria-t-elle affectueusement.

— Je dois admettre que parfois, je me demande s'il n'agit pas comme ça dans un but précis, suggéra Doreen.

— Honnêtement, je n'en serais pas du tout surprise. Il a un côté manipulateur, non ?

— Non, tu crois ? plaisanta Doreen en secouant la tête. Mais cela lui va si bien.

Nan gloussa.

— Oui, n'est-ce pas ? Mais nous l'aimons beaucoup malgré tout.

— Bien sûr que nous l'aimons, ça ne change rien, acquiesça Doreen en riant. Il possède encore cette capacité à accomplir les choses à sa manière, quand il le souhaite.

— Mais il n'est pas méchant pour autant.

— Oh, Dieu du ciel, non ! s'exclama Doreen. Thaddeus saisit toutes les opportunités, mais une fois encore, je ne pense pas qu'il le fasse méchamment non plus.

— Non, pas du tout. Il est simplement Thaddeus, conclut Nan en lui caressant doucement les plumes. Et il me manque, certains jours.

Presque immédiatement, Thaddeus se rapprocha pour frotter doucement sa tête contre sa joue. « Thaddeus aime Nan. Thaddeus aime Nan. »

Doreen observa les larmes qui apparaissaient dans les yeux de la vieille dame.

— Tu vois ? Comment ne pourrait-on pas aimer un animal qui te donne cette réponse ? murmura Nan, câlinant gentiment l'oiseau.

Doreen opina du chef.

— Il est plutôt incroyable, et ça vient du cœur pour lui ; il croit vraiment et pense ce qu'il dit.

— Je l'espère ! lâcha Nan, amusée. Je n'aimerais pas imaginer que ce n'est que pour avoir à grignoter.

Là, Thaddeus s'écarta, semblant la regarder d'un air outré. Mais ensuite, il retourna manger ses biscuits, les laissant toutes les deux se demander s'il avait clairement compris leurs paroles. Nan considéra Doreen.

— Si tu étais capable de décoder son comportement, tu te ferais des millions.

— Je ne sais pas, tempéra Doreen tout bas. Ce code-là vient d'ailleurs.

— Je suis d'accord. Ces oiseaux sont clairement dans un monde à part, surtout Thaddeus. Il est tellement empli d'amour, et pourtant, il se passe tant de choses dans sa tête que tu ne connais jamais vraiment ses intentions ni où il va les exprimer.

— C'est vrai, acquiesça Doreen avant d'observer attentivement sa grand-mère. Tu vas bien en ce moment ?

— Oui. Il se passe un tas de choses avec toi, mon enfant. Bref, j'ai pris quelques gourmandises.

Elle afficha un grand sourire juste après et disparut de nouveau.

Doreen grinça des dents. Quand sa grand-mère réapparut, Doreen hoqueta et ne parvint pas à détourner le regard.

— Et moi qui étais sur le point de te disputer pour avoir encore une fois volé de la nourriture, marmonna-t-elle.

L'assiette contenait des viennoiseries, plus élaborées que la normale, ainsi qu'un morceau de gâteau paraissant délicieux ; il ressemblait à un gâteau d'anniversaire.

— Ça vient de la cuisine ?

Nan acquiesça.

— C'est l'anniversaire de Nelly, déclara-t-elle en riant.

— Nelly ?

— Oui, Nelly. Elle a soixante-quatorze ans. C'est encore un bébé, se moqua-t-elle.

— Tout comme moi, plaisanta Doreen.

— Nous sommes à peine des enfants, renchérit Nan, très satisfaite.

— Tu l'as dit.

— Nelly est très indépendante. Tout le monde l'est ici, et on n'hésite pas à te le faire savoir, expliqua Nan avant de soupirer. Bien que Nelly soit mieux ici que chez elle. Quelle triste famille…

— Tant de gens sont malheureux dans leur famille, souligna Doreen, et, avec mon boulot, je réalise à quel point certaines familles sont tristes.

Nan lui accorda un faible sourire.

— Parfois, les choses que l'on découvre chez les gens ne sont pas toutes agréables, n'est-ce pas ?

— Non, nous avons croisé quelques cas de contextes familiaux difficiles, comme tu le sais.

Nan acquiesça.

— Tu as beaucoup mûri depuis que tu as fait ton entrée dans ce grand monde cruel. Trouver la liberté a été une bonne chose pour toi.

— La *liberté*… Tu veux dire, depuis que j'ai quitté Mathew ?

— Oui, exactement. Tu n'as pas été en contact avec lui, n'est-ce pas ?

— Non, pas aujourd'hui.

— Aujourd'hui ?

— J'essaie de ne pas du tout être en contact avec lui,

clarifia Doreen avant de se rendre compte que Nan n'était pas au courant de sa précédente visite, ce qu'elle lui expliqua rapidement.

— Oh la la…, réagit Nan dont les sourcils se rapprochèrent sous l'inquiétude. Es-tu sûre d'être en sécurité ?

— Je crois. Mack a bien vérifié qu'il avait pris l'avion pour rentrer chez lui.

— Mais c'est à une heure de vol, souligna Nan. Il pourrait être ici à tout moment.

Doreen contempla sa grand-mère avec assurance, se forçant à rester calme et à ne pas paniquer en songeant à ce que Mathew était susceptible de faire.

— Il pourrait, mais nous n'allons pas y penser, répondit tranquillement Doreen, car je ne passerai pas ma vie à me demander où il se trouve et s'il va débarquer comme un fourbe.

— Le truc, c'est que tu *as conscience* qu'il va débarquer comme un fourbe.

— Ça fait partie de ce qu'il est et de ce qu'il fait, lança Doreen avec colère, sachant qu'elle avait raison.

— Je devrais lui dire ses quatre vérités.

— Non, s'il te plaît, l'implora Doreen d'une petite voix. Ça ne rendra pas ma vie plus facile.

— Et c'est la seule raison pour laquelle je m'abstiendrai, rétorqua Nan, offusquée, mais cet homme a besoin d'une mise au point.

— Disons simplement que plusieurs personnes s'efforcent de lui donner ce qu'il mérite, et on m'a demandé très fermement de rester en dehors de ça.

Nan lui adressa un large sourire.

— Je parie que Mack n'était pas très content, hein ?

— Non, clairement pas, et Nick non plus. Mathew a

causé pas mal de soucis, et il n'en avait pas le droit.

— Oui, mais une fois qu'on commence à parler d'argent…, déclara Nan en secouant la tête. Tu sais à quelle vitesse ça part en sucette.

— Je n'avais pas encore réalisé à quel point ça pouvait aller vite, acquiesça Doreen en riant à moitié. Pour une raison ou pour une autre, j'ai cru qu'il se serait plus battu au tribunal et que le reste aurait été laissé de côté.

Nan branla lentement du chef.

— Oh, ma chérie, tu es plus naïve que je ne le pensais !

Doreen poussa un soupir exaspéré.

— Non, je ne le suis pas, Nan. Je sais parfaitement que c'est une personne malintentionnée et qu'il va rendre ma vie misérable s'il s'en sort encore une fois. Donc, je ne permettrai plus qu'il s'en sorte dorénavant.

Nan étudia attentivement sa petite-fille, comme si elle essayait de lire la vérité dans son esprit. Elle finit par hocher la tête.

— Oh, je ne l'espère pas ! Tu mérites tellement plus, lui dit-elle avant de lui adresser un petit sourire.

— Et je comprends, lança Doreen. Ne t'inquiète pas, je comprends. Peu importe le montant des dommages et intérêts à la fin, j'en obtiendrai et il sortira de ma vie. Ce qu'il lui faut vraiment, c'est un nouveau projet, quelque chose sur lequel se concentrer et qui soit loin de moi.

— Ça pourrait marcher, mais il ne faut pas que ce soit toi qui le lui trouves.

Doreen haussa les épaules.

— Je n'ai pas l'intention d'avoir quoi que ce soit à voir avec lui, alors ne t'en fais pas pour ça.

Mais il était évident que Nan n'allait pas en rester là. Doreen finit par se mettre debout.

— Et maintenant, je vais rentrer à la maison, me détendre, peut-être aller m'asseoir au bord de la crique. Il y a clairement des nœuds dans ma tête que je dois démêler.

— Autre chose au sujet de l'affaire Hinja et Bob Small ?

Doreen grimaça.

— J'ai discuté avec le détenu qui a accusé Bob Small de ces meurtres, confia-t-elle, mais il veut quelque chose avant de me parler.

— Intéressant. Tu n'as rien pu en tirer ?

— J'ai obtenu un nom, dit-elle avant de se tourner vers Nan. Tu connais une Ella ? Ella Hickman ?

Nan regarda sa petite-fille avec de grands yeux.

— Évidemment que je la connais ! Ella Maxine Hickman. Une méchante femme.

Doreen sourit intérieurement.

— Quand tu dis *méchante*, qu'entends-tu par là ?

— C'est la petite sœur de Nelly, dont tu as mangé le gâteau d'anniversaire.

Doreen fixa le gâteau dans l'assiette et cessa de bouger.

— Ella est sa sœur ?

— Oui.

— Alors, pourquoi est-elle méchante ? insista Doreen.

— Nelly est un ange, vraiment, mais elle fait pâle figure à côté de la personnalité d'Ella qui est très autoritaire, du genre très direct et difficile à ignorer.

— C'est bien ou mal ?

— Pour Nelly, c'est mal, étant sa sœur ; Ella domine tout. Nelly n'a pas l'esprit très cohérent quand sa frangine est dans les parages.

— Argh… Encore une dynamique familiale des plus moches.

— Es-tu en train d'insinuer que Nelly et Ella sont impliquées dans l'affaire Bob Small ? demanda Nan en regardant attentivement Doreen.

— Pas que je sache pour le moment, répondit-elle, avançant à tâtons pour ne pas contrarier Nan. C'est le nom que m'a donné le détenu.

— Et nous ne pouvons avoir confiance en tout ce qu'il raconte, tempéra Nan en reniflant avec dédain.

— Non, c'est sûr.

— Et qu'a dit ce détenu ?

Doreen haussa les épaules.

— Qu'Ella était possiblement la petite amie de Bob Small, au même titre que Hinja.

Nan la dévisagea puis se mit à rire.

— Oh ! ce serait un peu fort… J'adorerais penser qu'Ella a entretenu une relation avec un tueur en série… C'est une telle arriviste ! C'est l'une de ces femmes qui savent tout sur tout et peuvent tout faire mieux que tout le monde, expliqua-t-elle d'un air écœuré.

Doreen se rassit et s'avachit légèrement ; elle aurait souhaité ne pas avoir mis le sujet sur le tapis.

— Donc, de toute évidence, tu la connais.

— Évidemment que oui, lâcha Nan, toujours avec dédain. Tout le monde la connaît.

— Vous la fréquentez encore ?

— Pas si on arrive à l'éviter. Pas si elle nous voit la première. Nelly n'aime pas sa sœur, et nous aimons tous Nelly.

— Alors, l'ennemie de votre amie est également votre ennemie ?

— Un truc de ce genre, ma fille.

Doreen opina du chef.

— Au moins, tu comprends ce que je veux dire.

— Le contraire serait difficile, mais oui, tu as raison.

Nelly est une personne adorable, Ella non. Je suppose qu'il n'est pas simple de mettre la main sur elle afin de lui parler ?

— Non, elle ne te prêterait même pas attention. Donc, si tu prévois de l'interroger, bonne chance ! s'exclama Nan en secouant la tête. Tu ferais tout aussi bien d'abandonner tout de suite.

— Intéressant… Je me demande ce qu'elle ressent à propos de tout ça aujourd'hui.

— La même chose qu'avant, j'imagine. Elle a placé sa sœur ici, car elle a pensé que Nelly serait incapable de vivre en dehors. Le truc, c'est qu'en étant ici, Nelly s'est épanouie. Par conséquent, c'était une bonne décision de sa part, admit Nan de mauvaise grâce.

— Car elle est loin de sa sœur, supposa Doreen au hasard.

Nan acquiesça.

— Exactement. Ella est très autoritaire. La pauvre Nelly ne pouvait rien dire, rien faire.

— Intéressant, répéta Doreen dans un murmure.

— Ella était une politicienne, et tu sais ce que je pense de ces gens-là, déclara Nan en levant les yeux au ciel.

Doreen serra les dents.

— Nan, nous ne pouvons pas affirmer que *tous* les politiciens sont mauvais…

— Pourquoi pas ? la défia-t-elle avec sincérité. C'est ce qu'on pense.

Doreen abandonna.

Nan lui lança un regard et, quand Doreen comprit qu'elle la taquinait, elle éclata de rire.

— C'est bon de t'entendre rire ! Tu ne le fais pas assez.

— Je le fais un tas de fois ! corrigea Doreen, les yeux rivés à ceux de sa grand-mère. D'un autre côté, je ne veux pas que tu te fâches.

— Trop tard ! Tu as évoqué cette femme…

Doreen grommela.

— Je suis surprise par ta capacité à te mettre en colère…

— Oui, mais aujourd'hui, comme c'est l'anniversaire de Nelly, nous avons eu notre dose d'Ella.

— Elle est ici en ce moment ? demanda Doreen en se mettant debout d'un bond.

Nan la considéra.

— Tu veux vraiment lui parler, c'est ça ?

— Vu qu'elle semble liée à Bob Small, oui, j'aimerais !

— Et je t'avertis qu'elle ne t'adressera pas la parole. Elle n'a pas un bon fond.

— En a-t-elle un mauvais ?

— Plus que ça, le corps tout entier !

Doreen explosa de rire.

— Je ne crois pas qu'elle puisse être aussi méchante…

Même si elle n'était pas optimiste, car elle avait eu l'occasion de croiser quelques familles à problèmes de temps en temps.

— Tu as beaucoup de bonté dans ton cœur, alors tu en projettes chez les autres, tempéra Nan. Je ne suis pas sûre qu'Ella en possède ne serait-ce qu'un peu, ajouta-t-elle avant de regarder la porte. Laisse-moi vérifier si elle est encore ici. Elle a discuté avec sa sœur aujourd'hui, ce qui a complètement chamboulé Nelly. Elle craignait d'être forcée à quitter la maison de retraite.

— Ah, ça causerait clairement du stress ça, non ?

— Tu n'as pas idée ! Le problème, c'est que la plupart d'entre nous n'ont pas assez d'argent pour payer et prendre soin de Nelly, si nous devions prendre le relais.

Doreen considéra sa grand-mère, stupéfaite.

— Attends une minute… Tu es en train de me dire que tu n'as pas assez d'argent ?

— J'en ai assez, mais je ne suis pas certaine d'être en mesure de prendre en charge Nelly pour autant.

— Et tu penses vraiment que Nelly a besoin de quelqu'un pour l'aider de la sorte ?

— Je ne connais pas ses besoins financiers, éluda Nan en reniflant. Crois-moi, sa sœur n'en parle pas.

— Bien sûr que non, acquiesça Doreen en grimaçant. Mais ça ne signifie pas que tout va mal cependant.

— Ça ne signifie pas que tout va bien non plus, rétorqua Nan, sourcils froncés. Tu te rappelles ? Cette Ella, c'est le mal.

Doreen fit une nouvelle grimace.

— Je ne veux pas avoir cette opinion préconçue à l'esprit.

— Tant mieux pour toi. J'apprécie vraiment le fait que tu essaies de garder l'esprit ouvert, mais c'est déjà une cause perdue, déclara-t-elle d'un ton froid.

— Nan, si je pouvais avoir la chance de lui parler, ce serait absolument génial.

Nan poussa un soupir.

— Dans ce cas, allons à la salle commune, voir si elle y est encore !

Sur ce, Doreen remit les animaux en laisse comme il le fallait et demanda :

— Tu crois que ça pose un problème si je les prends avec moi ?

— Pas du tout. En plus, ils vont parfaire la journée de Nelly. Elle adore tes animaux.

— Elle ne les a jamais vus.

— Mais elle le souhaite.

Ne sachant pas bien où sa grand-mère voulait en venir – et plus qu'inquiète au sujet du degré de manipulation dont elle était capable –, Doreen la suivit jusqu'à la pièce principale.

Chapitre 18

DOREEN FUT SALUÉE par plusieurs personnes, comme le furent Mugs et Goliath. Quelques-unes s'arrêtèrent pour dire bonjour, et un paquet d'autres pour caresser les animaux.

Quand l'un des membres de la direction arriva pour remonter à la source de cette agitation, elle découvrit Doreen. Cette dernière se crispa, attendant le reproche qui la sommerait de sortir les bestioles de cet endroit. Mais au lieu de ça, elle fut accueillie par une accolade et :

— Salut ! Comme c'est chouette de vous voir ici ! Je suis sûre que Nelly sera ravie d'apprendre que vous êtes venue lui rendre visite pour son anniversaire.

Ne cherchant pas à décevoir la star du jour, et peu certaine de savoir dans quelle situation elle s'était fourrée, elle suivit Nan parmi la foule jusqu'à un grand rassemblement. Elle aperçut l'énorme gâteau avec « 74 » écrit dessus. Elle s'en approcha et le contempla avec ravissement.

— C'est magnifique, déclara-t-elle en se tournant vers Marion, la responsable. Qui l'a fait ?

— C'est notre nouvelle cheffe, répondit-elle, avec un sourire satisfait. Elle effectue un sacré boulot.

— Je suis si contente d'entendre ça !

Doreen souhaitait éviter toute conversation au sujet des cuisiniers de Rosemoor à cause d'anciennes affaires impliquant des membres du personnel.

— Tout le monde semble heureux ici, dit-elle tout bas.

Le gâteau lui-même était éblouissant. Marion en fourra rapidement un morceau dans la main de Doreen qui le regarda d'un mauvais œil.

— Non, je vous en prie, régalez-vous, insista Marion avant de baisser la voix. Je sais que Nan vous en a déjà offert une part.

Doreen leva les yeux au ciel.

— Je crois qu'elle a l'intention de m'engraisser.

Marion pouffa puis tapota son ventre très généreux. Ce à quoi elle ajouta :

— Assurez-vous simplement qu'elle n'y parvienne pas.

Doreen gloussa.

— Elle a l'air d'estimer que j'ai besoin d'avoir plus de chair sur les os.

— Vous pourriez en supporter un peu plus, mais je ne m'en ferais pas à votre place. Vous avez belle allure.

Puis elle s'en alla parler aux autres invités. Gâteau en main, Doreen remarqua plusieurs personnes qui l'observaient. Elle leur adressa un grand sourire.

— Salut ! Qui parmi vous est la dame dont c'est l'anniversaire ?

Une femme grogna un ricanement.

— Sérieusement ? Vous tapez l'incruste dans une fête d'anniversaire et vous ne savez pas pour qui elle est ? s'insurgea-t-elle en croisant les bras sur sa poitrine pour observer froidement Doreen. Bon Dieu, il faut de tout pour faire un monde, hein ?

Nan avança d'un pas.

— Elle a été invitée, rétorqua-t-elle sèchement. Ce n'est pas parce que Nelly ne l'a pas encore rencontrée qu'elle ne l'a pas conviée !

Une petite femme fragile comme un oisillon s'empressa de s'approcher et, d'un murmure enthousiaste, questionna Nan :

— C'est elle ?

Elle jeta un regard oblique vers Doreen et poussa un petit cri.

— Elle a amené l'oiseau aussi ! Elle les a tous amenés !

— Évidemment qu'elle les a amenés, répondit Nan, avec un sourire de fierté. Ils l'accompagnent partout.

Doreen grimaça, prenant conscience qu'elle faisait apparemment partie de la fête. Ou peut-être bien de l'animation. Elle s'avança et demanda :

— Vous êtes Nelly ?

Cette dernière lui adressa un grand sourire.

— C'est moi ! confirma-t-elle en tapant dans ses mains, comme le faisait parfois Nan. Je suis tellement contente que vous soyez venue, ajouta-t-elle, ravie.

Doreen lui sourit.

— Joyeux anniversaire. Quelle belle façon de le célébrer, s'enthousiasma-t-elle en évoquant tout le monde autour d'elles.

À cet instant, Thaddeus se pencha en avant pour donner un coup de bec dans le gâteau.

— Oh non ! l'empêcha Doreen, gardant le reste du gâteau hors de sa portée.

Il lui lança un regard espiègle et croassa : « Thaddeus aime *Nan* ! » en insistant particulièrement sur le *Nan*. Cela amusa bien Nelly.

— Oh la la ! Quelle joie de l'entendre parler !

— Qui voudrait d'un truc comme ça qui parle ? riposta l'autre femme. Vraiment, Nelly, cet oiseau dégoûtant ne devrait même pas être ici, cracha-t-elle avant de feindre de chasser Doreen. Éloignez-vous de la nourriture, bon sang ! Vous êtes tous devenus dingues ?

À la suite de cela, Marion s'avança et déclara d'une voix ferme :

— Il s'agit de Doreen. Elle est la bienvenue ici, tout comme ses animaux.

Doreen apprécia le soutien. Elle était également plus que déterminée à partir si elle causait des ennuis. Comme elle jetait un coup d'œil à Nan pour savoir quel était le problème sous-jacent, cette dernière leva les yeux au ciel et lui indiqua tout bas qu'il s'agissait d'Ella.

Doreen considéra la dame pleine de critiques et se dit que, d'une façon ou d'une autre, elle devait se la mettre dans la poche afin qu'elle se confie. Mais, à en juger par sa façon de la dévisager, Ella n'y paraissait pas disposée.

Doreen lui afficha un sourire confus.

— Désolée. J'essaie vraiment de maintenir les animaux loin des gens qui ne se sentent pas à l'aise avec eux.

Ella fit mine de s'en ficher et se recoiffa, laissant tomber partout de longs cheveux.

— Ce n'est pas que je sois mal à l'aise avec eux, clarifia-t-elle, mais vous devez aussi songer aux autres.

Un tas de personnes âgées étaient là, dévorant leur gâteau, mais absolument aucune d'entre elles ne se positionna pour ou contre Doreen.

— Je pense que la plupart d'entre elles me connaissent bien, supposa Doreen en regardant autour d'elle en souriant. Évidemment, il y a ici des gens que je n'ai encore jamais vus.

Est-ce que quelqu'un ici est fâché que je sois avec les animaux ? sonda-t-elle la foule.

Tout le monde répondit en agitant la tête d'un côté et de l'autre.

Puis quelqu'un approcha un morceau d'entremets vers Thaddeus. Et, avec sa gourmandise habituelle, celui-ci se pencha et se remplit le bec. Doreen hoqueta.

— Oh non, non, non, il n'a pas besoin de gâteau !

Les rires rugirent dans la salle.

— Croyez-moi, il est suffisamment surexcité !

Mais parmi tant de rires, de plus en plus d'assiettes se levèrent pour l'oiseau. Doreen recula et lâcha d'une voix ferme :

— Personne n'a envie qu'il soit malade.

Alors, plusieurs personnes firent marche arrière.

— Oh non, nous ne voulons pas rendre l'oiseau malade ! s'exclamèrent-ils.

Et les choses revinrent lentement à la normale.

Ella s'avança et chuchota :

— Vous devriez vraiment observer autour de vous. Ils se comportent comme des enfants, dit-elle en regardant autour d'elle, un petit sourire antipathique au coin des lèvres.

— Peut-être, murmura Doreen. Votre sœur a l'air heureuse ici cependant.

— Grâce au ciel ! répondit-elle en roulant des yeux. Il n'est pas des plus faciles de s'occuper d'elle.

— Je pense que c'est l'âge qui fait ça.

Ella hocha la tête.

— J'en suis consciente, et elle ne semblait pas vouloir venir ici, mais aujourd'hui, elle paraît heureuse. Alors, si ça l'aide à être heureuse, c'est super. Mais ce n'est pas donné, marmonna-t-elle.

Doreen ne savait pas bien combien cela coûtait d'être ici, même si le chiffre la choquerait sûrement, mais elle acquiesça pour rester agréable.

— Je ne crois pas que ce genre d'endroits soit abordable.

Ella considéra Doreen, puis ses épaules s'affaissèrent.

— Vous avez raison. Nous avons étudié la question auparavant, mais cet endroit est l'un des plus respectables à ce prix ainsi que le plus raisonnable en comparaison avec d'autres. Toutefois, c'est un réel souci que de devoir s'acquitter d'une telle somme pour qu'on s'occupe des membres âgés de notre famille.

— C'est votre sœur, c'est ça ?

— Oui, confirma Ella en soupirant. Et nos parents sont partis depuis longtemps. Heureusement, nous n'avons pas dû payer pour les faire venir dans cet endroit, ajouta-t-elle en secouant la tête. Les frais pour ma sœur sont suffisants.

— Et elle n'aime probablement pas qu'on le lui rappelle non plus, souligna Doreen. Vieillir n'est pas fait pour les âmes sensibles.

Pour une raison ou pour une autre, Ella pensa qu'il s'agissait là d'une déclaration pertinente. Désormais, elle voyait réellement Doreen, comme si elle la regardait avec de nouveaux yeux.

— Vous avez assurément raison, dit-elle.

Les deux femmes se tinrent dans un silence amical pendant quelques instants. Puis Ella reprit la parole :

— Maintenant, je comprends. Je n'arrivais pas à trouver ce qu'il y avait de familier chez vous.

Doreen la dévisagea, surprise.

— Pardon ?

— C'est vous qui enquêtez sur toutes les affaires mystérieuses en ville, non ?

Là, les personnes les plus proches leur jetèrent un coup d'œil puis hochèrent la tête.

— C'est notre Doreen, déclara l'un des hommes, assis non loin, après s'être tourné pour les considérer. Elle est l'une des nôtres ! s'écria-t-il avec fierté.

Doreen se contenta de ne pas réagir, car elle n'était même pas certaine de l'identité de ce monsieur. Pourtant, c'était là l'avis général, à en juger par l'attitude de tous, même si elle ne les connaissait pas tous. Cependant, elle avait été adoptée par Rosemoor, et elle sourit gentiment à l'homme.

— Comment allez-vous aujourd'hui ?

Il lui adressa un sourire édenté.

— J'irai parfaitement bien dès que je pourrai choper une troisième part de ce gâteau, répondit-il avant de clopiner quelques pas vers la petite table.

Aux côtés de Doreen, Ella émit un son de dégoût.

— J'espère que je n'aurai jamais cet âge, marmonna-t-elle.

Doreen ne trouva pas qu'il s'agissait là d'un avis juste, pas après avoir vu à quel point Nan et tous ses amis de la résidence – en dehors des quelques mauvais jours – semblaient vraiment apprécier la vie que leur offrait Rosemoor.

— Je crois qu'il est heureux ici et qu'il se sent bien.

— Oui, tant qu'il s'injecte du sucre, il sera capable de parcourir le chemin jusqu'à sa chambre, grommela Ella en roulant une nouvelle fois des yeux.

— Vous avez organisé cette fête pour votre sœur ?

— Non, c'est la maison de retraite qui s'en est occupée, répliqua-t-elle, croisant les bras sur sa poitrine, sourcils froncés.

— Votre sœur a l'air d'adorer.

— Tant mieux, baragouina Ella. Je ne devrais pas me plaindre auprès de vous. Cependant, aujourd'hui était l'une de ces journées où j'ai dû faire les comptes. Une fois qu'on regarde où est parti tout l'argent qu'on a gagné durant toute sa vie, il semble qu'il n'y en ait jamais assez.

— Je suis navrée, compatit Doreen qui comprenait complètement. Ces jours-là ne sont jamais agréables pour personne.

— Non, c'est certain. Vous travaillez ? demanda-t-elle en la considérant.

— Non, pas pour le moment.

Ella renifla.

— Bien, ne commencez même pas. À la minute où vous vous lancez, il est presque impossible de s'arrêter. Vous voyez l'argent arriver et vous en avez besoin pour payer les factures. Alors, si vous trouvez le moyen de ne pas travailler tout en parvenant à vous acquitter de vos factures, ne changez rien. Après ça, c'est un cercle infernal.

Doreen ne savait pas bien ce que ça signifiait, mais elle était absolument disposée à sourire et à acquiescer.

— J'ai un tas de passe-temps qui m'occupent, répondit-elle. Bien entendu, ces affaires classées en font partie.

— D'accord. C'est quelque chose… J'ai failli en résoudre une, il y a bien des années. C'était assez effrayant, et je n'ai plus rien à voir avec ça désormais, relata Ella avant de se perdre dans ses pensées. J'en ai réchappé relativement indemne et je ne veux clairement pas retourner sur ce terrain-là.

— Vous voulez dire que vous êtes de la police ? la questionna Doreen, surprise.

Ella eut un rire franc.

— Seigneur, non, mais il y a des chances que je sois sortie avec un tueur en série, une fois…

— Oh, ça, par contre, ce ne serait pas très drôle !

— Non, pas vraiment, et vous regardez toujours derrière vous à vous demander si c'était le cas ou pas.

— Mais il ne peut y avoir autant de tueurs en série dans le coin, tempéra Doreen.

— Vous connaissez l'affaire dont je vous parle ? l'interrogea Ella, sourcils bien froncés, reculant d'un pas comme si elle souhaitait mettre de la distance entre elles.

— Difficile à dire… Je sais que l'un d'eux, tristement célèbre, est apparemment sorti avec deux femmes à Kelowna…

Ella blêmit.

— Oui, il est possible que ce soit lui. Si je pouvais mettre la main sur ce mec une dernière fois, je m'en donnerais à cœur joie !

— Que feriez-vous ? la questionna Doreen, avec curiosité.

Ella haussa les épaules, plongée dans ses pensées.

— Avec le recul, on dit toujours des choses de ce genre quand on a été confronté à quelqu'un qui vous a blessé ou contrarié, ajouta Doreen, mais je me suis toujours demandé ce que moi je ferais…

Et dans son cas, elle avait déjà eu plusieurs occasions d'avoir la réponse.

Ella branla du chef.

— Je l'ignore, mais il a bousillé ma vie pendant un temps. De l'eau a coulé sous les ponts depuis, toutefois. Je ne souhaite absolument pas que quelqu'un remette le sujet sur le tapis.

Elle se tourna vers Doreen pour la fixer dans les yeux, sans équivoque.

— Peut-être pas, répondit cette dernière, mais avec cette planque d'armes découverte au cimetière, ça risque de ressurgir de toute manière.

La femme pâlit.

— Doux Jésus, j'espère que non !

Elle demeura silencieuse un moment puis secoua fermement la tête.

— Ce n'est pas son genre de toute manière, ajouta-t-elle.

— Ah, et quel est-il ?

— Modeste. Silencieux. Furtif. Je crois qu'il préférait étrangler ses victimes.

Doreen mémorisa les informations.

— Pourquoi *modeste* ?

— C'était un routier, et tout devait rester caché. Il franchissait des frontières, des routes provinciales. Il allait partout, la plupart du temps. À un moment, cet homme m'a dit qu'il conservait une petite arme, mais qu'il n'en avait pas besoin, car ses mains faisaient de meilleures armes. Il avait des mains monstrueusement énormes. Fortes aussi.

— Il ne semble pas être quelqu'un avec qui on aurait envie de sortir, suggéra Doreen sans quitter Ella des yeux.

— Non, je ne crois pas que je sortirais avec lui non plus aujourd'hui, admit-elle, un ton sinistre dans la voix. Je suppose qu'à l'époque, j'en pinçais pour les armoires à glace.

Au lieu d'être emplies d'amusement, ses paroles reflétaient presque un profond désespoir.

Doreen opina du chef, comparant la relation entre Ella et Bob Small à la sienne avec Mathew.

— Je crois que l'une des choses les plus difficiles à faire est de regarder en arrière, de repenser à nos choix, quand nous avions soi-disant toute notre tête et que nous étions capables de prendre ces décisions. Pourtant je regarde en arrière, et je secoue la tête en me demandant quelle drogue je consommais.

Ella la considéra puis se mit à rire.

— Oh, Seigneur, c'est tout à fait moi ! À ce moment-là, j'allais devenir quelqu'un. J'allais devenir une personne spéciale, et malgré cela, un truc chez cet homme m'a simplement attirée. Je l'ai regretté depuis.

— Et pourtant, vous vous en êtes sortie saine et sauve. Il ne vous a pas éliminée, de toute évidence, pourquoi ? l'interrogea Doreen en l'observant curieusement.

— Je l'ignore. Je lui ai demandé une fois, lors d'une conversation sur l'oreiller, ce qui pouvait bien l'inciter à agir de la sorte.

— Il vous a vraiment relaté ses crimes ?

— Il s'en vantait plutôt, mais je ne le croyais pas vraiment. Je pensais simplement que nous plaisantions sur le fait que c'était un grand baraqué ou quand il disait : « Tu ignores le nombre de gens dont je me suis occupé de façon permanente dans ma vie. »

Choquée, Doreen demanda en chuchotant :

— A-t-il admis qu'il avait tué tous ces gens ?

— Non, il n'a rien dit du tout, mais il possédait une enveloppe, avec des photos de toutes ces filles… Seulement après qu'il était parti, j'en ai regardé quelques-unes et ai réalisé qu'elles avaient toutes disparu et étaient présumées mortes.

L'air de Doreen se retrouva bloqué dans le fond de sa gorge.

— Ça a dû être effrayant…

— Sans blague, la railla la femme d'une voix rauque. Mais la culpabilité ? Cette partie-là était la plus difficile…

— Vous voulez dire, la culpabilité d'être au courant sans

rien révéler ?

Ella observa Doreen, sourcils froncés.

— Comment savez-vous que je n'ai rien révélé ?

— Car dans un cas comme celui-ci, j'imagine que la peur nous incite à ne rien dire.

— La peur de quoi ? insista Ella, comme si elle testait Doreen.

— La peur qu'il découvre que vous l'avez dénoncé. Non ?

Ella frémit visiblement puis hocha lentement la tête.

— Vous comprenez vraiment, n'est-ce pas ?

— Je comprends, confirma Doreen. Et je vous annonce tout de suite qu'il y aura une enquête et que ça pourrait devenir public.

— Ça me tuerait, dit catégoriquement Ella. Je ne vois pas comment on peut vivre en ayant ça en tête. Ce mec n'était pas quelqu'un avec qui on faisait l'imbécile. Il était effrayant.

Doreen opina du chef. Elle avait rencontré un tas de gens effrayants en ville, mais personne comme son ex. Ella se tourna vers elle et posa la question :

— Vous enquêtez sur lui ?

— Jusqu'à un certain point, oui. Vous connaissiez Hinja ?

Ella renifla d'une façon dédaigneuse.

— Oui, c'était son autre petite amie. Bon sang, c'est vraiment de lui que vous parlez…

— Oui, il semblerait. Vous avez su ce qui est arrivé à la nièce de Hinja ?

Secouant la tête, Ella répondit :

— Non, quoi ?

— On soupçonne qu'elle soit une victime de Bob Small.

Les couleurs disparurent du visage d'Ella. Elle saisit le bras de Doreen et la fit rapidement bouger sur le côté, où elles auraient plus d'intimité. À voix basse, elle demanda :

— Êtes-vous en train de me dire que Hinja croyait que son petit ami, Bob Small, cet adorable tueur en série qui se trouvait entre nous, a en réalité tué sa propre nièce ?

— Oui. Il faisait une fixette sur les jeunes femmes aux cheveux frisés, expliqua-t-elle tout bas. Sa nièce a disparu, et Hinja a commencé à s'inquiéter. C'est à ce moment-là qu'elle a remarqué que son fer à friser avait disparu également. Elle avait également trouvé une enveloppe, remplie de photos de visages de femmes qui avaient toutes les cheveux bouclés.

Le regard d'Ella Hickman se perdit dans le vague un moment. Puis elle opina du chef.

— Elles avaient les cheveux bouclés, oui.

Elle frémit de nouveau, se blottit dans ses propres bras et chuchota :

— Je ne peux imaginer ce qu'elle a traversé.

— Elle est décédée récemment et, bien évidemment, elle n'a jamais obtenu les réponses qu'elle voulait, car l'affaire n'a jamais été résolue.

— Pas même concernant sa nièce ?

Doreen secoua la tête et maintint la voix basse.

— Pas seulement ça, mais aucun corps n'a été retrouvé, aucune preuve, sur rien.

Ella remua lentement la tête.

— Oui, il m'a dit qu'il ne se ferait jamais attraper.

— Jusqu'à présent, il ne l'a pas été… Jusqu'à ce que je parle dernièrement à un détenu.

Ella regarda Doreen, bouche bée.

— Vous êtes partout, vous !

— Oh que oui ! Bref, il a affirmé qu'il avait des infos sur Bob Small. Bien entendu, il désirait quelque chose en échange de ces infos.

— Évidemment qu'il souhaite quelque chose ! marmonna Ella, avec son roulement d'yeux caractéristique. Et qu'allez-vous faire ?

— Je n'en suis pas encore sûre, mais il faut que vous sachiez qu'il m'a donné votre nom.

Son visage devint blanc.

— Bonté divine, lâcha-t-elle, la lèvre inférieure tremblante et la panique étant apparue dans ses prunelles. Je ne veux pas que les gens soient au courant !

— Ils risquent de le découvrir, alors il faut vous y préparer. Je ne ferai pas circuler ce détail, évidemment. Ce n'est pas du tout mon genre, mais je veux essayer d'aider la famille de Hinja à découvrir ce qui est arrivé à la nièce. Il faut donc que vous restiez sur vos gardes.

— Même si elle est partie et qu'elle ne réapparaîtra jamais ?

— Même si elle est partie et qu'elle ne réapparaîtra jamais, confirma Doreen. Avoir des réponses est important pour les familles.

Ella soupira.

— Je savais que ça reviendrait me hanter un jour… J'ai parfois travaillé très dur pour mettre ça derrière moi et tout oublier… Jusqu'au jour où vous intégrez un fait de ce genre dans votre histoire. Vous ne réalisez pas à quel point son impact a été important ni à quelle fréquence vous regardez toujours derrière vous, en vous demandant s'il se pointera pour vous la prochaine fois…

— Je pense que c'était une partie du problème de Hinja, suggéra Doreen. Et pour les mêmes raisons que vous, elle n'a jamais rien raconté à la police jusqu'à ce qu'il soit trop tard. Elle s'est dit qu'il ne reviendrait probablement jamais, mais elle ne pouvait pas prendre le risque.

— Non, bien sûr que non. Il a vraiment été très clair sur le fait que si jamais nous faisions quelque chose qui ne lui plaisait pas, nous le regretterions.

— Vous a-t-il menacée ? Maltraitée ?

— Non, c'était un parfait gentleman quand nous étions ensemble. C'est ce qui rendait les choses si étranges. Mais quand il a débarqué de nulle part en déclarant que la police en avait après lui et que c'était le cas depuis longtemps, je ne savais pas quoi penser. Je lui en ai demandé la raison, imaginant qu'il transportait des marchandises illégales, quelque chose de ce genre. Il était plutôt excitant, il avait un air dangereux, c'était un grand mec et un sacré amant également, ajouta-t-elle en remuant la tête. Il représentait cette grande présence virile. Et pourtant, quand je riais de lui, croyant que nos conversations n'étaient que taquineries, il m'adressait ce petit sourire et répondait qu'il aimait *s'occuper* des gens.

— Vous a-t-il donné une explication ?

Ella branla du chef.

— Honnêtement, j'ai longtemps cru qu'il plaisantait. Puis quand j'ai compris qu'il était sérieux, ce n'était pas vraiment un sujet que je pouvais aborder, sur lequel poser des questions. Alors, je me suis tue, expliqua-t-elle avant de perdre ses yeux dans le vague. Je n'ai aimé que deux hommes dans ma vie ; les deux étaient de vilains garçons. Tous les deux très dangereux, déclara-t-elle avant que son regard ne revienne dans la pièce autour d'elles. Et à cause de ça, je suis seule et ne me sens jamais en sécurité.

— Vous a-t-il déjà donné un indice sur la raison de ses

crimes, sur la façon dont il choisissait ses victimes et où il les abandonnait ?

— Non, il a simplement dit qu'il connaissait des endroits.

— Ah, et voilà le problème ; étant un routier, il a probablement fréquenté un tas de lieux.

— Et je n'ai aucune idée de là où ils se trouvent ni du nombre de ses victimes.

Doreen fit directement face à Ella et déclara :

— Des dizaines et des dizaines lui sont attribuées.

— Oh, Seigneur, murmura Ella, les yeux fermés. Quand ça va se savoir, ça fera les gros titres, non ?

— Oui, en effet.

Quelqu'un se mit à crier, puis une autre personne s'égosilla.

Doreen se tourna et découvrit Goliath qui sautait sur la table pour se servir lui-même un morceau de fromage. Quand l'un des cuisiniers s'approcha de lui, Goliath mit le fromage dans sa gueule et déguerpit de la table, laissant tomber au sol un bout de gâteau volé dans une assiette en carton.

— Oh ! oh !... Il faut que je règle ça, et vite ! s'exclama Doreen.

Mais il était trop tard.

Mugs avait l'occasion de remettre Goliath à sa place et était déjà en train de charger. Doreen tira sur sa laisse, et il dérapa sur son arrière-train avant de s'arrêter en glissant et de heurter un pied de table.

— Non, Mugs ! Non ! s'écria Doreen.

Il lui jeta un coup d'œil, sa queue se balançant vivement, puis il aboya à plusieurs reprises.

Doreen jura dans sa barbe. Elle éloigna rapidement le

fromage et le gâteau tombés par terre à cause de ses animaux et leur annonça :

— Les amis, vous savez ce que ça signifie : il est temps pour moi de vous éloigner des gens et de disparaître.

Elle regarda en arrière pour dire quelque chose à Ella, mais celle-ci avait disparu. Elle scruta autour d'elle un moment, sans la voir, et elle comprit qu'Ella avait fui pendant le ramdam. Ayant perdu l'opportunité de convenir d'un autre rendez-vous, Doreen sortit rapidement de la grande salle.

Nan la suivit et riait à s'en tenir les côtes.

— Oh, c'était tellement drôle ! J'adore quand les animaux causent des problèmes !

— Ah oui ? s'insurgea Doreen en fusillant Nan du regard. Je me sens très mal !

— Nous avons sauvé le reste du gâteau, alors peu importe.

— Oui, mais tu sais également que ce sera un autre mauvais point pour les animaux, dit-elle tout bas. Essayons de faire en sorte qu'ils n'aient pas d'ennuis.

Mais sa grand-mère était toujours en train de ricaner sur le chemin du retour jusqu'à sa chambre. Quand elles pénétrèrent dans cette dernière, Nan demanda :

— Bon, et maintenant, qu'as-tu découvert ?

— Un tas de choses ! répondit Doreen. Tu sais où est passée Ella ?

— Oui, elle s'est faufilée par la porte sur le côté et a disparu.

— Intéressant… Je pensais que je pourrais peut-être lui reparler.

— Elle a parlé ?

— Oui, mais ensuite, le brouhaha a commencé, et je n'ai

pas vraiment eu l'occasion de donner suite. Je voulais convenir d'une seconde rencontre.

— Eh bien, elle est très méfiante. Et tu ne dois pas croire un mot de ce qu'elle raconte.

Doreen considéra Nan, se demandant jusqu'à quel point sa rancœur s'exprimait.

Mais Nan était catégorique.

— Sois prudente, elle est dangereuse.

— Même aujourd'hui ?

— Le serpent change de peau, mais garde sa nature, conclut Nan. Et celle-là, ma fille, c'est une vipère.

Chapitre 19

DE RETOUR À la maison, Doreen s'installa dehors. Elle était fatiguée, lessivée et avait l'esprit confus tandis qu'elle repensait à tout ce qu'elle avait appris ce jour. Elle devrait probablement transmettre ces nouvelles à Mack, mais elle ne savait pas ce qu'il était en train de faire. Elle avait entendu les sirènes plus tôt et s'était demandé si ça avait un lien avec lui, mais n'avait pas eu l'occasion d'y réfléchir.

Quand le téléphone sonna au moment du coucher, elle s'enquit de Mack :

— Hé ! Dure journée ?

— Journée chargée, déclara-t-il, avec une fatigue évidente dans la voix.

— Rien à voir avec l'une de ces affaires, j'espère.

— Non, pas du tout, simplement plus de pagaille et de crimes.

— On dirait qu'ils n'ont aucune limite en ce moment.

— Ouais… Et toi ? Tu as trouvé quelque chose ?

— Combien de temps as-tu devant toi ? le questionna-t-elle avec malice.

Surpris, il répondit :

— Autant que nécessaire.

Cela la fit rire.

— Non, tu es très fatigué.

— Oui, mais si tu as des infos, allons-y !

— Rien de vraiment exploitable, mais j'ai discuté avec Ella Hickman aujourd'hui.

— Vraiment ? Elle t'a parlé ?

— C'était lors d'un ensemble très étrange de circonstances.

Elle évoqua alors la fête d'anniversaire de Nelly qui s'était tenue à Rosemoor.

— Oh, bon Dieu ! lâcha Mack.

Mais quand elle en vint à la raison pour laquelle elle avait dû partir, à cause des animaux qui faisaient un scandale, il rit.

— Merci de m'avoir mis cette image en tête, déclara-t-il après être parvenu à se calmer. J'en avais besoin.

Doreen sourit au combiné.

— Tu vois ? Parfois, c'est bon de me connaître.

— Il y a toujours de bonnes raisons de te connaître, commenta-t-il affectueusement. Mais aussi des inconvénients, ajouta-t-il avant de bâiller.

— Cher monsieur, vous avez besoin d'une petite sieste, lui dit-elle d'une voix paisible.

— Oui, mais je n'étais pas certain de là où nous en étions concernant les repas et les plans pour cette semaine. Avec le week-end qui arrive, j'espérais qu'on pourrait faire un truc.

— Ça me paraît bien, acquiesça-t-elle chaleureusement, mais on n'a sans doute pas besoin de décider de ça ce soir.

— Non, tant que nous sommes dans les temps.

— Pour autant que je sache, nous le sommes. Ton frère va venir ?

— Je crois, oui. Je suppose que nous devrions organiser quelque chose avec lui, non ?

Doreen ne put se retenir de rire.

— Je crois qu'il comprendrait de toute façon, mais ça dépend de toi.

— Je verrai, marmonna-t-il. Je suppose que je lui parlerai dans la matinée.

Et là-dessus, il lui souhaita bonne nuit et raccrocha.

Il était tard. Elle était fatiguée également. Cependant, elle se sentait encore en pleine effervescence à la suite de sa conversation avec Ella.

Par ailleurs, l'avertissement de Nan tournait encore et encore dans son esprit. Avait-elle de réels soucis avec Ella ou était-ce l'un de ces nombreux cas où les gens avaient des problèmes les uns avec les autres alors que, pour les autres, ce n'étaient pas des problèmes ? Doreen se rendait bien compte que ça n'avait même pas de sens pour elle. Elle était si lasse…

Après qu'elle se fut douchée et rendue dans la chambre, Mugs monta dans le lit avec elle, lui accordant peu d'espace afin de s'étirer. Elle s'adressa à lui en grommelant :

— Allez, mon pote, bouge.

Mais il ne voulait rien entendre. Thaddeus était déjà sur son perchoir, et l'excitation du jour l'avait apparemment lessivé, car il était déjà en train de s'assoupir. Goliath étudiait tout le monde avec dédain. Doreen sourit à la vue de ses animaux.

— Vous êtes vraiment tous une bénédiction, les amis, murmura-t-elle.

Par la suite, Goliath sauta sur le lit et s'étira pile où elle pouvait s'allonger, ce qui la fit de nouveau grogner.

— Mais il faut vraiment que vous appreniez à partager, marmonna-t-elle.

Goliath ne leva même pas la tête ni n'essaya de la regarder. Elle le souleva, le décala, et il s'étendit pour enfoncer doucement sa patte dans le bras de Doreen comme pour dire : *Hé, du calme, je dors ici.* Et pourtant, il n'avait même pas ouvert les yeux, il s'étira simplement encore une fois et s'effondra à ses côtés. Elle sourit.

— Vous êtes des phénomènes…

Elle ne savait pas bien de quel type, mais ils étaient clairement spéciaux. Ils étaient tous spéciaux à leur façon. Elle était allongée dans le lit, tentant désespérément de s'endormir, mais son esprit continuait sans cesse de ressasser ce que lui avait confié plus tôt Ella. Elle s'était montrée plutôt directe et au courant des choses, alors que Doreen s'était attendue à ce qu'elle soit plutôt fermée à propos de tout ça.

Mais ensuite, elle avait perdu Ella. Elle se demanda quand elles allaient se reparler, si Ella allait faire comme si cette conversation n'avait jamais eu lieu. Doreen avait connu ça une fois ou deux, et cela l'incitait à se demander comment les gens réussissaient à oublier aussi vite.

Elle ne parvint pas à déceler quoi, mais quelque chose l'embêtait. Et son esprit ne cessa de tourner cette discussion avec Ella en boucle. Elle finit par s'endormir profondément. Quand elle se réveilla au milieu de la nuit, elle sut ce qui la tracassait. Et peut-être que ce n'était qu'un jugement de sa part… Mais combien de personnes dont le partenaire lui confiait ses crimes sur l'oreiller continuaient de dormir avec lui ou elle sans contacter la police ? Doreen y réfléchit un long moment, avant de finir par s'assoupir dans un sommeil meilleur et plus heureux.

Chapitre 20

QUAND DOREEN S'ÉVEILLA le matin suivant, elle était déterminée à réussir à établir le lien entre Ella et Bob Small.

Elle se leva, prit une douche rapide et descendit les escaliers, direction la cuisine. Quand elle y entra, les animaux se tenaient tous à la porte pour sortir. Surprise, elle ouvrit, et Mugs alla dehors, aboyant comme un fou. Pourtant, il était silencieux jusqu'à ce qu'elle ouvre la porte.

— Alors, que t'arrive-t-il ? ronchonna-t-elle en s'adressant à lui.

Mais il était sorti tout seul, agissant selon un rythme imposé par Dieu seul savait quoi. Peut-être était-ce encore la biche… Inquiète pour Mugs – et moins pour la biche, car Mugs n'était pas du genre à attaquer –, elle courut derrière lui en l'appelant.

— Mugs, reviens ici ! Mugs, reviens !

Il ne voulait rien savoir, mais s'était cependant arrêté net au bord de l'eau. Elle arriva à ses côtés et le saisit par le collier.

— Qu'est-ce que tout ça signifie ?! le gronda-t-elle tout en regardant autour d'eux.

Elle ne vit rien, et cela l'angoissait également. Elle se demanda ce qui était en train de se tramer et ce qui se passait dans la tête de Mugs. Pourtant, elle avait confiance en lui, il lui avait sauvé la vie bien des fois déjà ; ignorer sa réaction serait stupide. Mugs semblait focalisé sur ce qui le perturbait, alors Doreen lâcha son collier et retourna à l'intérieur.

Elle continua de le surveiller attentivement par la fenêtre, mais elle ne vit aucun signe qui suggérerait que Mugs soit chamboulé par quoi que ce soit. Toutefois, elle était sur ses gardes, méfiante.

Elle but son café dehors avec son ordinateur, même s'il faisait probablement trop clair pour voir l'écran. Elle lança un regard mauvais vers le soleil, puis abandonna, refermant l'écran, et resta assise là un long moment. Quand Mack téléphona quelques minutes plus tard, elle s'en enquit, sourire aux lèvres :

— Hé, tu te sens mieux ?

— Oui, un peu mieux. Et toi ?

— Je vais bien. Je n'ai pas passé une excellente nuit, mais ça va.

— Une raison particulière ?

— C'est simplement…, commença-t-elle par dire avant de s'arrêter, puis de réaliser qu'elle ne pouvait pas le lui cacher. C'est simplement cette histoire et un truc qu'a mentionné Ella hier soir.

— Comment ça ? demanda-t-il, curieux.

— Je ne sais même pas si ça vaut la peine de l'évoquer… Peut-être est-ce un jugement de ma part.

— J'aimerais l'entendre. Tu ne critiques pas souvent les autres femmes.

— J'ignore si je perpétue le jugement de Nan ou si je suis objective…

— Tu devrais peut-être m'en parler, et alors, nous le saurons tous les deux.

Une pointe d'humour avait empli sa voix, qui indiqua à Doreen qu'il se sentait bien mieux désormais.

— J'y réfléchirai. Je me sens mal de discuter de ça.

— Ah, maintenant, tu me rends vraiment curieux.

Doreen rit.

— Ce n'était pas mon intention. Ça ne concerne pas cette histoire.

— Tu en es sûre ? Parce qu'on dirait qu'il se passe quelque chose.

— Il se passe quelque chose, clairement. Mais je ne suis pas exactement certaine de ce que c'est.

— OK, on pourra en reparler plus tard aujourd'hui.

— Tu vas venir ?

— Je l'envisage, cela dépend de mon emploi du temps. Si ça devient dingue, j'annulerai.

— Je comprends. Je suppose que ce doit être pénible pour ta vie amoureuse, non ?

Après un moment de silence, il répondit d'un ton volontairement neutre :

— Je n'ai jamais pensé que c'était un problème. Tu es en train d'insinuer que ça en est un maintenant ?

Elle grimaça, rougit puis ricana.

— C'était l'une de ces remarques qui me donnent l'air d'une idiote.

— Tant que tu n'essaies pas de me faire comprendre quelque chose… Est-ce que mon travail est un souci pour toi ?

— Est-ce que mon hobby est un souci pour toi ?

— Ouais, confirma-t-il, exaspéré. Il l'est souvent.

Elle gloussa.

— Non, ton travail ne me pose pas de problème. Je suis désolée. Je ne pensais pas faire partie de ta vie amoureuse.

— Il est peut-être temps d'y songer, suggéra-t-il d'un ton calme avant de raccrocher.

Chapitre 21

E N MILIEU DE matinée, elle avait terminé la petite session
de ménage qu'elle avait prévue et avait couché sur
papier ce dont elle se souvenait de sa conversation avec Ella,
quand Nan l'appela.

— Hé ! répondit Doreen. Comment s'est passée la fête
après mon départ ?

— Oh ! ça s'est calmé juste après, lui raconta Nan. Mais
j'ai vraiment envie d'en savoir plus sur ta discussion avec
Ella.

— Je ne suis pas certaine d'avoir grand-chose à dire.
Toutefois, je pensais parler à sa sœur, Nelly.

— Ce n'est pas une mauvaise idée.

— Je ne pense pas que Nelly soit au courant de quoi que
ce soit. Nous regardons souvent les gens autour de nous et
nous supposons qu'ils ne reçoivent pas autant d'attention
qu'ils le devraient vraiment.

— Dans le cas de Nelly, Ella l'a plus ou moins traitée
comme un meuble.

— Exactement, auquel cas Nelly en sait alors probablement bien plus que ne le pense sa sœur.

— J'ignore si Nelly serait partante pour te parler de sa

sœur cependant… Ella a instillé en elle le fait que la famille, c'est la famille, et que la vie privée doit rester privée.

— D'abord, j'étais vraiment étonnée qu'Ella se confie autant hier… Je crois que je l'ai eue par surprise. Mais aujourd'hui, j'ai peur qu'elle hésite et qu'elle nie complètement.

— Je t'ai prévenue que cette femme était mauvaise.

Doreen s'en amusa.

— Je ne sais pas si elle est mauvaise, mais il y a clairement un problème.

— Et concernant les armes ?

— C'est une autre histoire également, répondit Doreen avant d'y réfléchir. Je devrais en parler à quelqu'un aussi.

— Permets-moi de contacter Nelly pour voir si elle est disposée à discuter de sa sœur. Je reviendrai vers toi.

Et Nan mit rapidement fin à l'appel.

Alors que Doreen était assise, on frappa à sa porte. Cela l'étonna, mais, tandis que les animaux étaient bruyants et couraient partout, transformant son salon en asile, elle se rendit à la porte d'entrée et posa les yeux sur son visiteur.

— Dezy ? Entrez, l'invita-t-elle en faisant un pas en arrière.

Il hésita et regarda autour de lui, nerveux, avant d'entrer.

— Je suis surprise que vous sachiez où je vis !

Il la considéra, et un petit sourire apparut au coin de ses lèvres.

— Même les cars de touristes ont votre maison sur leur liste !

Ce rappel la fit grimacer, et elle jeta un rapide coup d'œil à la porte d'entrée de Richard, qui était heureusement fermée.

— J'étais en train de prendre le café sur la terrasse. Vous

en voulez un ?

— J'adorerais.

Il entreprit de la suivre jusqu'à l'extérieur, sur la terrasse. Elle lui remplit sans attendre une tasse et se joignit à lui. Il prit place, découvrit les lieux et sourit.

— C'est très joli ! Vous avez vraiment de la chance d'avoir ça.

Doreen confirma d'un signe de tête.

— C'est plus que de la chance, car Nan a passé bien des épreuves pour que je m'installe ici.

— Quelle veinarde. Je suppose que c'est comme ça que vous réussissez à vous occuper de toutes ces affaires, hein ?

— En quelque sorte, oui.

Après plusieurs minutes pendant lesquelles il était resté dans un silence d'aise, elle lui demanda :

— Alors, en quoi puis-je vous aider ?

Il soupira.

— Je crois savoir à qui appartiennent ces armes à feu.

Sourcils froncés, Doreen opina du chef.

— D'accord. Vous voulez m'en parler ?

— Il va me falloir une minute.

— C'est une bonne ou une sale histoire ?

— Je crois que c'était quelqu'un qui tentait de bien faire, mais ça ne signifie pas qu'il y est parvenu, finalement.

— D'accord, répondit-elle, pas très sûre de savoir ce dont il était question. Vous semblez troublé, alors détendez-vous.

Il cessa de parler, but une autre gorgée de café.

— Prenez votre temps, ajouta-t-elle. Nous n'avons pas prévu de sortir de sitôt.

Il lui sourit d'un air reconnaissant.

— Je suis content d'entendre ça, car ça risque de me

demander un peu de temps.

Elle s'assit confortablement et attendit patiemment.

— Bon, vous voyez, il y avait un gang, au moment où tout ceci est arrivé, et ses membres se sont dispersés en quelque sorte. Il y a eu une grande bagarre, une lutte interne pour une prise de pouvoir. La police les a arrêtés, et ça a mal tourné pendant un moment.

— Et ensuite ?

— Ensuite, ce que j'ai appris plus tard, c'est que tout le monde a quitté la ville, ce qui était une bonne chose. Mais quelqu'un qui s'était trouvé à l'écart de tout ça ne voulait pas que ça recommence.

— D'accord, dit-elle, tentant de comprendre où cela menait. Et ces armes étaient les siennes. Les siennes ou celles de la bande ?

— C'est bien de distinguer les deux, souligna-t-il, reconnaissant. Je ne sais pas comment c'était organisé au sein du groupe, mais je crois qu'il pouvait s'agir de la collection d'armes du gang. Il avait également conscience que ça causerait toutes sortes de problèmes si quelqu'un mettait la main dessus.

— Vous voulez dire qu'il possédait tous les flingues à lui seul ?

Dezy fit oui de la tête.

— Vous avez l'autorisation de posséder une arme si vous en avez le permis, expliqua-t-il, mais vous n'avez pas le droit de les entasser.

— D'accord. Et donc, qui est ce mec, et pourquoi les a-t-il laissées là-bas ?

— Il ignorait où les entreposer ailleurs, et il ne souhaitait pas que la bande se reforme. Il ne voulait pas que les gosses y aient accès ni que la génération suivante s'en mêle.

Doreen s'adossa.

— Alors, quelqu'un tentait de cacher ce qu'il considérait comme une dangereuse armurerie ?

— Oui, tout à fait ! lança-t-il en la regardant de nouveau d'un air appréciateur. Vous saisissez vraiment, vous, hein ?

— Eh bien, je saisis pas mal de choses, mais je crois qu'il aurait pu y avoir d'autres façons de s'en charger.

— Et je pense qu'il le croyait aussi à l'époque, mais n'oubliez pas que les gangs n'étaient pas très amis avec la police. Il n'avait pas vraiment envie de dénoncer ses amis. Il ne souhaitait pas que ces armes soient attribuées à d'autres crimes du passé, expliqua-t-il. Par conséquent, quelles étaient ses autres options ? C'était plus ou moins la question.

Doreen réfléchit un moment.

— C'est une décision unique, dit-elle, avant de comprendre. Vous connaissiez cet homme, n'est-ce pas ?

Il acquiesça lentement.

— Et c'est vous qui avez fermé les yeux quand il a eu besoin de les mettre en terre.

— Je n'avais pas à fermer les yeux, car il est passé par un enterrement classique, ce qui n'était pas du tout difficile à faire à cette époque.

— Il y a combien de temps ?

Il chercha un moment.

— Vingt-cinq ans, peut-être.

Doreen hocha la tête.

— Donc cette personne a vraiment existé ?

— Oh oui, et il s'agit du gars qui les a toutes enterrées ! Plus tard, à sa mort, il voulait que ses cendres soient conservées dans le même cimetière.

— Attendez une minute… Alors, il a pris une tombe pour les armes et un emplacement au columbarium pour ses cendres ?

— Oui, c'est ça.

— Mais les armes ont été mises dans la tombe. Dans ce cas, pourquoi un Uzi a-t-il été placé avec son urne ?

— Car c'était son dernier exemplaire, celui qu'il gardait pour lui. Il souhaitait qu'il soit démonté et conservé avec ses cendres.

— Mais quand la niche a été brisée, nous avons trouvé l'urne et le pistolet.

— Il faut croire, oui, concéda Dezy en haussant les épaules. Je pensais sincèrement qu'elle ne retrouverait jamais la lumière du jour.

— Avez-vous placé l'Uzi là-bas avec ses cendres ?

— Non. Je présume que c'était son avocat, puisque cela figurait sur son testament. Et comme il nous a été donné en plusieurs morceaux, je ne crois pas que quiconque sache comment le remonter.

— D'accord, dit-elle, restant assise ensuite en silence pour réfléchir à tout ce qu'il lui avait confié. Donc quelqu'un tentait de faire une bonne action, en gardant toutes ses armes hors de portée du public.

— Exactement. Il essayait aussi de protéger tous ses amis de personnes qui les auraient incriminés ou non avec certaines de ces armes. Enfin, je crois.

Compte tenu de cette histoire, ce n'était pas une mauvaise façon de voir les choses, mais c'était également ouvert à toutes sortes d'interprétations.

— Quel était son nom, et quand est-il mort ?

Dezy sourit.

— Joe Smith.

— C'est son véritable nom, pas un pseudonyme ? demanda-t-elle, dubitative.

Dezy haussa les épaules.

— Autant que je sache, son nom officiel est Joe Pillin.

— Et Joe Pillin est déjà mort. Il y a combien de temps ?

Dezy soupira.

— Je suis un peu confus concernant les dates de décès et je ne suis pas en mesure de consulter les archives maintenant qu'on m'a remercié. Cependant, je crois que Joe est mort il y a moins de deux ans.

— D'accord, alors maintenant, vous me dites, puisque ce gars, Joe, qui a enterré les flingues il y a vingt-cinq ans, est mort récemment et que personne, depuis son décès, n'a tenté de déterrer la cachette d'armes que, peut-être, quelqu'un d'autre est au courant des armes enterrées dans le cimetière ?

— Exactement. Mais maintenant que les gens sont bel et bien au courant, la rumeur galope.

— Oui, évidemment, acquiesça-t-elle, soucieuse. Alors, pourquoi quelqu'un a-t-il forcé cette case en particulier, était-il au courant que le flingue s'y trouvait, et, si c'est bien le cas, pourquoi n'est-il pas revenu ?

— C'est ce qui m'a inquiété.

— Et j'ai une autre question pour vous : croyez-vous que c'est la fin de l'histoire ? Où y a-t-il une autre planque d'armes quelque part dans ce cimetière ?

Chapitre 22

DEZY LA REGARDA, troublé, puis il agita la tête.

— Je n'en ai aucune idée. Je ne crois pas. C'était un scénario assez inhabituel pour commencer, mais je l'ai compris.

— Oui, je le comprends également, avec toutes les armes dont ils se sont servis pour leurs querelles de territoires entre gangs, leurs guerres, peu importe comment vous appelez ça. Maintenant, nous avons un cas autrement typique de quelqu'un qui disposait d'un énorme stock de flingues et vivait selon les règles d'un gang. Après la dissolution de ce dernier, sachant qu'il finirait par mourir, il ne voulait pas que tout cela atterrisse dans la rue. Alors, oui, ce n'est pas une mauvaise façon d'agir. Je ne crois pas que ce soit totalement unique… Je suis certaine que l'Histoire comporte quelques autres faits de ce genre, bredouilla-t-elle avant de cogiter un long moment. Bien sûr, les grandes questions sont : qui était au courant, qui a ouvert le columbarium et savaient-ils pour les flingues dans la tombe également ?

— Est-ce qu'on a laissé un mot à l'intention de quelqu'un avec l'urne de Pillin ?

Doreen le regarda, abasourdie.

— Vous voulez dire que d'autres mecs, d'autres gens auraient pu être au courant de ça, voire de l'existence d'une seconde planque ?

Dezy montra de l'embarras.

— Je ne pensais pas qu'il y avait une seconde planque, pas avant que vous ne le mentionniez, et désormais, je l'ignore.

— Est-ce que Joe avait de la famille ?

— Non. Il n'avait pas de famille biologique. Après que les flics ont dissous le gang, Joe n'avait personne à la fin de sa vie.

— Et auparavant ? Peut-être avait-il des enfants dont il n'avait pas connaissance ou qu'il n'a jamais reconnus, qui auraient pu tout juste découvrir qu'il était leur père biologique ?

— Je l'ignore, admit Dezy. Honnêtement, je n'ai aucun moyen de savoir ça.

— Alors, comment était votre relation avec ce type ?

Comme il hésitait, elle le fixa droit dans les yeux.

— Ce que je vous demande n'est rien en comparaison avec ce que sera l'interrogatoire de la police.

Les épaules de Dezy s'affaissèrent.

— Je crois que j'espérais qu'en vous le disant, je n'aurais pas à parler à la police.

— Vous serez tout de même en contact avec elle, mais jusque-là, vous n'avez rien fait de mal.

— Les propriétaires du cimetière ne penseront pas la même chose…

Ces mots incitèrent Doreen à réfléchir.

— Je ne sais pas… C'était il y a longtemps, et vous n'avez aucun moyen de savoir qui a signé les papiers ou bien s'il y avait des documents écrits à l'époque ?

Il opina du chef.

— Il y a des documents, et ils ont été numérisés lorsque les ordinateurs et Internet sont arrivés.

Doreen hocha la tête à son tour.

— Alors, ce serait un point à vérifier, mais ça signifie aussi que ça n'avait rien de criminel. Comme vous l'avez précisé, vous étiez au courant pour l'Uzi, mais pas pour le contenu du cercueil.

— C'est exact. J'étais seulement au courant pour l'Uzi dans la case, confirma-t-il. J'ignorais tout au sujet du contenu du cercueil jusqu'à récemment. Jusqu'à ce que j'apprenne que Joe Pillin avait été incinéré et placé dans le columbarium. Les gens peuvent changer d'avis, hein ? Bref, tout a commencé à avoir plus de sens quand vous m'avez interrogé sur la cachette.

— Dans ce cas, vous ne devriez pas vous sentir mal pour ce qui est de la police.

— Vous croyez ? la questionna-t-il en la considérant avec espoir.

Elle confirma d'un signe de tête.

— Est-ce qu'un avocat a été impliqué ?

— Absolument. Et tout a été fait légalement, pour autant que je sache. L'arme à feu dans le columbarium était en plusieurs parties, alors sans doute que personne ne savait si elle était complète ni comment l'assembler, etc., suggéra-t-il.

— Je suppose que c'était son flingue favori et que, s'il avait émis le souhait qu'il soit placé là-bas avec son urne, ça ne pose pas vraiment de problème.

— Je suis sûr que tous les possesseurs d'armes ont, eux aussi, leur favorite.

— C'est mieux que de tuer son chat pour l'entreposer là-dedans avec lui, marmonna-t-elle.

Dezy lui sourit.

— Nous avons effectivement un tas de gens enterrés avec leurs animaux de compagnie également, confirma-t-il.

À cet instant, Goliath sauta de son plein gré sur le giron de Doreen, comme si l'idée qu'il ou elle meure, ou même la pensée qu'ils soient possiblement inhumés ensemble, était trop difficile à supporter pour lui. Il lui donna un coup de tête sur le cœur, ce qui la fit grimacer.

— Sois gentil.

Dezy la regarda, fasciné.

— Vous avez vraiment une relation unique avec les animaux, remarqua-t-il calmement.

— Oui, en effet, lui répondit-elle avec le sourire. Je les aime, la plupart du temps.

Puis elle lança un regard noir à Goliath qui insistait pour qu'elle le caresse davantage.

— Vous devriez les aimer tout le temps, lui conseilla Dezy. Vous ne réalisez seulement pas à quel point la vie est solitaire quand tout le monde a quitté votre univers et que personne ne sait même plus que vous êtes encore en vie.

Elle ressentit sa solitude, et cela devait être dur. Elle afficha sa compréhension.

— J'ai été seule, mais aujourd'hui, j'ai la chance d'avoir ma grand-mère.

— Tant mieux, lui dit-il en souriant. Elle viendra vers moi bien assez tôt.

Doreen le fixa pendant un moment, puis réalisa que Nan se retrouverait au cimetière, un jour… Elle opina tristement du chef.

— Ce n'est pas vraiment une chose à laquelle j'ai envie de songer.

— On ne le veut jamais, pourtant il le faut, et personne

ne peut y échapper.

Doreen ne souhaitait pas aller sur ce terrain-là avec Nan. Sa grand-mère était spéciale et occupait une énorme place dans sa vie.

— Bref, je ne sais pas quoi faire maintenant, reprit Dezy.

— Vous ne m'avez pas expliqué ce qu'il représentait pour vous…

— Je vous le dirais si je le pouvais.

— D'accord, bon, alors si ça ne vous dérange pas, je pense savoir quoi faire.

Elle saisit son téléphone et envoya un message à Mack :
Où es-tu ?

Au bureau. Sa réponse fut instantanée, puis il l'appela.

— Pourquoi ? lui demanda-t-il, paraissant occupé avec des bruits de papiers froissés de son côté.

— J'ai conscience que tu as eu des journées plutôt difficiles, mais y a-t-il une chance que tu puisses venir ?

— C'est important ?

— Oui, très.

Il rouspéta.

— J'arrive tout de suite.

Ensuite, Doreen fit face à Dezy.

— Nous allons tout lui refiler.

Dezy afficha un air soucieux.

— Vous avez confiance en lui ?

— Oui. J'ai une absolue confiance en lui.

Il poussa un soupir de soulagement.

— Après toutes ces années de mauvaise réputation et autre, on a tendance à s'inquiéter du fait que certains flics ne sont pas si gentils…

— Je suis persuadée qu'il y a de méchants flics partout. Ce n'est pas le cas de Mack, ajouta-t-elle d'une voix ferme.

— Est-ce le type qui était au cimetière avec vous ?

— Ça dépend à quel moment, indiqua-t-elle, mais oui, ce devait être lui. C'est un grand mec, mais c'est aussi un bon gars.

Voyant l'incertitude dans les yeux de Dezy et comprenant que les années n'avaient pas été tendres avec lui, elle poursuivit :

— Je le promets, Mack ne se montrera pas dur avec vous.

Dezy haussa les épaules.

— Je crois que vous accordez trop de foi envers les gens.

— Envers certaines personnes, oui, confirma-t-elle en souriant. Je crois en Mack et Nan.

— Et toutes les bonnes âmes que je connaissais sont au cimetière.

— Dans ce cas, même si vous n'y êtes plus employé, vous pouvez encore y passer beaucoup de votre temps.

— Peut-être. Je me sens plutôt comme un intrus désormais.

— J'en suis navrée… Ce n'est pas juste.

— Non, mais que puis-je y faire ?

— Je comprends. Cependant, nous pouvons quand même faire quelque chose. Peut-être que nous vous trouverons une bonne solution également.

Il la regarda avec espoir.

— Vous croyez que si vous leur parlez, ils envisageront de me réembaucher ?

— Je n'en ai aucune idée, admit-elle en l'étudiant. Je ne crois pas que mes paroles parviendraient à les convaincre, tempéra-t-elle avant de hausser les épaules. Mais voyons ce qui arrive quand nous irons discuter avec eux.

— C'est juste. Nous ne savons pas vraiment comment

tout cela va finir.

Il resta assis là, nerveux. Elle lui reversa du café en attendant Mack, mais elle pouvait remarquer que Dezy était de plus en plus stressé à mesure que le temps s'écoulait.

— Parlez-moi de votre famille.

Il la considéra, les sourcils froncés, puis il haussa les épaules.

— Je n'en ai pas vraiment.

Il montrait une certaine nonchalance à ce sujet, ce qui la surprit.

— Intéressant… Personne n'est encore en vie ?

— Non, plus personne, confirma-t-il en ajoutant un haussement d'épaules fataliste. J'ai été élevé en famille d'accueil. J'ignore ce qu'il est advenu de ma famille.

— Je suis désolée. Ça n'a pas dû être facile.

— Non, non, ça ne l'a pas été. Parfois, vous gagnez à la loterie, et parfois non.

— Et vous ne vous êtes jamais marié ?

Il lui sourit.

— Non. Tout le monde disait que je ne semblais pas avoir toute ma tête. Je ne suis pas vraiment sûr de ce que ça signifie…

Elle grimaça, car parler d'une personne de cette façon était une chose, mais c'était encore plus difficile s'il avait entendu cette rumeur à son sujet.

— Je suis tellement navrée. Les gens ne sont pas toujours gentils…

— Les gens sont comme ils sont. C'est la façon dont vous réagissez qui rend leurs paroles acceptables ou pas pour vous.

Elle le regarda attentivement, appréciant cette vision des choses.

— Je suis contente que vous ayez un tel état d'esprit.

Il lui adressa un autre drôle de sourire.

— Quand vous n'avez aucune famille, vous avez parfois le sentiment de ne rien avoir à perdre, confia-t-il. Par conséquent, j'ai compris que pour beaucoup de gens, ma situation était rude, mais j'ignorais ce que j'avais perdu. J'ignorais ce que je n'avais pas eu. Et c'est peut-être pour cela que je n'ai pas été affecté de la même façon lorsque j'ai rencontré des problèmes en apprenant les choses de la vie. En tout cas, tout va bien. Peut-être aurais-je aimé avoir des enfants à un moment donné, mais quand je les vois courir partout, hors de contrôle, je réalise que je n'aurais probablement pas eu le tempérament pour les élever. Alors, c'est sans doute une aubaine de ne pas en avoir eu.

Elle le contempla un long moment, puis commença à rire.

— Je crois que de nombreuses personnes auraient souhaité de ne pas avoir eu d'enfants, renchérit-elle en souriant. Au moins, vous avez été suffisamment malin pour vous en rendre compte avant.

— Et tout le monde n'est pas enclin à me parler et à me traiter comme un être humain, lui dit-il en arborant un sourire. Un tas de gens m'évitent. À cause de mon boulot, je crois, avant tout.

— Si on y réfléchit toutefois, ce n'est même pas vraiment *vous* qu'ils évitent, clarifia-t-elle, mais peut-être ce que vous symbolisez.

— Ce que je symbolise ? Que voulez-vous dire ?

— Réfléchissez. Quand ils vous voient, ils se souviennent de ce qu'ils ont perdu dans ce cimetière. Ils sont encore en train de surmonter leur perte au moment où ils vous voient. Ce n'est pas comme s'ils vous croisaient au pub, je présume.

— Non, je ne bois pas et je ne sors pas beaucoup.

— Voilà, donc quand on y réfléchit selon leur perspective, vous représentez quelque chose qu'ils ont du mal à encaisser, et ils veulent simplement vous éviter, car vous leur rappelez ces mauvais souvenirs.

— Je n'avais pas songé à ça, concéda-t-il tout bas.

— Alors vous devriez, l'encouragea-t-elle. Je ne crois même pas que les gens essaient d'être méchants. Parfois, les choses sont simplement si difficiles, si compliquées, qu'ils ne savent pas comment réagir.

Il la considéra et opina du chef.

— Je crois que vous faites partie des personnes gentilles.

Elle fit la moue.

— Ça me donne toujours l'impression d'être censée être une autre personne.

— Non ! Vous n'êtes pas censée être quelqu'un d'autre. Je ne peux être quelqu'un d'autre. Vous ne pouvez être quelqu'un d'autre. Nous sommes ce que nous sommes.

Elle sourit.

— Je crois que vous avez raison.

Mugs commença à aboyer, et elle le rappela à l'ordre, consciente du fait que c'était sans doute Mack, mais cela rendait encore Dezy nerveux. Elle tendit le bras et lui tapota cordialement la main.

— Tout va bien.

— Vraiment ? Je ne le connais pas, et je ne me sens pas très à l'aise avec les inconnus.

— Mais si, vous l'êtes. C'est pour cela que vous êtes si bon avec les gens au cimetière, vous avez oublié ?

Il baissa la voix et répondit :

— Oui, mais j'accueille les morts, pas les vivants.

Elle n'eut même pas l'occasion de répondre à ça, car

Mack avait traversé la cuisine, vu la porte ouverte et était sorti directement sur la terrasse.

— Que se passe-t-il ? demanda-t-il, exaspéré, ne s'arrêtant que lorsqu'il remarqua Dezy.

Doreen leva les yeux vers lui.

— Voici Dezy. Il travaillait au cimetière.

Mack hocha lentement la tête.

— Oui, j'essayais de mettre la main sur vous…

— Eh bien, je suis là maintenant, déclara Dezy.

Mack regarda Doreen, en quête d'explication. Alors, elle commença :

— Il est au courant pour les armes.

Mack se laissa tomber bruyamment sur un siège.

— OK, donc je suppose qu'il faut qu'on parle.

Elle expliqua ce qui était arrivé.

— Je vais préparer un peu plus de café.

— Merci, j'en prendrais bien une tasse.

Elle lui sourit.

— Dezy est nerveux, et il ne te connaît pas, alors vas-y doucement.

Il la considéra, sourcils froncés.

— Je ne vais pas le frapper ou quoi que ce soit d'autre !

— Non, mais cette attitude de flic que tu as est effrayante.

Il la fixa, bouche bée.

— Je dois toutefois faire mon boulot !

— Tu peux, mais tu ne dois simplement pas terrifier et contrarier Dezy pendant le processus.

Il roula des yeux en entendant ce commentaire.

— Je prends le relais. Va préparer du café.

Elle éclata de rire et tapota l'épaule de Dezy, lui disant :

— Dezy, je vais aller m'occuper du café, mais je vais revenir.

Il la regarda d'un air inquiet, elle secoua la tête.

— Tout va bien. Je vous le promets.

Il observa alors Mack, puis de nouveau Doreen.

— Je préférerais vraiment que ce soit vous… Je me sentirais mieux si vous restiez.

Elle hésita puis s'adressa à Mack :

— Ça te dérange de patienter un peu pour le café ?

Il fit non de la tête.

— Non, je peux attendre, mais bon sang, la journée a été longue, se plaignit-il avant de considérer Dezy. Alors, que se passe-t-il, Dezy ?

La voix de Mack était décontractée, détendue même. Dezy jeta un coup d'œil à Doreen puis revint à Mack. Il finit par répondre :

— J'aurais sans doute dû dire quelque chose il y a longtemps. C'est simplement que ça n'avait pas l'air de causer de mal à qui que ce soit.

— Pas seulement ça, il tentait également de faire ce qui était juste, l'interrompit Doreen.

Mack la regarda puis reposa les yeux sur Dezy.

— Alors, racontez-moi selon vos propres mots.

Dezy essaya ; cela lui demanda plusieurs tentatives, plusieurs encouragements de Doreen, mais il finit par relater toute l'histoire.

Mack s'adossa à son siège, étudiant Dezy.

— OK, j'ai pigé pourquoi c'est arrivé, et vous avez raison, ça a définitivement éloigné ces armes de la rue. Bien entendu, il y a un autre aspect…

Doreen opina du chef et ajouta, au bénéfice de Dezy :

— Qui a ouvert le columbarium l'autre jour, c'est ce que nous cherchons à découvrir. On peut présumer que quelqu'un savait que l'Uzi se trouvait là. De plus, Mack, il y a un autre détail… Dezy n'est pas sûr qu'il n'y ait pas autre chose dans ou avec la jarre.

— Que veux-tu dire ?

— Eh bien, premièrement, l'arme a été démontée, répondit Doreen. Je suppose que c'est de lui que provenaient toutes les pièces.

Mack hocha la tête.

— Nous savions déjà que c'était un Uzi, donc qu'entends-tu par « autre détail » ?

— Tu te souviens de la façon dont l'urne était placée ?

— Oui.

— Et s'il y avait un mot ? suggéra Doreen. Il est possible qu'il ne s'agisse pas d'un saccage de case au hasard, n'est-ce pas ? Je ne fais que supposer, mais quelqu'un était forcément au courant pour l'Uzi, et je me demande si cette personne a eu une lettre, trouvé un mot, peut-être une copie du testament ? Je ne sais pas…

Mack étudia la question.

— Quelque chose a dû changer. Par conséquent, de toute évidence, nous devrions chercher ailleurs. Quand est mort ce Pillin ?

— Il y a un petit moment, indiqua Dezy. Avant que je ne perde mon boulot, peut-être deux ans.

— C'est sensé, intervint Doreen. Je pense que Pillin a laissé des instructions ou des notes sur ce qu'il avait fait.

Mack sortit un calepin et y ajouta les siennes. Il s'adressa ensuite à Dezy :

— Et vous dites qu'il n'avait pas de famille ?

— Pas que je sache, répondit-il en lançant un regard d'excuses à Doreen. Lui et moi avons parlé du fait que nous étions tous les deux dans le même bateau, sans famille, sans personne à qui léguer quelque chose.

— Savez-vous ce qu'il avait prévu de faire avec tout ça, une fois décédé ? Comme vendre le tout et donner l'argent à une œuvre de charité ou autre ? demanda Mack à Dezy.

— Je l'ignore. Je pensais que ça resterait là où ça a été enterré.

— Et qui aurait pu avoir connaissance d'un testament, si le défunt n'avait pas de famille ? poursuivit Mack, une question que Doreen n'avait même pas pensé à poser. Qui était la personne la plus proche de lui ?

Dezy y réfléchit, puis il secoua la tête.

— Là encore, je l'ignore.

— Le cimetière devait connaître la personne à contacter dans le cas de la mort de Pillin, non ? lui demanda Doreen. Une petite amie ? L'avocat ?

— L'avocat ? répéta Mack, sourcils levés. Un avocat était dans la confidence ?

Quand Dezy donna le nom d'une personne dont il n'avait jamais entendu parler, Mack se pinça les lèvres et opina du chef. Il l'inscrivit, et Doreen essaya de le mémoriser. Mais elle réalisa ensuite qu'il s'agissait du nom d'un poète, et que ce n'était donc pas difficile à retenir. *Robbie Burns.*

— Est-ce que c'est un vrai nom ?

— Oui, confirma Mack. Il est encore en activité en ville, ici, à Kelowna.

Chapitre 23

LONGTEMPS APRÈS LE départ de Dezy, Doreen et Mack s'installèrent devant un simple dîner composé de sandwichs, préparés avec ce qui restait dans le frigo.

— Est-ce que cet avocat, Robbie Burns, n'augure rien de bon ? demanda Doreen à Mack.

— Ce n'est pas ça, mais il était connu pour son affiliation à un tas de gangs, confia-t-il, imperturbable.

— Dans ce cas, ça concorde, non ?

Mack hocha la tête, prit une autre bouchée de son sandwich, mais ne répondit pas à la question.

Elle tenta une nouvelle fois sa chance avec cette autre interrogation, tentant de l'inciter à s'ouvrir :

— Que penses-tu de l'histoire de Dezy ?

— Ça me paraît bien sensé, déclara-t-il nonchalamment. Quand on y réfléchit, c'est une solution ingénieuse.

Doreen afficha un grand sourire.

— C'est ce que je pensais. Vraiment, si on dispose de cette planque d'armes et qu'on ne veut pas que ça se retrouve dans la rue…

— De toute évidence, il imaginait que ces armes ne valaient pas grand-chose. Les planquer dans une tombe, après avoir dépensé tant d'argent pour les acheter… Qui donc a bénéficié du patrimoine de ce Pillin ?

— Oh, je vois ce que tu veux dire…

— Par conséquent, si quelqu'un a hérité, dans ce cas, de quoi il ou elle a hérité ? C'est ça, la question. Mais on est venu fracturer la case, alors qu'est-ce que ça signifie ? Peut-être que la jarre indique des directions ? Des instructions ? Autre chose ?

— C'est le vrai problème, non ? Le simple fait que nous avons trouvé une planque d'armes ne veut pas dire qu'il y en a une autre, n'est-ce pas ?

Mack hocha la tête.

— Ce cercueil était lourd, et, à la minute où le bois a commencé à céder, le poids s'est déchargé. Par conséquent, je me demande s'ils ont essayé de tout mettre dans une tombe, et que, faute de place, ils en ont eu besoin d'une seconde.

— Ou alors, soit ils ont tout entassé dedans afin de ne s'en occuper qu'une fois, soit il y a la possibilité qu'il y ait une seconde tombe. Ou bien, ajouta Doreen, quelqu'un espérait l'atteindre, mais vous êtes arrivés les premiers.

Il opina de nouveau du chef.

— Un retour de la balistique ?

Il fit non de la tête.

— Pas encore. Si ça vient d'un gang, il y a des chances que ces armes aient probablement été utilisées dans toutes sortes de crimes. Et n'oublie pas : les meurtres n'ont pas de délai de prescription, mais le reste, oui, donc il est possible que tout soit arrivé à échéance ces vingt dernières années.

Cela déplut à Doreen.

— Je crois que dans ce cas, il y a une tonne de mauvaises possibilités.

Mack acquiesça, mais un faible sourire traversa son visage.

— Mais ce n'est pas ta faute, tempéra-t-il.

Elle le regarda, stupéfaite.

— Tant mieux, car je n'imaginais pas que c'était le cas.

Cela le fit bien rire.

— C'est bon à savoir. Et d'ailleurs, nous pensons que c'est Dezy qui a passé le coup de fil anonyme pour nous inviter à ouvrir la tombe portant le même nom que celui du columbarium.

Les yeux de Doreen fixaient ceux de Mack.

— Vraiment ? J'ignorais que vous aviez reçu un tuyau anonyme…

— C'est mon hypothèse désormais. Quelqu'un nous a appelés et nous a dit que la tombe portant le même nom devait être ouverte. Et étant donné que nous avions trouvé l'Uzi dans le columbarium, il ne nous a pas fallu longtemps pour comprendre qu'il était possible que d'autres armes soient là.

— Et ce Pillin était affilié à beaucoup de gangs ?

— Oui. Depuis, j'ai été interrogé par d'autres branches des forces de l'ordre également.

— Oh ! souffla Doreen en s'adossant de nouveau à sa chaise. Je suppose que c'est logique. Tout le monde veut en savoir plus sur cette planque d'armes, non ?

— Tout le monde, confirma-t-il. Nous avons également été contactés par de multiples départements de Vancouver.

Doreen fit de nouveau la grimace.

— OK, c'est une grosse affaire…

— Une très grosse, mais nous devons honorer notre devoir de vigilance afin que d'autres gens puissent boucler leurs dossiers de leur côté.

— Nous sommes sûrs que ce mec est mort ?

Mack regarda Doreen.

— L'urne et la tombe ne te suffisent pas ? demanda-t-il avec une pointe d'humour.

Elle afficha un bref sourire et prit distraitement un morceau de gras qu'elle avait découpé de son sandwich pour le donner à Mugs.

— Tu ne devrais pas le nourrir à table, lui conseilla Mack.

— Oui, je sais, mais je crois que je le fais maintenant uniquement parce que mon ex disait la même chose, argua-t-elle avant de lever les yeux pour vérifier l'expression du visage de Mack, ce qui la fit éclater de rire. Je n'insinue pas que tu tiens les mêmes propos que mon ex. Simplement que je le fais, car il ne voulait pas que je le fasse ; un truc que je devrais probablement éviter…

Mack se détendit et opina du chef.

— Il semble que tu te rebelles encore beaucoup à cause de lui.

— Oui. Le devrais-je ou pas, ça je l'ignore.

— Ne t'inquiète pas pour ça à ce stade. Sois toi-même, et le reste se mettra en place.

Elle ricana.

— Être moi-même m'a menée à toutes sortes d'événements, et celui-ci est en train de devenir compliqué.

— Il l'est et il ne l'est pas, mais si nous parvenions à résoudre cette histoire d'armes à feu, ce serait bien. La question est : qui pourrait être au courant ?

— Je vote pour l'avocat, déclara Doreen.

Mack lui accorda un regard réprobateur.

— Pourquoi ?

Elle afficha son sourire de connaisseuse.

— Car c'est un avocat, et ça signifie que c'est déjà un

mauvais gars.

Mack éclata de rire.

— Tu ne peux pas généraliser ainsi.

— Trop tard, dit-elle à voix basse.

— Et mon frère ? demanda-t-il, le regard inexpressif.

Doreen témoigna son indifférence.

— Chaque règle a son exception.

Mack lui adressa un large sourire.

— Ce n'est pas une mauvaise réponse…

— Ton frère est clairement une exception, mais oui, je vois où tu veux en venir. Donc, si ce n'est pas l'avocat de Pillin, il devrait au moins savoir qui d'autre a hérité.

— Oui, et c'est par là que je commencerai dans la matinée.

Il se leva et porta son assiette à l'intérieur. Elle le suivit avec la sienne et le questionna :

— Ça va aller pour rentrer chez toi, prendre un peu de repos ?

— Oui, mais d'abord, je suggère que nous allions nous promener le long de la crique.

— Oh ! s'exclama-t-elle, ravie. Promener, comme dans *promener* ?

— Comme dans quoi sinon ? Promener, sauter, marcher, sautiller ?

Elle leva les yeux, exaspérée.

— Comme dans *avoir une destination en tête*. C'est simplement pour s'amuser ?

— Simplement pour s'amuser, confirma-t-il avant de lui tendre la main. Tu es partante ?

— Évidemment ! On y va !

Chapitre 24

DOREEN SE LEVA le matin suivant avec un tout nouveau sentiment de satisfaction et de paix dans son cœur. Elle resta dans son lit un long moment, à se rappeler elle et Mack se tenant la main en se baladant le long de la crique. Ils avaient remonté et dépassé la maison de Steve, là où celui-ci avait enterré tous les corps, essayant presque d'effacer des souvenirs traumatisants qu'elle et tant d'autres gens avaient de cet homme et de sa propriété.

Quand ils avaient marché pour retourner chez elle, ils avaient discuté de choses simples, sans importance, pas de travail ni d'affaires, ni même de ses animaux. Uniquement pour le plaisir d'être dehors, le plaisir d'être ensemble.

Et quand elle lui en avait fait part, il avait souri, lui avait pressé la main et avait hoché la tête.

— C'est comme ça que ça devrait être.

Elle réalisa alors tout ce qu'elle avait manqué dans la vie.

Avec son ex, elle n'avait jamais connu ce sentiment de joie, de paix d'être avec quelqu'un qu'on apprécie vraiment. Son mariage avec Mathew avait été plutôt difficile la plupart du temps, et elle n'avait jamais vraiment compris à quel point il l'avait nourrie d'influence négative. Bien entendu, il exerçait toujours une mauvaise influence sur elle.

Aujourd'hui, son cœur souriait lorsqu'elle songeait seulement à Mack. Elle bondit du lit, repoussant son ex de son esprit, et se rendit sous la douche. Avec Mack, c'était une histoire totalement différente, il n'avait rien en commun avec Mathew. Mais elle avait aussi conscience qu'il souhaitait davantage et elle n'était pas sûre d'avoir déjà quoi que ce soit à lui offrir.

Non, ce n'est pas vrai. La voix dans sa tête était forte. Elle avait ce quelque chose en elle. Cependant, elle n'était pas certaine d'être en mesure de le lui donner. Elle était… – elle grimaça en le prononçant à voix haute – *effrayée.* Sa petite voix était *tellement* claire. Et elle savait qu'elle avait raison : elle avait peur. Peur de refaire une erreur. Peur de se perdre de nouveau.

Avec un grognement, elle prit rapidement son téléphone et envoya immédiatement un message à Mack. **Bonjour.** Quand elle reçut un **Bonjour** juste après, elle eut le sourire. Son sens de la stabilité restauré, elle s'habilla et descendit jusqu'à la cafetière, déterminée à se concentrer sur les bons aspects de sa vie. Et quand son portable sonna après cela, elle l'attrapa et claironna :

— Bonjour !

Seulement, elle comprit que ce n'était pas la bonne personne.

Elle grimaça en sachant qu'elle aurait des ennuis avec tout le monde du fait d'avoir répondu. Mais c'était quoi, son problème ? Excepté qu'elle était distraite et qu'elle pensait à Mack. Bon sang, quand elle reconnut la voix de Mathew à travers le combiné, elle demanda brutalement :

— Pourquoi tu continues de m'appeler ?

— Pour te gâcher la journée, visiblement, répondit-il

d'un ton jovial.

— Ouais, c'est vrai, et ça me fatigue.

— Bien, alors laisse-moi m'en sortir.

— On se voit au tribunal, lâcha-t-elle, sur le point de raccrocher.

— Attends, attends, attends ! s'écria-t-il sur un ton presque empli de désespoir.

— Pourquoi ? Pourquoi le devrais-je ? le questionna-t-elle, curieuse.

— Écoute. Je me suis mal comporté avec toi, à l'époque. Et mon histoire avec Robin était une mauvaise idée.

Les sourcils de Doreen se haussèrent en entendant cela. Elle ne l'avait jamais, *jamais*, entendu s'excuser, et cela la rendit encore plus suspicieuse.

— Quel changement ! Quel est le problème ? Des brutes en ont après toi ?

D'abord, il y eut un moment de silence, puis il répliqua :

— Et si c'était le cas ?

Mais il n'y avait pas la même bravade, c'était presque de la curiosité pour voir ce qu'elle allait dire.

— Je suis sûre que c'étaient toutes de bonnes relations d'affaires de toute manière, alors donne-leur quelques billets.

— Et si c'est plus d'argent que je n'en possède ?

Doreen se moqua en riant.

— J'en doute. Tu as des réserves d'argent depuis toujours, marmonna-t-elle. Maintenant, arrête de me contacter.

Et elle raccrocha sans attendre. Sachant qu'elle aurait des ennuis, elle envoya à Mack comme à Nick un message, leur apprenant que Mathew avait appelé et que, oui, elle avait commis l'erreur de répondre, mais avait raccroché.

Mack lui téléphona presque dans la foulée.

— Tu vas bien ?

— Ouais, je vais bien, déclara-t-elle en faisant la moue. Je m'attendais à ce que tu m'appelles, pour me reprocher d'avoir décroché.

— Je suis sûr que ton avocat s'en chargera, rétorqua Mack avec humour. Et je me demande pourquoi tu as répondu…

Elle hésita puis lança, haussant les épaules :

— Parce que j'ai cru que c'était toi ! Je pensais à notre promenade d'hier soir et à quel point il était agréable d'avoir quelqu'un avec qui se détendre et ne pas avoir l'impression de devoir être parfaite tout le temps.

— C'est bien, indiqua Mack. Un peu perturbant que tu n'aies pas d'abord regardé le numéro, toutefois…

— Ça va encore m'attirer des désagréments avec mon avocat, mais j'étais en train de préparer du café et j'ai cru que c'était toi, alors j'ai pris le téléphone et j'ai dit « Bonjour ! ». Et bien sûr, ce n'était pas la bonne personne. Il avait également l'air étrange…

— Dans quel sens ?

— Peut-être un peu désespéré, mais je n'en suis pas sûre. C'était une intonation différente de celles que j'ai entendues auparavant. Comme s'il se passait autre chose dans sa vie, et qu'il avait besoin d'en finir avec ce divorce ou que j'en sorte, quelque chose comme ça. Je ne sais pas. Ou alors, comme s'il avait besoin d'argent.

— Je n'y prêterais pas attention. Selon ce qu'a expliqué Nick, Mathew en a des tonnes.

— Oh ! j'en suis consciente, mais je m'interroge sur la part qui était légalement à lui, celle qu'il a reçue d'une autre personne et celle qu'il doit à quelqu'un.

— Peu importe ce qu'il fabrique, ce n'est pas ton problème, reste en dehors de ça et n'éprouve aucune sympathie pour lui.

— Très bien, et oui, c'était une erreur. Je n'avais pas envie de lui parler.

— Bien, acquiesça Mack avec calme. Alors, la prochaine fois, tu vérifieras le numéro de téléphone, d'accord ?

— Oui, oui, oui ! s'exclama-t-elle, avec le sourire désormais. Passe une bonne journée.

Bien évidemment, Nick appela juste après.

— Vous lui avez parlé ? la questionna-t-il, la voix incrédule.

— Écoutez. Je viens de finir de discuter avec votre frère, ce qui n'était pas la plus facile des conversations. Oui, j'ai parlé à Mathew. Je ne le voulais pas. Je pensais que c'était votre frère qui me téléphonait.

— Et pourtant, vous persistez à me raconter ça, donc je continue de me demander pourquoi vous ne vérifiez pas le numéro de la personne qui vous appelle !

Elle se frappa mentalement.

— Ouais, moi aussi… Croyez-moi, je viens de discuter avec Mack au téléphone et lui ai expliqué la même chose.

— Ça a dû être comique aussi, la railla-t-il avec une pointe d'humour.

— Non, pas du tout, et oui, c'est ma faute, mais je devais vous dire que Mathew n'avait pas l'air d'aller bien.

— De quelle façon ?

— Je l'ignore… Un peu perturbé, inquiet ? Je ne sais pas.

— Je ne l'écouterais pas à votre place, et, s'il a des ennuis, c'est sa faute à lui.

— C'est vrai, reconnut-elle.

Et les paroles échangées furent encore dans son esprit longtemps après qu'elle eut raccroché. C'était facile pour eux de se retirer et de faire en sorte qu'elle se comporte bien, même si cela ne lui plaisait pas trop, car ce n'était pas leur intention. Ils tentaient de la protéger. De plus, son futur ex n'était pas vraiment la personne la plus facile à vivre. Toutefois, quelque chose dans sa voix semblait ne pas aller.

Elle ne savait pas comment l'expliquer, mais il n'y avait pas la même bravade que celle à laquelle elle était habituée ni ce même sens du pouvoir. Peut-être qu'il comprenait qu'une chose allait prendre fin et que c'était un dénouement qu'il n'aimait pas ou sur lequel il n'avait aucun contrôle.

Toutefois, elle devait continuer d'espérer le meilleur. Tant qu'elle se souvenait de vérifier qui lui téléphonait, tout irait bien. Sa tasse de café dans la main, elle se rendit dehors et s'installa sur la terrasse, puis se rappela que Mack était censé contacter l'avocat de Pillin. Elle lui envoya rapidement un SMS pour lui demander s'il l'avait déjà fait. Il répondit par un **Non.**

Cela l'étonna, mais évidemment, il était occupé, avait un tas de choses sur les bras, alors il y avait une réelle différence entre le fait de ne pas avoir contacté l'avocat et le fait de ne pas en avoir eu l'occasion. Mais elle détestait attendre… Elle resta assise, ses doigts tambourinant le dessus de la table, tentant de découvrir en quoi consistait son rôle, comment elle pouvait bien agir sans énerver tout le monde davantage… quand son ex lui téléphona de nouveau.

Elle regarda fixement le numéro et refusa de répondre. Quand il laissa un message vocal, cela la surprit, mais elle l'écouta :

Hé, j'ai conscience que tu ne me crois pas, mais j'ai vraiment besoin que tout cela se termine, et vite !

Elle envoya à Nick ce message ainsi que le sien, disant que Mathew avait rappelé. Nick lui envoya en retour un pouce levé et une petite note indiquant qu'il s'en occuperait.

Elle ne savait pas vraiment de quoi il parlait, mais sans nul doute, si Mathew voulait se charger d'un truc et conclure rapidement leur divorce, le plus simple était de signer les papiers.

Chapitre 25

DOREEN EUT DE grandes difficultés à sortir Mathew de son esprit ; cela continua toute la journée. Elle se rendit chez Millicent, s'occupa de son jardin, fit un peu de shopping, revint chez elle puis jugea qu'elle avait besoin de ressortir. Le lieu le plus simple dans lequel se rendre à ce moment-là – ce qui n'aurait absolument aucun sens pour la plupart des gens de ce monde, mais pour elle, c'était presque comme un aimant – était le cimetière, accompagnée de Mugs, Thaddeus et Goliath. Elle devrait faire un rapide passage au dépôt-vente de Wendy afin de voir si elle avait de l'argent en souffrance, mais elle pourrait s'en assurer en passant un coup de fil. À cet instant, elle désirait la sérénité du cimetière.

Une fois sur place, elle flâna gaiement et, lorsqu'elle releva les yeux, elle aperçut Dezy plus haut, sur le côté. Elle lui adressa un signe, mais au lieu de lui répondre, il disparut entre les arbres. Son geste fit froncer les sourcils de Doreen, et par conséquent, elle se dirigea vers lui, tranquillement. Il ne s'y trouvait plus. Perplexe, elle étudia les environs, continua de marcher, se demandant s'il tenait un plus grand rôle que ce qu'il avait prétendu. Et si c'était le cas, quelles répercussions cela aurait-il ?

Il était possible, après que Mack avait contacté l'avocat de Pillin, que ce dernier ait téléphoné à Dezy et que cela lui ait aussi causé quelques ennuis. Tandis qu'elle vagabondait dans le cimetière, savourant vraiment la paix et l'ambiance, ses animaux paraissaient calmes et également détendus.

Elle reconnut certains noms de famille sur les pierres tombales, et pourtant, un tas de personnes dont elle n'avait jamais entendu parler étaient enterrées ici. Avec ses animaux à ses côtés, tranquilles comme s'ils avaient remarqué son étrange humeur, elle arriva au coin et découvrit Dezy, assis sur un banc non loin, qui semblait l'attendre.

Il leva les yeux et lui adressa un signe de tête.

— Hé ! le salua-t-elle en s'approchant de lui. Vous allez bien ?

Il haussa les épaules.

— C'est très bizarre.

— D'être ici sans vraiment l'être ?

— J'ai contacté l'entreprise pour envisager un moyen de faire de nouveau partie du personnel, confia-t-il abruptement, le regard errant dans les allées autour de lui.

— Et qu'ont-ils répondu ? lui demanda-t-elle, curieuse, tout en s'asseyant sur le banc à côté de lui.

— Ils n'ont pas dit non. Ils n'en ont pas dit beaucoup plus. J'espérais pouvoir d'abord redevenir salarié, avant que toute cette histoire ne soit médiatisée. Ça ne marchera pas, hein ? la questionna-t-il en la considérant.

— Je l'ignore, murmura-t-elle. Les patrons n'apprécient pas lorsque les employés prennent eux-mêmes les choses en main.

Il hocha la tête.

— Je comprends ça, mais personne ne m'a soutenu à

l'époque.

— Vous aviez un autre supérieur en ce temps-là ?

— Oui, mais il a été tué dans un accident de voiture peu de temps après.

— Avait-il dit non à tout ça ?

— Je ne lui ai pas posé la question, car j'avais conscience qu'il ne me soutiendrait pas… Je sais qu'ils ont affirmé que j'aurais dû l'évoquer, que j'aurais dû en discuter, que j'aurais dû en faire plus, admit-il. Mais quelles sont les options quand la personne avec qui vous devez vous entretenir vous répond simplement d'emblée un non ferme et définitif ?

— Je comprends, compatit-elle tout bas. Et il est trop facile pour ces gens de critiquer après coup. Cependant, ce n'est pas parce que, moi, je ressens ça qu'il en va de même pour les autres.

Il ne prononça rien pendant un long moment.

— Il faut que je trouve autre chose pour occuper mon temps.

Doreen sourit.

— Vous avez le droit d'être ici. C'est un lieu public. Vous vous êtes fait des amis ici. Il n'y a aucune raison de vous empêcher d'y rester.

— Je me demande si je pourrais bosser dans l'un des autres cimetières.

— Je ne sais pas, ça vaut le coup d'essayer.

Il soupira puis hocha la tête.

— Je suis sûr qu'ils ont leur propre personnel, marmonna-t-il.

— Mais ça ne signifie pas qu'ils n'ont pas besoin d'aide pour les jardins ou autre, suggéra-t-elle, et puis il y a toujours le bénévolat.

Il lui décocha un regard puis acquiesça lentement.

— J'y ai toujours songé, même si c'était uniquement pour rester dans le coin.

— Vous devriez peut-être y réfléchir dans ce cas. C'est ici que vous voulez être, et c'est susceptible de marcher.

— Peut-être ! s'exclama-t-il, le visage éclatant. J'ai suffisamment d'argent. Du moins, je l'espère…

— Je ne connais pas votre situation. Si c'est ici que vous souhaitez rester, si c'est ici que se trouve votre cœur, alors faites en sorte que ça se réalise.

Il posa les yeux sur elle.

— Vous pensez qu'ils ont déjà contacté l'avocat de Pillin ?

— Je n'en ai aucune idée, répondit-elle honnêtement. J'aimerais le croire, mais je sais aussi qu'ils ont été pas mal débordés au poste.

Il se moqua.

— Ne le sont-ils pas toujours ? On dirait qu'à chaque fois qu'on a besoin des flics, ils sont trop occupés pour quoi que ce soit.

— Est-ce que vous leur avez parlé de ça auparavant ?

Il secoua la tête.

— Non. J'aurais peut-être dû, mais j'étais aussi pas mal effrayé par les gangs à ce moment-là.

— Et qu'en était-il de ce Pillin, celui qui a enterré toutes les armes ? Vous aviez peur de lui ?

Il y réfléchit un moment, puis afficha une négation.

— Pas vraiment, et peut-être que je n'en savais pas assez pour en avoir peur. Le gang avait explosé quelques années plus tôt, avant de se calmer. Par conséquent, on n'entendait plus grand-chose à son sujet, et je ne croisais pas vraiment de gens qui en étaient affectés. De plus, je ne m'en inquiétais pas vraiment.

— Et est-ce vous qui avez filé le tuyau par téléphone après que le columbarium a été fracturé, suggérant de vérifier la tombe de Pillin ?

Il la dévisagea dans un sursaut, puis finit par hocher lentement la tête.

— Comment avez-vous deviné ça ? C'était censé être un appel anonyme.

— Ce n'est pas moi, c'est Mack.

Il se tassa.

— Oh, ça va m'attirer encore plus d'ennuis alors !

— Non, pas nécessairement. Il ne vous en a pas parlé hier, si ? C'est moi qui vous pose la question maintenant, car je l'aurais sûrement appris tôt ou tard.

Le regard de Dezy se perdit dans le lointain.

— C'est une bonne chose de découvrir la vérité parfois, mais ce n'est pas si simple quand on ne peut expliquer ses actes.

— Vous n'étiez plus un employé, mais un citoyen concerné, et vous disposiez d'un renseignement de l'intérieur, lui rappela-t-elle. Alors, c'est logique que ce soit vous qui ayez passé ce coup de fil.

— Tant que personne d'autre ne l'apprend…

— Et par *personne d'autre*, je présume que vous parlez de la personne qui a hérité des armes ?

— Oui. C'est mon problème actuel.

— Et vous n'avez aucune idée de son identité ?

Il secoua la tête.

— Non, je ne connais vraiment personne qui était mêlé à cette histoire, dit-il avant de lever les mains, paumes vers le ciel. Ça rend la situation encore plus saugrenue, mais c'était il y a longtemps, et c'est arrivé si vite que la plupart d'entre nous étaient simplement soulagés de pouvoir avancer.

— Je pense que c'est typique de la vie. Quand quelque chose de ce genre survient, on l'enfouit, déclara-t-elle avant de s'en amuser. Dans ce cas, littéralement.

Il lui sourit de toutes ses dents.

— C'est bien vrai.

— Et il n'y a eu aucune cérémonie ? Rien du tout, c'est ça ?

— Non, la tombe a été creusée, le cercueil mis dedans, on a recouvert, et la pierre tombale a été posée.

Doreen y réfléchit.

— Et Pillin ne vous a jamais recontacté ?

— Non, j'en ai entendu parler après sa mort. Son avocat m'a appelé pour me signifier que cela faisait partie de ses souhaits.

— Et pourquoi vous a-t-il appelé, vous ?

— Eh bien, d'abord, je travaillais encore ici, et ensuite, j'étais mêlé à l'histoire d'origine.

— Ce qui est logique. Au moins à cette époque, il n'y avait personne d'autre à qui expliquer ce stratagème.

— C'est ce que je pensais, admit-il tout bas, mais alors, ça pousse à la réflexion…

— Vous croyez que l'avocat a quelque chose à voir avec l'intrusion du columbarium ?

— Je ne vois pas pourquoi ce serait le cas. Il n'avait pas besoin de faire ça, et même s'il avait placé l'Uzi là-dedans et que personne d'autre n'était au courant des souhaits de Pillin, pourquoi quelqu'un choisirait cette case dans le columbarium ?

— Y avait-il le moindre lien entre l'avocat et Pillin, hormis le fait qu'ils ont tous les deux fréquenté les gangs ?

Dezy montra son ignorance.

— Je ne sais pas dans les deux cas. Ça allait bien au-delà

de la raison pour laquelle j'étais payé, dit-il avant de rire. Mais je présume qu'il y avait un lien, car autrement, pourquoi l'avocat n'aurait pas tout renvoyé au gang à cette époque ?

Cela fit cogiter Doreen.

— J'ai vraiment envie de discuter avec cet avocat…

Il la considéra, alarmé.

— Je ne ferais pas ça si j'étais vous, l'avertit-il.

Elle lui sourit.

— Croyez-moi. Un tas de gens ne voudraient pas que je fasse ça non plus. Quand vous arrivez à un certain stade et que vous avez besoin de réponses, cela signifie qu'il faut aller vers les personnes qui les détiennent.

— Et pourtant cet avocat n'est pas vraiment quelqu'un avec qui on aurait envie d'être lié, ajouta Dezy.

Doreen étudia le visage de Dezy.

— Vous pensez qu'il est dangereux ?

— J'ignore s'il n'est *pas* dangereux. Mais je sais qu'il… a des relations à même de rendre la vie des gens très compliquée.

— Eh bien, s'il agit toujours comme il le fait depuis longtemps, il a certainement encore des affiliations avec quiconque a été témoin de la combine.

Dezy confirma.

— C'est ce que je voulais dire. Alors, s'il arrive que vous le croisiez, je ne sais pas s'il ne dispose pas de personnes quelque part dans le monde susceptibles de débarquer et de vous éliminer.

Doreen le regarda avec effarement.

— C'est déconcertant.

— Vous comprenez bien comment fonctionnent ces gangs, n'est-ce pas ?

Elle se mit à rire.

— Oui, vraiment. Je ne suis pas naïve. C'est simplement frustrant quand vous entendez ce genre d'histoires et que vous réalisez à quel point il s'en passe autour de vous.

Il ne dit pas grand-chose à ce sujet, mais il opina du chef.

— Toujours, il y a toujours des trucs qui se passent et que vous ne voyez pas vraiment. C'est drôle, mais quand vous êtes une personne invisible comme moi, les gens ne filtrent pas les informations qu'ils diffusent autour de vous.

Cela parut intrigant pour Doreen.

— Vous voulez dire que vous avez entendu un tas de récits affreux et que les gens ne s'inquiétaient pas du fait que vous les entendiez, car vous étiez invisible ?

Il confirma d'un signe de tête.

— Quelque chose comme ça. Ils ne me prêtaient pas beaucoup d'attention, car je faisais seulement partie du personnel.

— J'ai entendu ça plus d'une fois… C'est marrant à quel point les gens sont aveugles, non ?

— Marrant et triste. Ma vie aurait pu être un peu plus riche si j'avais été capable de communiquer plus facilement avec les autres.

— Je trouve que vous communiquez très bien, le flatta-t-elle en le considérant.

Il fronça les sourcils, puis regarda les animaux.

— Il est aisé de parler avec vous.

Étant donné que ce n'était pas la première fois qu'on lui disait ça, elle demeura calme et se contenta d'opiner du chef.

— Je crois que les animaux y contribuent grandement, ajouta-t-il dans un murmure.

— Je le crois aussi, confirma-t-elle gentiment. Ils sont bons pour les gens, et ils le sont pour mon âme.

Dezy sourit en entendant ses propos.

— Ils le savent également. Ils sont très à l'aise en votre présence, et je crois que ça aussi, ça aide.

Doreen ne prétendrait pas le contraire, car selon elle, les animaux ne pouvaient faire de mal, au grand désarroi de Mack. Elle adressa un sourire à Dezy.

— Y a-t-il d'autres éléments que vous auriez entendus par hasard qui pourraient être importants ?

— Avec les années, j'en ai entendu beaucoup, mais certains n'ont sans doute plus aucune valeur et pour d'autres… le délai d'action est déjà écoulé.

Doreen l'observa avec fascination.

— Un truc en particulier ?

Il croisa son regard.

— Peut-être, je ne sais pas. J'ai l'impression de moucharder.

Doreen ricana.

— Je comprends bien, mais parfois, moucharder est nécessaire pour clarifier un peu la situation. Maintenant, si c'est réellement moucharder, c'est différent. Cependant, si c'est une info concernant une affaire ou quelqu'un ayant mal agi, c'est une tout autre histoire.

— Je ne suis pas sûr que les gens arrivent facilement à faire cette distinction.

— Facilement ? Non, en effet. Je ne crois pas que beaucoup d'entre eux y parviennent facilement. Toutefois, ça ne signifie pas qu'ils ne le peuvent pas ni qu'ils ne le devraient pas.

— Ah, réagit Dezy en souriant. C'est pas la même limonade, n'est-ce pas ?

Elle patienta paisiblement à ses côtés, tandis que les animaux étaient allongés, satisfaits.

— Alors, est-ce que quelqu'un d'autre est mêlé à ces armes à feu ?

— Possible. J'ai entendu un tas de choses avec le temps. Un mec s'est tenu sur la tombe, à jurer et à pester.

— Oh, intéressant ! Mais à ce moment-là, c'était peut-être quelqu'un qui était en colère après que son proche fut parti et qu'il l'eut abandonné.

— Peut-être, il avait l'air énervé à propos du fait que cette personne n'avait rien laissé.

— Je veux bien le croire maintenant, acquiesça-t-elle en agitant la tête. Les gens ont des attentes, et, quand ils n'obtiennent pas ce qu'ils pensaient avoir, ce qu'ils pensaient mériter, ils se mettent en colère.

— Ouais, ce mec-là était très énervé. Il a dit un truc comme : *J'aurais dû faire ça plus tôt.*

— Hmm, il voulait dire quoi ?

Dezy haussa les épaules.

— J'ai supposé qu'il voulait dire *tuer Pillin lui-même.*

Doreen s'adossa et le dévisagea, abasourdie.

— Vraiment ? Pourquoi avoir pensé ça ?

— C'était la façon dont il l'avait exprimé. « J'aurais dû m'occuper de toi plus tôt. J'aurais dû m'occuper de ça il y a longtemps, avant que tu n'aies l'occasion de changer quoi que ce soit. Désormais, tout ça est vain. »

Les sourcils de Doreen se haussèrent.

— Intéressant, marmonna-t-elle. Bien entendu, cela ne prouve pas que cette personne soit coupable, mais c'est intrigant.

— Oh, c'est simplement un exemple ! tempéra-t-il avant de lui lancer un regard amusé. Une fois encore, je ne suis qu'un meuble pour les gens.

Elle hocha la tête face à ce rappel.

— Eh bien, si quelqu'un a tenu des propos qui vous tracassent vraiment, vous devriez les écrire ou me les répéter, et je me pencherai dessus.

Il la considéra, surpris.

— Vous pensez vraiment que vous serez en mesure d'enquêter là-dessus ?

— J'aimerais le croire. Est-ce que ce serait facile ? Non. Cependant, ça ne signifie pas non plus que c'est impossible.

Dezy lui sourit.

— Je ne crois pas que votre petit ami apprécierait.

— Il n'aime pas grand-chose de ce que je fais, renchérit-elle, amusée. Mais si cela apporte la justice aux gens, ça en vaut la peine à mes yeux.

— Je n'y avais jamais songé avant, mais tant de personnes se retrouvent ici, et j'ignore combien d'entre elles ont obtenu justice.

— Nombreuses sont celles qui ne peuvent l'obtenir… Parfois, ce sont des accidents de voiture. Parfois, ce ne sont que de mauvais choix. Les gens accomplissent toujours des actes qui nous laissent perplexes et nous incitent à nous demander pourquoi. *Comment avez-vous pu penser que c'était une bonne idée ?*

Dezy montra son approbation.

— J'ai déjà vu ça aussi. Il y en a qui meurent à la suite de cascades stupides tout le temps.

— Bref, concernant l'avocat de Pillin, ce sera intéressant de voir ce qui arrivera.

Dezy se leva, haussa une épaule, mal à l'aise et annonça :

— L'avocat de Pillin avait un fils.

Le radar de Doreen s'affola.

— Et ce fils est un bon ou un mauvais gars ?

Dezy réfléchit un instant.

— Je l'ignore. Il est venu ici deux fois. Récemment. S'il cherchait quelque chose, je ne crois pas qu'il l'ait trouvé.

— Deux fois ? Que faisait-il ?

— Il retirait les mauvaises herbes des pierres tombales, l'une après l'autre. Mais toutes ces tombes sont cartographiées.

— Maintenant que la première a été découverte avec toutes les armes, vous pensez qu'il pourrait y en avoir une autre ? Qu'il pourrait avoir été à sa recherche ?

— Je ne sais pas, mais il était effectivement en quête de quelque chose.

— Et quand était-ce exactement ?

— Ces trois derniers jours. D'ailleurs, il est ici en ce moment même.

Doreen se leva doucement.

— Où est-il ?

Comme Dezy hésitait, elle secoua la tête.

— Ce n'est pas le moment d'hésiter.

— Mais ce n'est pas non plus le moment de vous attirer des ennuis.

— J'ai toujours des ennuis…, rétorqua-t-elle. Entre nous, c'est un fait connu.

Dezy la dévisagea, et elle réagit comme si elle s'en moquait.

— Allez… Où est-il ? insista-t-elle en scrutant alentour dans le cimetière. J'ai au moins besoin de savoir qui c'est, pour réussir à le reconnaître plus tard.

— Dans ce cas, venez.

Et il ouvrit la voie jusqu'à une zone qu'elle n'avait pas encore vue. Alors qu'ils s'en approchaient, elle demanda à voix basse :

— Il y a des tombes sans nom dans le coin ?

— Pas que je sache, répondit-il en agitant la tête. Je suis sûr qu'il y en a probablement datant d'une lointaine époque, mais pas de récentes.

— D'accord.

Puis il lui pressa doucement la main et pointa le doigt vers l'endroit où se trouvait un homme assez jeune, dans le milieu de sa vingtaine, traînant d'une rangée à une autre. Il lisait les noms puis retournait en bas de l'autre côté, pour y consulter les noms également. Dans un murmure, elle interrogea Dezy :

— Vous savez comment il s'appelle ?

Comme Dezy fit non de la tête, elle continua :

— J'effectuerai une recherche sur lui plus tard sur Internet.

— Je n'en suis pas certain, mais il est possible que ce soit Stuart.

Elle réfléchit à ce que pouvait faire le fils et se tourna pour poser la question à Dezy, mais découvrit qu'elle était seule. D'une manière ou d'une autre, celui-ci s'était fondu dans les ombres. Elle observa autour d'elle, se demandant où il était parti, mais elle ne vit aucun signe de lui. Elle devint soucieuse. Cela montrait un niveau de discrétion auquel elle n'était pas habituée, mais ça en disait également long sur Dezy et sa façon de se déplacer. Elle sortit rapidement son téléphone, lança une recherche sur Stuart Burns et trouva un article à propos de son père. Par chance, il y avait une photo d'eux. Pas terrible, mais suffisamment bonne pour constater la ressemblance familiale.

Elle ne connaissait même pas le chemin par lequel il l'avait accompagnée jusqu'ici. Il n'était sans doute pas indiqué sur la moindre carte du cimetière. Toutefois, Dezy était là depuis longtemps, si elle se fiait à ce qu'il lui avait raconté. Elle se rapprocha de l'endroit où se tenait le jeune homme. Quand il se retourna pour la voir et qu'il afficha un air soucieux, elle lui adressa un sourire soudain.

— Hé ! Une belle journée pour rendre visite, n'est-ce pas ?

Il la fixa, ses rides s'approfondirent, puis il marmonna :

— Pas vraiment.

Doreen s'arrêta.

— Je suis désolée. Vous avez raison. Il est malvenu de ma part de prétendre que c'est une bonne journée pour une personne qui se trouve ici… Toutes mes condoléances.

L'homme comprit ensuite ce qu'elle tentait de dire, alors il haussa les épaules.

— Je n'ai perdu personne. Je cherche quelqu'un.

— Oh ! s'exclama-t-elle joyeusement. Je peux vous aider ?

Il lui lança un regard dédaigneux et répondit :

— Non, ça ira.

Puis il pivota pour étudier les tombes, mais il bougeait lentement et regardait souvent vers Doreen, comme pour garder un œil sur ce qu'elle faisait ou sur le moment de son départ. Sauf qu'elle était fascinée par les sépultures de cette zone ; la plupart d'entre elles étaient ensevelies dans les hautes herbes et les massifs, et rien que ça, c'était agréable. Au lieu des grands monuments et des stèles verticales, elle préférait les pierres individuelles basses et horizontales, presque dissimulées par la nature. Bien évidemment, beaucoup de gens désiraient un endroit où se rendre pour prendre soin de leurs proches et veiller sur eux, mais ça ne signifiait pas que ce devait être ostentatoire. Ce pouvait être subtile et agréable, un souvenir paisible tout en honorant mère Nature en même temps.

Elle finit par s'arrêter, baissa les yeux sur la tombe, lança un coup d'œil vers l'homme qui se tenait là, à l'observer. Elle lui sourit.

— Vous êtes sûr de ne pas avoir besoin de mon aide ?

Il secoua la tête.

— Que faites-vous ici ? lui demanda-t-il, l'air tendu.

Elle continua d'afficher un sourire.

— Je viens souvent ici, me recueillir et rassembler mes pensées dans un meilleur endroit. Je me sens plus proche des gens enterrés. J'adore déambuler ici et là, et lire les noms. Certains sont vraiment intéressants.

Il ricana.

— Ah, voilà. Je connais les gens dans votre genre, vous êtes simplement une voyeuse.

— Une voyeuse ?

— Une promeneuse, se moqua-t-il.

Alors, Doreen l'étudia un peu plus attentivement.

— Je ne dirais pas que je suis à la recherche d'une stèle, si c'est ce que vous vouliez dire.

— Et qu'en est-il d'un caveau ? renchérit-il, d'une voix plus dure.

Elle baissa les yeux vers Mugs qui fixait l'inconnu, mais ses oreilles étaient à moitié baissées, et sa queue ne remuait pas. Il n'était pas content, mais pour l'instant, il ne s'était pas montré très agressif.

— Pourquoi vous amenez des animaux ? la questionna l'homme en colère. Vous croyez que les personnes enterrées ici ont envie de se faire pisser dessus ?

Son commentaire était tellement à côté de la plaque qu'elle ne savait même pas quoi répondre en premier.

— Je crois que tout le monde ici s'en fiche, rétorqua-t-elle, dès que les mots voulurent sortir.

Il se mit à rire.

— C'est vrai, et ceux qui ne s'en fichent pas du tout sont toujours en vie, et ce sont eux qui restent pour résoudre les mystères de la vie !

À la manière dont il avait exprimé ça, Doreen comprit implicitement que cet homme avait des démons intérieurs contre lesquels il luttait.

— Eh bien, je suis là si vous voulez parler ou si vous voulez mon concours pour trouver quelque chose, proposa-t-elle en désignant les sépultures. Il y en a beaucoup ici, au cas où vous cherchiez quelqu'un ou quelque chose en particulier. Qui sait ce qu'on pourrait trouver d'autre dans une tombe maintenant que toutes ces armes ont été découvertes récemment…, évoqua-t-elle avant de secouer la tête. La ville entière est en émoi avec ça !

Il renifla avec dédain.

— Comme si quiconque en ville s'y intéressait…

— Oh, je ne sais pas ! La curiosité anime les gens plus qu'autre chose.

— C'est parce qu'ils fourrent leur nez partout, s'insurgea-t-il d'une voix désagréablement agressive.

— Ouah… C'est un jugement, ça.

Il ricana.

— Vous êtes qui, une sorte de fouineuse charitable ?

Ce terme la fit grimacer. Ce n'était certainement pas la première fois qu'on l'appelait de la sorte. Elle lui adressa un sourire chaleureux.

— Et comme il y avait une tombe pleine d'armes, déclara-t-elle en marchant sur des œufs, qui sait, il y en a peut-être une deuxième !

Il la fixa, et elle aperçut quelque chose dans ses yeux qui n'était pas agréable. Elle recula très discrètement. Il remua la tête.

— Ouais, je ne crois pas qu'on aimerait que vous fassiez ce genre d'insinuations. Les cimetières risqueraient d'être dans une situation délicate si les gens venaient ici, à la recherche d'autres stèles marquées pour les piller, lâcha-t-il d'une voix qui s'était adoucie, mais restait menaçante.

Pourtant, elle lui sourit d'un air entendu.

— Vous êtes le fils de Robbie Burn. Et votre père était l'avocat qui a pris en charge cette tombe remplie d'armes, n'est-ce pas ?

Il la considéra, stupéfait.

— Mais bon sang, qui êtes-vous ? lui demanda-t-il. (Puis sa voix se fit plus rauque.) Oh, ça, je m'en fiche, mais de quoi d'autre êtes-vous au courant ?

— Toutes sortes de choses, clama-t-elle. C'est mon boulot !

Stuart la regarda d'un air mauvais avant d'observer ses animaux.

Alors, Thaddeus sortit sa tête de sous les cheveux de Doreen et dit : « Thaddeus est là ! Thaddeus est là ! »

Surpris, Stuart s'écria de dégoût :

— Oh, mon Dieu ! Vous êtes cette fouineuse à l'âme charitable, n'est-ce pas ? Celle qui s'occupe de résoudre tous ces crimes !

— Oui, si c'est comme ça que vous souhaitez me surnommer. J'ai eu des sobriquets pires que ça, je suppose, alors peu importe.

— Je me doute. Pourquoi êtes-vous ici ? l'interrogea-t-il tout en scrutant désespérément autour de lui. Vous avez trouvé quelque chose ?

— Non, pas du tout, mais vous savez quoi ? Surveillez les infos, peut-être que j'y arriverai !

En entendant cela, Stuart se tourna lentement pour faire face à Doreen, et la noirceur dans ses yeux devint une menace lorsqu'elle s'en aperçut.

— J'ai pensé que cet avocat, votre père, vous avait probablement parlé de quelque chose, et que c'est la raison pour laquelle vous êtes ici.

— Mon père ne sait rien, cracha-t-il d'une voix affreusement calme. Laissez-le en dehors de ça.

— Oh ! il finira par être au courant, qu'il soit préparé ou non à vous en parler. Peut-être que c'est pour cela que vous êtes un peu énervé. Peut-être que vous avez peur que votre papa ait des secrets pour vous… Concernant quelque chose que vous aimeriez vraiment avoir. La question est : qu'est-ce que cela pourrait être, Stuart ?

Ce dernier la dévisageait froidement.

— Je ne sais pas qui vous êtes ni ce que vous croyez faire ici, mais vous n'êtes pas la bienvenue et vous devez vous en aller.

Doreen se raidit.

— Les gens qui me donnent des ordres et me disent quoi faire ont tendance à me mettre vraiment en colère, marmonna-t-elle. Je travaille là-dessus, une thérapie en quelque sorte visant à m'assurer d'avoir un peu plus de courage afin de dire leurs quatre vérités à ces personnes.

Et effectivement, elle sentait son humeur devenir mauvaise. Elle observa Stuart d'un air sinistre.

— Je me fiche de qui vous êtes. J'ai le droit d'être ici, tout autant que vous !

— Vous avez peut-être le droit d'être ici, mais je vous recommande vivement de vous en aller.

— Non, je n'en ai pas l'intention, et vous ne m'y obligerez pas.

Stupéfait, il regarda Doreen croiser les bras sur sa poitrine.

— Vous croyez vraiment que personne ne sait où je suis et que vous êtes là, à étudier les tombes pour déterminer qui sera la personne suivante ?

— Vous ne savez rien de tout ça ! s'écria Stuart. Les gens comme vous rendent tellement tout difficile !

— Je suis navrée si votre père a rendu votre vie difficile à cause de son boulot. Ça, ça n'a pas dû être facile. Mais vous ne simplifiez pas les choses non plus de votre côté.

— Vous ne connaissez rien sur mon père, répéta-t-il.

— Je sais que Robbie Burns s'est occupé de pas mal d'affaires entre gangs et que ses affiliations ont toujours été remises en question. Bien évidemment, il doit également se faire vieux aujourd'hui.

Stuart la fixait comme si elle avait deux têtes.

— Vous ne savez rien, insista-t-il sèchement. Il faut vous taire.

— Je pourrais, mais discuter avec vous est relativement fascinant, le railla-t-elle, ce qui lui valut un regard noir auquel elle réagit par un haussement d'épaules. Je veux dire, réfléchissez : vous êtes ici, en quête d'une tombe. Bien sûr, tout le monde pourrait supposer que vous êtes au courant d'un truc. Peut-être que vous apparaissez sur le testament de Pillin.

Stuart fixait les yeux sur elle, son visage dénué de couleurs.

— Oh, vous pensiez que nous ignorions que Pillin avait organisé tout ça ? le provoqua Doreen, tout sourire. Oh, oui, vous devez vraiment croire que nous sommes stupides !

— Vous êtes déjà stupide rien qu'à me parler.

Et soudain, Stuart pivota et courut jusque dans les

ombres. Elle s'avança sur le chemin qu'il avait emprunté. Les animaux tournaient sur eux-mêmes pour voir s'il avait vraiment disparu ou pas. Cependant, elle sentait le regard de Stuart dans son dos. Elle avait conscience qu'il était en train de l'observer, attendant qu'elle s'en aille.

Elle remontait tranquillement les allées, mémorisant plusieurs noms sans savoir vraiment pourquoi. Comme elle se rapprochait de plus en plus de l'endroit où avait été Stuart, elle reconnut une chose importante, mais elle ne s'y arrêta pas. Au lieu de ça, elle marcha jusqu'au bout de l'allée puis passa lentement devant, regardant des deux côtés du chemin, avant de marquer mentalement un emplacement en comptant les pierres tombales qui y menaient, puis de repartir lentement vers la sortie.

Tandis qu'elle s'en allait, elle s'écria :

— C'est bon ! Le cimetière est tout à vous, Stuart !

Elle ne fut pas en mesure de déterminer s'il se trouvait encore là ou pas, mais soudain, elle fut encerclée par la tranquillité. Elle s'en amusa.

Finalement, je l'ai vraiment trouvée. Elle se félicita, puis elle quitta les lieux.

Chapitre 26

D E RETOUR CHEZ elle, Doreen prépara des œufs brouillés accompagnés d'un toast avant de s'installer pour réfléchir à ce qui s'était passé. Quand Mack l'appela quelques instants plus tard, elle lui demanda :

— Hé ! C'est un appel de courtoisie ?

— Possible. Je viens de parler à l'avocat de Pillin.

— Oh, intéressant ! Comment ça s'est passé ?

— C'était plutôt inutile, marmonna-t-il, mais on s'y attendait, n'est-ce pas ?

— Oui, vous devriez enquêter auprès du fils, Stuart Burns, lui suggéra-t-elle.

Mack cessa de parler.

— Pourquoi ? l'interrogea-t-il, frustré. Qu'est-ce que son fils a à voir avec tout ça ?

— Je n'en suis pas tout à fait sûre, mais peux-tu obtenir le contenu du testament de Pillin ?

— J'ai besoin d'un mandat pour ça.

— Je pensais qu'ils devenaient publics après un temps ?

— Dans ce cas-ci, Burns avait fait en sorte d'empêcher ça.

— Intéressant, grommela-t-elle. Eh bien, il y a quelque

chose dans ce testament, et tu voudrais sans doute garder un œil dessus ainsi que sur le fils.

— Que sais-tu à propos de Stuart ? la questionna-t-il, sur ses gardes.

— J'ai discuté avec lui au cimetière ce matin. Il cherchait une autre tombe. Il fait ça depuis trois jours maintenant, selon Dezy et… le gosse est plutôt déterminé à arriver avant tout le monde.

Mack jura dans sa barbe.

— Raconte-moi exactement ce qui s'est passé.

Elle commença par sa conversation avec Dezy puis enchaîna sur celle avec Stuart.

— Le truc, c'est que je ne suis pas certaine qu'il sache exactement ce qu'il recherche, mais il a conscience qu'il y a quelque chose.

— La question qui se pose, c'est quoi.

— Et si son père sait quoi que ce soit là-dessus. Et si c'est le cas, est-ce que le fils tout comme le père veulent que le fils soit impliqué ?

— Et ça fait un paquet de très bonnes questions, remarqua Mack, mais je peux affirmer que le père n'apportera aucune réponse. Il a déjà engagé un avocat, et nous n'obtiendrons rien de lui.

— Tu ne peux pas le faire venir pour l'interroger ?

— Pour quelle raison ? Une tombe pleine d'armes ?

— En vrai ? Oui ! C'est certainement un problème suffisamment sérieux pour justifier une enquête.

— Oui, absolument, si nous parvenons à établir le lien entre les flingues et leurs propriétaires. Le capitaine est sur le coup, mais ce n'est pas aussi simple…

— Ça ne l'est jamais, marmonna Doreen. Toutefois, si le père est au courant de quoi que ce soit, quelqu'un d'autre également, et je pense que cette autre personne est le fils.

— Je lui parlerai.

— Bien. Et je pense que Dezy en sait plus qu'il ne le prétend aussi… Il a également confirmé qu'il avait passé le coup de téléphone suggérent de vérifier la fameuse tombe.

— C'est ce que je me disais, déclara Mack. J'aurais aimé qu'il ne le fasse pas anonymement.

— Il avait peur que les gangs l'apprennent, et il était assez contrarié que je sois au courant également.

— Bien évidemment qu'il l'était. Quand on agit de façon anonyme, c'est parce qu'on veut que personne ne le sache, répliqua Mack, exaspéré.

Doreen sourit.

— Oui, je comprends ça, mais ça ne marche pas toujours comme ça, si ?

— Non, pas quand tu es dans le coin, souligna-t-il en soupirant.

Doreen s'en amusa.

— Bref, j'ai vraiment vu un truc intéressant et je veux retourner au cimetière, mais je me suis dit que tu voudrais certainement m'accompagner.

— D'accord, acquiesça-t-il avec prudence. Tu vas m'expliquer pourquoi ?

— À cause de l'un des noms que j'ai lus là-bas… Je crois qu'on devrait s'y rendre dès que possible.

Il jura un autre mot dans sa barbe.

— Tu veux y aller maintenant ?

Elle baissa les yeux sur sa montre.

— Je viens de finir de manger mes œufs brouillés et mon toast, alors je suis disponible.

— D'accord. Je passe te prendre chez toi.

— Bien ! répondit-elle d'un ton enjoué. Les animaux

vont être contents de ressortir.

— Tu pourrais les laisser chez toi pour une fois…

— Non, je crois que dans le cas présent, je vais les emmener avec moi.

Il hésita avant de demander :

— Tu as eu un problème avec le fils de l'avocat ?

Doreen sourit.

— Disons simplement que Stuart a eu un problème avec moi.

Mack jura de nouveau.

— OK, parfait. Je serai là dans environ dix minutes.

Elle raccrocha, retourna à la cuisine et nettoya un peu son désordre. En enfilant de nouveau ses chaussures, elle reçut un message de Nan.

N'oublie pas l'anniversaire de Mack.

Elle s'immobilisa puis fit la grimace. Car, bien évidemment, elle l'avait oublié. Il était probablement trop proche pour qu'il lui reste assez de temps pour y réfléchir, bien qu'elle n'ait pas eu l'idée de quoi faire en premier lieu.

Elle envoya un SMS à sa grand-mère. **C'est quand ?**

Et elle reçut une réponse. **Dans une semaine.**

Lisant bien attentivement, elle se mit à rire. Au moins, ça n'était pas dans deux jours ! Elle avait mis la laisse aux animaux, et ils étaient sortis au moment où Mack arriva. Elle s'approcha rapidement de son pick-up, fit monter les bestioles sur la banquette arrière et, aux côtés de Mack, ils sortirent de l'impasse.

Chapitre 27

DÈS QUE MACK et Doreen s'insérèrent dans la circulation, il demanda :

— Qu'est-ce que tout ça signifie ?

— Peut-être rien, marmonna-t-elle. Maintenant que j'y pense, ce pourrait être un déplacement inutile…

Mack la considéra sourcils froncés, alors elle haussa les épaules.

— Sois indulgent avec moi… Tu es en repos ?

— Je le suis en ce moment, même si je considère ça comme du boulot, surtout si tu es impliquée, précisa-t-il.

Cela lui valut un regard mauvais de Doreen, et il lui sourit simplement.

— Tu as tendance à rendre ma vie intéressante.

— Je ne fais pas ça pour devenir un problème, cela étant, se défendit-elle d'une voix timide.

— Non, mais en général, tu provoques les choses.

— Je ne suis pas sûre que ce soit bénéfique non plus…

— Peu importe. Nous sommes déjà allés trop loin pour ne serait-ce que nous en inquiéter à ce stade.

Elle n'était pas tout à fait sûre de ce qu'il voulait insinuer, mais elle se dit que tant qu'ils allaient dans une direction, ils continueraient d'avancer.

Dès qu'ils arrivèrent au cimetière, elle sortit ses animaux du pick-up, leur mit la laisse, et ils furent prêts à partir.

— Je ne suis pas tout à fait certaine de savoir comment retrouver le lieu où je me suis rendue à pied ni même s'il y a un moyen de s'approcher davantage en voiture, mais c'était là-haut.

Elle désigna l'un des grands panneaux non loin, avec une carte indiquant l'endroit où ils se trouvaient. Mack hocha la tête.

— On peut passer par ici.

Ainsi, il ouvrit la voie, et ils déambulèrent jusqu'à l'autre zone du cimetière.

Doreen avait le sourire, maintenant qu'elle et les animaux devaient marcher.

— Au moins, c'est un beau temps pour se balader, déclara-t-elle, ce qui lui valut un coup d'œil de Mack sans qu'il ne prononce quoi que ce soit. Eh bien, si, c'est le cas, marmonna-t-elle.

— Si tu le dis.

Elle soupira.

— Tu es en colère contre moi ?

— Non, pas du tout, lui répondit-il.

Pourtant, il poussa l'un de ces soupirs longanimes qu'il faisait si bien.

Entendant cela, Doreen s'arrêta pour le dévisager d'un air mauvais. Cependant, voyant son sourire chaleureux, elle opina du chef.

— OK, parfait.

— Sauf si, bien sûr, tu t'es de nouveau mise dans le pétrin.

— Non, pas du tout, se défendit-elle, tandis qu'ils marchaient dans la bonne direction. J'avais l'impression que Stuart manigançait quelque chose.

— C'est la raison pour laquelle nous nous trouvons ici ?

— Peut-être, lança-t-elle nonchalamment.

— J'ai besoin de renforts ? demanda-t-il avec une pointe d'humour.

— Nous avons des renforts ! annonça-t-elle en levant la laisse du chien.

Mack leva les yeux au ciel.

— *Super !*

Comme s'il comprenait ce qu'il venait de dire, Mugs lui aboya dessus, ce qui amusa Mack.

— Oui, tu as raison, Mugs. Tu as fait un sacré boulot jusqu'à présent. Je te prendrai comme renforts à tout moment, mon pote.

Mugs dansa et sautilla autour de Mack, sans saisir ses paroles, mais comprenant assurément l'acceptation et l'amour.

Doreen souriait, s'avançant vers la zone qu'elle recherchait.

— C'est vraiment beau par ici, déclara-t-elle.

Cela lui valut un regard en coin de Mack, et elle grommela.

— En plus, tu n'as pas fait d'exercice dernièrement, ajouta-t-elle.

Cela lui valut cette fois un haussement de sourcils, alors elle bouda.

— Non, je ne prétends pas que tu as besoin d'exercice ou autre, clarifia-t-elle, tentant de faire marche arrière.

Il l'étudia avec intérêt lorsque, au lieu de se rétracter, elle s'enfonça davantage. Elle finit par se taire.

Comme ils s'approchaient de l'endroit, Doreen agrippa

le bras de Mack et le tira en arrière.

— Quel est le problème ? lui demanda-t-il, confus.

Elle pointa du doigt.

— Le voilà.

— Et ? dit Mack en observant le jeune homme. Stuart a le droit d'être là.

— Mais que fait-il ?

Mack regarda plus attentivement l'homme, les sourcils haussés.

— Que fait-il ?

— Il essaie de soulever la pierre tombale, marmonna Doreen.

Mack scruta autour de lui.

— Toi, reste ici.

Doreen lui lança un regard noir. Il lui jeta un regard d'avertissement et la gronda :

— Non, arrête. Ce n'est pas le moment.

Puis il disparut rapidement.

Elle s'adressa à Mugs.

— Tu vois ? On le plonge dans l'action, et il ne nous laisse même pas participer ! râla-t-elle. Je vais aller voir Stuart et lui demander carrément ce qu'il fabrique.

Mais bien évidemment, Mack essayait de se montrer bien plus subtil. Même si, tout en le regardant tourner autour du jeune homme, Doreen n'était pas certaine de la subtilité de la chose.

Quand Mack arriva à sa hauteur, désinvolte, il interpella le gars en train de creuser. Stuart s'interrompit, afficha un air soucieux, se redressa et scruta autour de lui. Il vit Mack, mains sur les hanches, qui l'étudiait attentivement.

Stuart bredouillait presque en s'exclamant :

— Hé ! C'était un peu décentré, j'essayais de réparer.

Mack l'examinait sans prononcer un mot, et un truc dans ses yeux incita Stuart à donner une autre explication, comme s'il comprenait que Mack n'accepterait aucunement ce qu'il avait prétexté plus tôt.

— Honnêtement, je tentais d'accomplir une bonne action.

Puis Stuart se leva et tenta de reculer, mais il trébucha accidentellement et tomba sur son genou. Tout en jurant, il se remit sur pied.

— Et d'abord, qu'est-ce que ça peut vous faire de toute façon ? le provoqua-t-il avec un peu de la hargne qu'il avait montrée plus tôt à Doreen.

Mack le dévisageait attentivement.

— Je sais qui vous êtes, lui annonça-t-il.

— C'est bien. Ça n'a aucun rapport.

— Je n'en serais pas si sûr, contesta Mack. Un sacré tas de gens gardent un œil sur cet endroit.

— Que voulez-vous dire par *gardent un œil* dessus ? le questionna Stuart, regardant autour de lui avant de capter le mouvement de Mugs qui tirait la laisse que tenait Doreen.

Il la considéra alors d'un air mauvais.

— Vous ! s'écria-t-il à son intention.

Elle observa Mack qui lui lançait également des éclairs. Elle haussa les épaules, s'avança et demanda :

— Quoi, moi ? J'ai le droit d'être ici, si vous l'avez.

— Vous ! Vous êtes probablement partie pour raconter que j'étais ici !

— Vous pensez trop à vous, Stuart, répliqua-t-elle avec un geste désinvolte de la main. Qu'est-ce que j'en ai à faire que vous soyez ici ? Mais maintenant, je suis curieuse à propos de ce que vous êtes en train de fabriquer.

— Non, vous n'êtes pas curieuse. Vous êtes plus que ça.

Elle le fixa droit dans les yeux.

— Plus que ça ?

— Ouais, vous êtes une fouineuse.

Elle lui jeta un regard aux sourcils froncés.

— Je suis un peu agacée par les gens qui m'appellent ainsi. Ce n'est pas très gentil.

— Gentil ? Je vais vous dire un truc gentil, marmonna-t-il, en s'avançant d'un pas vers elle.

— Je ne ferais pas ça si j'étais vous, le prévint Mack sur le ton de la conversation.

Stuart se tourna pour lui lancer un regard noir.

— Je ne sais pas pour qui vous vous prenez tous les deux, mais vous êtes deux casse-pieds.

En entendant ces termes, Mack haussa les sourcils.

— Pourquoi ? Parce que je me tiens ici et vous demande ce que vous êtes en train de faire ?

— Ouais, ce ne sont pas vos oignons ! rétorqua Stuart. Cette tombe est celle d'un ami, et je suis en train de la réparer.

— S'il y a un problème avec la stèle, vous êtes censé demander au personnel du cimetière de la réparer.

— Ah ouais ? Et combien de temps ça prendrait ? le questionna-t-il en levant les yeux au ciel. Tout le monde ici est tellement débordé que personne n'a les moyens ou le temps de s'occuper de ces tombes, se plaignit-il. Les contrats gouvernementaux et toutes ces conneries !

— C'est possible, admit Mack, mais je doute fortement que ce que vous êtes en train de faire soit en mesure d'améliorer quoi que ce soit.

— C'est vous qui le dites, contra-t-il, serrant la mâchoire avec pugnacité. Et ça n'a rien à voir avec vous de toute manière. Si vous êtes avec elle, vous êtes plutôt un problème.

Mack le fixait.

— Vous croyez ?

— Oui, je crois. Vous aurez tous les deux des ennuis pour ça.

— Oula, encore plus de menaces ! s'exclama Mack en considérant Doreen. Est-ce que c'est le mec dont vous parliez plus tôt ?

Doreen confirma d'un signe de tête.

— Oui, assurément. Le fils de l'avocat.

Stuart se tourna et la regarda de travers.

— *Vous* n'êtes rien de plus qu'une source d'ennuis.

— Oui, j'ai aussi entendu ça une ou deux fois, le railla-t-elle en branlant du chef. Toutefois, je crois comprendre ce que vous fabriquez ici.

Elle s'approcha puis sourit quand elle remarqua le nom sur la sépulture.

— C'est vraiment, mais vraiment intéressant que vous soyez en train de vérifier cette tombe…

— Je ne la vérifie pas, rétorqua-t-il. Je la répare.

— Et c'est un ami à lui, apparemment, ajouta Mack, venant aux côtés de Doreen.

Elle désigna la stèle.

— Le nom est intéressant.

— Que voulez-vous dire ? l'interrogea Stuart, méfiant.

— En effet, le nom est intéressant, confirma Mack en observant Doreen, même si ses sourcils lui demandaient ce qu'il y avait d'intéressant là-dedans.

Elle sourit.

— De toute évidence, messieurs, vous savez de qui il s'agit, alors je ne vous le dirai pas. Vous vous fâcheriez contre moi et émettriez un commentaire à propos du fait que je suis une fouineuse…

— Vous *êtes* une fouineuse, à mettre votre nez partout où il n'a rien à y faire !

— Vraiment ? Il semble que c'est vous qui mettez votre nez là où il n'a rien à y faire, se braqua-t-elle. Vous essayez de déterrer la tombe d'un pauvre homme décédé.

— Non, c'est faux ! s'écria Stuart en scrutant autour de lui. Ne dites pas ce genre de choses à voix haute ! Les gens vont s'énerver contre moi.

— Oh oui, très certainement ! renchérit Mack en croisant les bras tout en étudiant le jeune homme. Probablement pour un tas de bonnes raisons.

— Vous ne savez rien à ce sujet, répliqua Stuart.

— Peut-être, peut-être pas, lança Mack, mais vous me donnez assurément un tas de raisons d'y regarder d'un peu plus près.

Stuart afficha une expression furieuse.

— Pourquoi vous y regarderiez de plus près ? demanda-t-il, confus.

Là, Doreen adressa un large sourire à Stuart.

— Mack ici présent est un flic, donc voilà.

Thaddeus cria « Doucement, doucement, doucement ! » Elle tenta de le faire taire, mais il était désormais sur sa lancée. Il la dévisagea méchamment.

— Vous et ces animaux, vous êtes dégoûtants !

Alors, Mugs gronda du plus profond de son être et s'avança, assez perturbé par le timbre de Stuart.

Doreen tenta de le calmer.

— Tout va bien, Mugs. Stuart ne voulait pas t'insulter.

— Si, je le voulais, rétorqua le concerné. Vous êtes tous tarés.

— Je ne dirais pas ça, se défendit-elle, croisant les bras sur sa poitrine. Et je n'aime vraiment, vraiment pas quand les gens nous traitent de cette façon, mes animaux et moi.

— Oh, on recommence à donner des ordres aux autres ? Vous n'aimez pas quand on vous dit quoi faire ?

— Non, je n'aime pas, confirma-t-elle. Et là, vous êtes de nouveau en train de me gonfler.

Stuart ricana.

— Comme si j'en avais quelque chose à foutre…

— Non, sans doute pas, et c'est pour cette raison que vous êtes ici, à essayer de déterrer une tombe selon les instructions qui vous ont été données sur le testament de Pillin.

Les couleurs disparurent du visage de Stuart.

— Comment vous connaissez la moindre chose là-dessus ?

— Vous croyez être la seule personne à avoir reçu cette note ?

Il la fixa.

— Quoi ?!

— Eh oui, se moqua-t-elle en hochant la tête. Dans les dents !

Il conservait un regard fixe puis considéra de nouveau Mack.

— Vous deux ? Ce n'est pas juste… Cela devait me revenir ! s'écria-t-il.

— Et qu'allez-vous en faire, là est la question ! le railla Doreen de ce ton particulier, presque de confidente. Enfin, je veux dire par là que les gens peuvent faire beaucoup de choses avec ça.

— Bien sûr, sauf que c'est à moi. Ce n'est pas pour vous, lâcha-t-il en ayant l'air d'avoir envie de pleurer.

— Oui, c'est dur de grandir dans ce monde, dans lequel votre père essaie de vous faire comprendre de rester en dehors de ça. Et pourtant, c'est comme cela qu'il gagnait de l'argent, non ?

Stuart acquiesça.

— Il en a gagné une tonne grâce aux gangs.

— Mais il n'était pas non plus assez âgé pour mourir et vous léguer le tout, n'est-ce pas ? Et vous ne souhaitez pas attendre votre héritage, c'est ça ?

— C'était pour moi ! insista Stuart, son expression devenant affreuse.

— Une partie l'était, du moins. Vous avez dû deviner où se trouvait le reste toutefois, non ?

Il opina sensiblement du chef.

— Donc ça signifie qu'il en a parlé également à d'autres personnes, se plaignit-il, sa voix devenant plus brute. Ça signifie qu'il y aura plus de gens…

— Il avait déjà agi ainsi auparavant, n'est-ce pas ?

— C'était seulement au sein du gang cependant. Je ne pensais pas qu'il oserait une telle chose lorsqu'il serait question de moi.

— Pourquoi ? Car vous étiez son préféré ?

— *J'étais* son préféré ! déclara Stuart, presque enclin à pleurer. Et je ne vous crois pas, je ne crois pas qu'il vous ait légué quoi que ce soit.

— Il ne m'a peut-être rien légué, reconnut Doreen, *mais* si je suis la première à y parvenir, eh bien, forcément, ce sera à moi.

— Vous ne pouvez pas l'avoir ! s'écria Stuart, le visage tacheté de rouge tandis qu'il la regardait méchamment.

Il avança d'un pas menaçant, et Mugs recula immédiatement pour sauter en avant, tirant sur sa laisse pour tenter de se libérer. L'homme en colère baissa les yeux sur le chien puis se mit à rire.

— Ce chien essaie de vous protéger ?!

— Oui, mais je ne rirais pas à votre place, confia-t-elle. Ça a tendance à l'énerver.

— Vous êtes pathétique ! cracha Stuart avec mépris.

— Ouais, vous aussi, répliqua-t-elle. Vous êtes censé gagner votre propre argent dans ce monde, pas débarquer ici pour voler ce qui appartient aux morts.

— Ils sont morts, ils s'en fichent ! Et puis, qu'est-ce que vous en savez ?

— J'en sais beaucoup, ou en tout cas, suffisamment pour avoir des ennuis, répondit-elle avec un demi-sourire.

— Je crois que vous avez toujours des ennuis, devina-t-il. Je ne peux imaginer quelqu'un essayant de vous en éloigner.

Elle l'observa d'un air mauvais.

— Et nous revoilà dans les insultes. Je n'ai vraiment pas besoin de ça maintenant.

Le jeune homme secoua la tête.

— Plus rien de tout ça n'a d'importance de toute manière. Il est parti. Quelle différence ça fait ?

— Eh bien, Pillin est parti, mais il a laissé un héritage plutôt tordu derrière lui, je présume.

— Non, non, ce n'est pas le cas, contesta Stuart en fixant Doreen.

— Mais il a bien dû laisser tout ça à quelqu'un…

— Et vous étiez au courant pour les armes ? le questionna Mack.

— Non, bien sûr que je n'étais pas au courant pour les armes, rétorqua Stuart, avec colère. Si je l'avais su, j'aurais fait quelque chose !

Doreen opina du chef en considérant Mack.

— Cela a vraiment du sens… Je me demandais pourquoi quelqu'un aurait laissé cette réserve d'armes à cet endroit autant de temps…

— Il l'ont laissée, car ils n'en savaient rien ! répliqua Stuart.

— Et qu'est-ce que vous en auriez fait ? l'interrogea-t-elle.

— Je les aurais vendues au plus offrant. Mais elles ne sont plus là maintenant, dit l'homme avant de les regarder d'un air mauvais puis de faire mine de s'en moquer, se tournant pour s'en aller. Il n'y a rien à trouver ici.

— Dans ce cas, pourquoi vous creusiez ? le questionna Mack.

Stuart observa Doreen.

— Je n'avais pas confiance en lui quant au fait qu'il ne reviendrait pas, et de toute évidence, j'avais raison.

— Oui, et vous n'avez rien trouvé ? demanda Doreen.

Le jeune homme fit non de la tête.

— Non, et ça m'énerve d'autant plus.

— Que disait Pillin dans son testament ? Je pourrais vous aider à démêler ça.

Stuart se moqua d'elle.

— Si je ne peux pas m'en occuper, vous croyez vraiment y parvenir ?

Doreen opina du chef.

— Oui, bien sûr que j'en suis capable.

Il lui lança un autre regard noir.

— Dans votre intérêt, vous vous croyez trop futée.

— J'ai entendu ça une fois ou deux également, lui répondit-elle avant de s'adresser à Mack. C'est à vous maintenant. Je ne pense pas que dégrader une tombe soit vraiment un crime, en tout cas pas quand quelque chose de bien plus sérieux se trouve dedans.

— Il n'y a absolument rien de plus sérieux ! vociféra le

jeune homme en colère, les yeux posés sur elle.

— Ah non ? le provoqua-t-elle. Vous n'avez pas obtenu les armes et vous les auriez vendues si vous aviez pu. Je ne sais pas si quelqu'un, en dehors de votre père, était au courant de quelque chose. Enfin, une ou deux autres personnes, mais en dehors de ça, je crois qu'ils étaient tenus au secret.

— Mon père n'était pas du tout au courant à propos de la planque d'armes, déclara Stuart.

— Bien sûr que si, rétorqua Doreen d'une voix basse. C'est lui qui a organisé les fausses funérailles pour enterrer tous ces flingues.

Il l'observait tout en secouant lentement la tête.

— Non. Non, c'est faux.

Elle hocha la sienne à vitesse équivalente.

— Si, il le savait. Et Pillin tout comme la personne qui a creusé la tombe et enterré le lourd cercueil en pleine nuit, loin des regards indiscrets, étaient également au courant. Mais pour une raison ou pour une autre, la vengeance, la peur, que sais-je, ils ont laissé la planque d'armes là où elle était. Et peut-être était-ce une bonne chose… Peut-être que cela aurait constitué des preuves accablantes susceptibles de nuire à des gens et à leurs carrières, suggéra-t-elle. Et peut-être que c'est pour cela que votre père ne veut pas que vous déterriez le reste.

— Peu importe ce qu'il veut. Je ne peux demeurer plus longtemps dans cette ville de ploucs.

Ayant conscience qu'elle était sur la bonne piste, elle ajouta :

— Et bien entendu, grandir dans l'ombre de votre père, ça n'a pas dû être marrant.

Il la fixa.

— Vous n'avez pas idée… Tout ce que faisait et disait

mon père était contrôlé par les gangs.

— Évidemment, mais c'était il y a longtemps. À moins qu'il ne soit encore de mèche avec celui de Vancouver…

— Vous n'en sortez jamais, jamais. Si je veux m'en détacher, j'ai besoin d'un paquet d'argent.

— Et vous croyez vraiment que quelqu'un d'autre, un membre d'un gang extérieur à la ville, a tenté de faire la même chose que vous ?

Il regarda autour de lui, nerveux.

— Si c'était le cas, je ne devrais même plus être en vie.

Mack s'avança.

— Va falloir expliquer ça, lança-t-il d'une voix douce, mais avec une pointe d'avertissement. Car s'il y a le moindre danger ici, il faut qu'on le sache.

— De quoi vous avez peur ? le questionna Stuart en riant. Les gangs ont les flics dans leurs poches depuis des décennies !

— Il y aura toujours un ou deux ripoux, renchérit Doreen, mais ce n'est pas ce qui pourrit toute la police.

— *Sérieusement ?* la railla Stuart d'un ton sarcastique. Vous y croyez encore, mais si un membre d'un de ces gangs exerce la moindre influence ou est au courant de cette cachette d'armes, vous pouvez parier qu'ils seront là en un clin d'œil. Et je n'ai pas envie de me trouver dans les parages quand ils le découvriront.

— Quand ils découvriront quoi ? l'interrogea Mack.

Stuart le considéra et rit.

— Quand ils découvriront que certaines manquent à l'appel.

— J'ignore si des armes manquent, réagit Doreen, sauf si vous pensez que quelqu'un, l'un des ripoux, en a récupéré.

— Non, mais je suis quasi sûr qu'elles n'ont pas toutes

atterri dans cette tombe.

Doreen y songea un moment et hocha la tête.

— C'est peut-être ce qui a permis de maintenir les gens en sécurité et loin des problèmes toutes ces années…

— Peut-être, approuva Stuart. Je l'ignore, mais il y avait plus que des armes. Je ne sais pas si vous avez trouvé autre chose, mais il y avait plus que des flingues dans cette tombe.

Doreen observa Mack qui ne s'était même pas tourné vers elle.

— Qu'est-ce qu'il y avait d'autre ? demanda-t-il à Stuart.

— Vous croyez que je vais parler ? Je ne sais même pas ce que c'est. Je sais seulement qu'il y autre chose, et c'est ce que je cherchais. J'étais certain que ce serait là, mais maintenant je me dis que ça a dû être remis dans la première tombe et que vous êtes passés à côté, expliqua le jeune homme colérique avant d'adresser un sourire à Mack. Et la stèle est encore ouverte actuellement.

— Et c'est un grand trou vide, déclara Mack.

— Peut-être irai-je jeter un autre coup d'œil, ajouta Stuart avant de darder un regard sur Mack. Mais alors, vous autres allez faire de même et la ruiner, comme avec tout le reste.

Mack ne dit rien, accordant à Stuart une œillade fixe et froide. Quand il finit par considérer Doreen, il la questionna :

— Vous savez quelque chose à propos de ça ?

— Non, mais ça me semble sensé.

Mack secoua la tête.

— Rien de tout ça n'a de sens.

— Tout a un sens, le contredit-elle gentiment. Je ne suis pas sûre qu'il y ait autre chose dans les tombes ; il se raccroche aux branches. Je pense qu'il a une piste, mais ignore comment l'exploiter. Et il ne nous en parlera pas de peur qu'on trouve la solution et qu'on lui rafle la mise, déclara-t-elle avant de fixer de nouveau Stuart. Vous avez oublié ? Mack est un flic.

— Ouais, eh bien, ça me garantit qu'il emmènera ce qu'il trouvera, en déduisit Stuart, avant de se moquer.

Doreen sourit.

— J'ai compris : vous n'avez pas toujours eu une vie facile d'une certaine manière et vous souhaitiez vraiment que ceci soit votre ticket de sortie. Cependant, si le gang apprend que vous avez découvert cette seconde planque, vous croyez vraiment que votre existence vaudra quelque chose ?

Stuart la regarda d'un air soucieux.

— Peut-être que j'achèterai mon ticket d'entrée dans le gang. Je ne serai pas accepté d'une autre façon.

Doreen le dévisagea.

— C'est donc ça ? Prouver à votre papa que vous en êtes capable ? Prouver à votre papa que vous avez ce qu'il faut pour en faire partie ?

Stuart rougit.

— Non ! hurla-t-il. Je me fiche de prouver quoi que ce soit à papa, alors arrêtez d'insinuer le contraire !

Elle haussa les épaules, sans le quitter des yeux.

— On dirait bien qu'il y a un tas de *preuves pour papa* dans cette histoire…

Ensuite, des cris surgirent depuis les arbres.

— Ne dis plus un mot ! beugla un homme qui avançait en boitillant jusqu'à l'endroit où se tenait le trio.

Mugs lui aboya dessus plusieurs fois. Le gars lui jeta un regard de serpent et ordonna :

— Gardez le contrôle de ce chien, ou je vous ferai un procès pour ça.

— Oh, maintenant, je vois qui vous êtes ! répondit Doreen. Vous êtes l'avocat, Robbie Burns. Le protégé du gang. Le père de Stuart.

Mack décida alors de s'exprimer :

— Vous saviez que votre fils était ici, à délabrer des tombes, pour tenter de trouver la seconde planque afin de gagner son ticket de sortie de ce monde et entrer apparemment dans votre ancien monde ?

— Votre fils veut être accepté parmi tous vos vieux copains, ajouta Doreen, en résolvant d'une façon ou d'une autre cette énigme.

Robbie la considéra d'un air mauvais puis fit de même avec son fils.

— Qu'est-ce que tu fiches ici ?

Stuart rougit et retourna le regard de son père.

— J'ai le droit d'être ici. C'est un lieu public.

Il sortit les termes exacts que Doreen avait prononcés plus tôt. Elle était presque morte de rire devant cette scène, mais le père ne l'entendait pas de cette oreille.

— Ramène tes fesses à la maison, ordonna sèchement Robbie. On parlera plus tard.

Mais Stuart refusa d'un geste de la tête.

— Ne me parle pas comme ça ! s'exclama-t-il.

Doreen se sentait désolée pour lui. Elle avait subi ce genre de violence psychologique constamment avec Mathew, et elle était consciente de ce que ça faisait. Elle se tourna vers l'avocat.

— Vous devriez vraiment mieux traiter votre fils.

Son œil mauvais s'attarda sur elle.

— Mais qui vous êtes ?

— Quelqu'un qui ne s'en fiche pas, ce qui, vu le ton évident de votre voix, n'est pas votre cas.

Il continuait de la dévisager.

— Vous ne savez rien de moi. Vous ne savez rien de mon fils.

— Stuart tente de déterminer ce qui est arrivé à Pillin, pas tant comment il est mort, mais ce qu'il a laissé derrière lui, expliqua-t-elle. En pensant que ce serait son billet de sortie ou peut-être son billet d'entrée au sein des gangs. S'il résout ce mystère, vous le respecterez, soi-disant.

— Il n'est pas aussi stupide ! cracha Robbie avant de regarder son fils, de voir l'expression de son visage et de grommeler. OK, donc il est à ce point stupide… Stuart, je t'ai dit que tu ne voulais pas te mêler aux affaires de gangs ! Ils te tueraient à la seconde où ils te verraient !

— Ils ont un code ! s'écria Stuart. Je peux y adhérer !

Mais alors, il remarqua l'expression de son père et ajouta :

— Ou je peux prendre l'argent et m'en aller… Je m'en fiche pas mal à ce stade. Je veux une vie et je ne veux pas qu'elle se déroule ici.

Doreen lui fit face.

— Vous pouvez toujours essayer de… je ne sais pas, trouver un boulot ?

Il la fixa froidement.

— Il faut vous taire.

Elle pensa qu'il avait probablement une raison de lui balancer ça, étant donné qu'elle n'avait pas de boulot non plus.

Mais le père observait son fils.

— Il faut que tu rentres à la maison, et reste en dehors de ça avant de dire quelque chose qui risquerait de t'attirer des ennuis.

— Il est trop tard pour ça, déclara Doreen en riant.

Nous savons déjà tout.

L'avocat la considéra avec horreur. Elle haussa les épaules.

— Vous vous attendiez à quoi ? Un enfant malheureux qui a envie de faire quelque chose de sa vie, qui souhaite être quelqu'un. Il ne veut pas être un pion.

L'avocat s'intéressa à Mack puis à son fils.

— Je t'en prie, Stuart, jure-moi que tu ne leur as rien raconté…

— Je ne leur ai rien dit ! s'écria le fils.

Même le père ne réussit pas à trouver le moyen de croire son fils, et il soupira.

— À quel point a-t-il des ennuis ? demanda-t-il à Mack, sentant probablement qu'un flic se tenait devant lui.

Stuart se tourna vers Doreen, la lèvre du bas tremblante. Elle réalisa que ce gosse avait maintenant un paquet d'ennuis.

— Stuart ne nous a rien révélé, confirma-t-elle.

L'avocat la regarda, puis son fils qui haussa les épaules.

— Rien d'important pour l'instant, ajouta-t-elle. Sa vie est sauve tant que vous nous donnez un coup de main.

Robbie secoua la tête.

— Hors de question. Le seul moyen de rester en vie ici est de s'allier avec eux.

— Vous avez toujours la possibilité de vous en aller. Vous êtes presque mort de toute manière, dit Doreen à l'avocat avant de grimacer. Pardon, je ne voulais pas que ça sonne aussi cruel…

Stuart fronça les sourcils et la questionna :

— De quoi vous parlez ?

— Votre père est de toute évidence malade, argua-t-elle. Vous ne l'aviez pas remarqué ?

Stuart se tourna vers son père.

— Papa ?

Robbie minimisa, irrité.

— C'est rien, prétendit-il avant de pivoter vers Doreen pour la dévisager méchamment. Excepté pour cette petite fouineuse.

Mack s'avança à ce stade :

— Ouais, elle est tout ça, sauf qu'elle est également compatissante, pleine de bonté et a vraiment la tête sur les épaules. Alors, pourquoi ne pas nous expliquer ce qui peut bien se passer ici avant que nous ne soyons infestés de membres de gangs ?

L'avocat serra les lèvres tout en étudiant son fils. Il était évident qu'il ignorait ce qu'il avait raconté sur ce qu'ils savaient.

— J'ai pigé, annonça Doreen. Il y avait un indice dans le testament ou autre chose que Stuart avait personnellement reçu, et celui-ci était en mesure d'amener n'importe qui jusqu'ici.

Là, Stuart se tourna vers elle.

— Et vous n'allez jamais vous arrêter…

— C'est vraiment ce que souhaitait Pillin ? l'interrogea-t-elle.

Mais ce fut son père qui répondit à sa place.

— Non, ce n'est pas du tout ce que souhaitait Pillin. Il voulait que tout ça s'arrête. Il voulait que les armes soient cachées pour toujours. Mais d'une manière ou d'une autre, elles ont été découvertes, relata-t-il avant de pivoter vers Stuart pour le considérer d'un air mauvais.

Doreen opina du chef.

— C'est ce qui arrive quand on pénètre dans un columbarium et non dans une tombe.

Les sourcils de Robbie se haussèrent, alors qu'il fixait son fils qui se mit à rougir.

— C'était vous, n'est-ce pas ? demanda-t-elle à Stuart. Vous vous êtes dit que peu importait ce qui s'y trouvait, ça vous mènerait vers les richesses que vous êtes actuellement en train de chercher.

— Comment vous savez ça ?

Elle lui adressa un léger sourire.

— Vous seriez surpris.

Il dévisagea Doreen puis son père.

— Je n'avais pas envie de dégrader. J'ai cru réussir à l'ouvrir. J'y suis parvenu avec des outils, mais ça s'est brisé en morceaux. Et il y avait bien quelque chose de caché, confia-t-il. Des parties d'une arme, mais je ne l'avais pas saisi à ce moment-là. Puis j'ai entendu deux personnes qui parlaient, qui sont sorties de nulle part, alors je n'ai pas eu d'autre choix que de fuir. Maintenant, quand j'y repense… c'étaient vous deux.

Mack le regardait.

— Vous nous avez vus là-bas ?

— Les animaux sont un indice flagrant, donc si vous tentiez de voler quoi que ce soit, souligna Stuart, nous en saurions autant sur vos activités criminelles que vous êtes au courant des nôtres.

Doreen secoua la tête.

— Je suis tellement navrée, dit-elle avant de se tourner vers Robbie. J'ignore s'il y a quoi que ce soit que vous puissiez faire.

— Pas grand-chose, concéda-t-il en branlant du chef.

— C'est ce qui arrive quand on a des secrets, renchérit-elle. Ils deviennent de plus en plus gros jusqu'au point d'avoir une vie uniquement basée dessus. Pillin voulait que tout ça se termine. Il voulait que les armes soient mises hors service, je présume.

Robbie acquiesça.

— Ouais, ce n'est pas qu'il a changé d'avis, mais il n'appréciait pas la façon dont c'était géré ni la direction que ça prenait. Alors, après la grande dispute en ville, il n'a plus été chargé des armes. Cependant, le gang souhaitait les expédier par bateau vers la côte. Pillin avait confiance en une personne, et ils se sont arrangés pour que tout soit enterré à la place. Et voilà l'histoire de la cachette perdue. Officiellement, le véhicule a été volé, confia Robbie, et on n'a jamais revu les armes.

— Et personne n'a eu le moindre soupçon ? demanda Doreen à l'avocat.

Ce dernier fit non de la tête.

— Non, pas avant que vous n'ouvriez la tombe. Et maintenant, nous craignons que le pire arrive. Les gangs seront tous là d'une minute à l'autre, pour faire le ménage et découvrir où se trouve le reste de la planque.

— Le reste de quoi ? le questionna brutalement Mack.

Robbie s'adressa à lui :

— Pillin avait également l'argent, un bon gros tas de fric et de bijoux, une pile entière d'objets volés à refourguer et qui étaient censés atterrir dans le même camion. Tout ça a disparu. Les flics ont cru que quelqu'un du gang était en cause. Et ils ont attendu du nouveau dans l'affaire. Le problème, c'est que ça a été commis par quelqu'un de chez eux, mais c'était Pillin lui-même qui tentait de tout mettre hors circuit. Il s'est dit que comme les bandes étaient dissoutes, il était temps de s'en charger. Par conséquent, s'il déplaçait le tout, tout le monde serait libre et pourrait poursuivre sa propre route, et lui-même serait débarrassé du gang également.

— Voyez-vous ça, réagit Doreen, un membre de bande avec une conscience…

Les yeux de Robbie lui lancèrent des éclairs.

— Vous n'avez pas idée. C'était un homme bon. C'était un homme amoureux.

— Ouais, c'était probablement un homme bon, conclut Mack, mais tout comme pour vous, des décisions ont été prises.

L'avocat se raidit en entendant ces paroles.

— Rien que je puisse faire, précisa-t-il.

— Eh bien, votre vie a déjà pris un tournant pour le pire. C'est ce que vous souhaitez pour votre fils ? lui demanda Doreen.

Il lui dévoila un regard tourmenté, et elle opina du chef.

— C'est pourquoi vous vous êtes efforcé de le maintenir en dehors de ça, n'est-ce pas ? reprit-elle.

Il confirma d'un lent signe de tête.

— Une fois que j'ai su ce que Pillin avait fait… j'ai compris qu'il y aurait toujours, toujours des regards tournés vers cet endroit. Mais il ne me l'avait pas dit à l'époque, alors je me suis chargé d'organiser l'enterrement nocturne, sans réaliser ce qui se passait vraiment. Et pour cela, je suis désolé, car j'ignore comment j'aurais agi, mais nous aurions vraiment pu trouver une autre solution.

— Peut-être, reconnut Mack, mais le problème qui se pose maintenant, jusqu'à ce que nous trouvions le reste du butin volé, c'est que nous allons voir cette ville infestée de membres de gangs.

Robbie haussa une seule épaule.

— Elle l'est déjà. Le truc, c'est qu'ils ne ressemblent plus à des membres de gang. Ce sont des hommes d'affaires ordinaires, et vous ne saurez jamais qui vous poignardera dans le dos, pas avant qu'il ne soit trop tard.

Mack opina lentement du chef, l'air sombre. Il considéra Doreen puis Stuart.

— Et comment allez-vous protéger votre fils ?

— J'ignore si j'en suis capable, déplora-t-il en jetant à son fils un regard si chagriné que Doreen prit la parole.

— Nous pouvons vous aider. Stuart est jeune. Il mérite une seconde chance.

— Je ne suis pas si jeune ! s'écria presque le garçon. Bon Dieu, j'ai trente ans !

Doreen le dévisagea d'un air stupéfait.

— Vous ne les faites pas physiquement et vous n'agissez pas comme tel non plus.

Le jeune homme lui lança un regard noir, mais l'avocat rétorqua sèchement :

— Elle a raison, tu ne les fais pas, et cette combine que tu nous as dénichée le prouve.

— Pas si je parviens à avoir tout l'argent, déclara Stuart. Je pourrai sortir de la ville, et personne ne me trouvera jamais, dit-il en fixant son père droit dans les yeux.

Mack secoua la tête.

— Ça ne marche pas comme ça… Il ne suffit pas de sortir de la ville et de s'en aller. Il y a tellement plus que ça…

Robbie montra son accord avec Mack.

— Vous comprenez, vous.

— Évidemment, je suis flic depuis longtemps. Ça aurait été bien que j'en apprenne un peu sur cette histoire afin de savoir où le tout était caché. Vous savez où se trouve la seconde planque ?

L'avocat agita négativement la tête.

— Non, tout a été transmis par message codé, et le dernier est une énigme censée avoir du sens, mais qui n'en a jamais eu pour moi. Je me suis torturé l'esprit tout ce temps avec ça.

— Je suppose dans le cas contraire que tu aurais toi-même récupéré l'argent et que tu te serais enfui ! s'exclama le fils.

Robbie posa un autre regard noir sur Stuart.

— Je n'aurais pas cambriolé le columbarium.

— Je pensais qu'il y aurait d'autres indices sur cette énigme, expliqua Stuart. Tu m'en as parlé un peu quand Pillin est mort et que tu t'es saoulé, m'avertissant que tout allait se déchaîner désormais. Mais ça n'a pas suffi à la résoudre.

— Bien sûr que non. Si c'était facile, j'y serais parvenu depuis longtemps ! Et je n'aurais pas pris le butin avant de fuir. Mais j'aurais pu le rendre au gang afin d'acheter notre liberté et notre silence, révéla Robbie. Je suis trop vieux pour me battre désormais, et mon histoire remonte à trop loin avec eux, mais toi ? Tu peux avoir ta propre vie, seulement si tu ne fourres pas ton nez n'importe où et que tu te barres d'ici.

— C'est ce que je prévois, déclara Stuart. Mais je n'ai pas d'argent.

Doreen l'observa d'un air mauvais.

— Vous avez besoin de bien moins d'argent que vous ne l'imaginez pour partir d'ici. Si votre existence se résume à ça, vous irez parfaitement bien si vous fuyez maintenant, sans rien.

Il la fixa.

— Avez-vous la moindre idée du coût de la vie ?! s'écria-t-il.

Elle grimaça.

— Ouais, j'en ai une meilleure idée que ce que vous

imaginez, et je sais parfaitement à quel point c'est difficile de tout recommencer à zéro.

Stuart branla du chef.

— Ce n'est pas mon objectif. Papa a de l'argent, mais il est encore en vie et je n'aurai rien de tout ça pendant très longtemps.

— Oh ! je crois que vous en obtiendrez beaucoup plus vite que vous ne le pensez, dit-elle avant de s'adresser à Robbie. Combien ? Six mois ? Un an ?

Il posa un œil mauvais sur elle.

— Mais comment vous savez ça, bon sang ?

— Car je peux voir vos tremblements. J'ai remarqué avec quelles précautions vous avez descendu cette colline. Avec quelle difficulté vous tenez le coup, à quel point toute cette histoire vous fait du mal, car votre fils a des ennuis. Même s'il a été une personne pénible qu'il vous a fallu contenir avec peine toutes ces années, vous ne voulez pas le perdre. Je peux constater que vous l'aimez, que vous souhaitez le protéger et que c'est aujourd'hui votre dernière chance.

— De quoi parle-t-elle, papa ?! s'écria Stuart, son père ne répondant pas, avant de regarder Mack.

Ce dernier haussa un sourcil devant l'avocat, et Robbie hocha lentement la tête.

— Oui, elle a raison, et je ne sais même pas si je dispose d'autant de temps.

Doreen opina du chef.

— Même si c'était le cas, c'est plutôt difficile d'atteindre le maximum d'années qu'on vous annonce. Parfois, on arrive à aller au-delà, mais d'autres fois, quand le stress, l'inquiétude et la peur vous rongent ? On dispose de moins de temps, conclut-elle avant de s'adresser au fils. Votre père est mourant. Il ne lui reste que quelques mois à vivre.

Stuart la fixa, puis son père, et secoua la tête.

— Non, c'est pas possible !

Mais son père opina du chef et déclara :

— Si, ça l'est. J'ai un cancer. Je l'ai appris à mes dépens. Quant au traitement ? Eh bien… je ne le suivrai pas davantage. J'en ai terminé. J'ai eu une bonne vie, une vie difficile, mais une vie dans laquelle j'espérais te voir libre. Et voilà que tu te lances là-dedans ? Avec la mort de Pillin, tout s'est ouvert brusquement. S'il avait vécu plus longtemps, ça aurait été tellement plus simple… Même à ce stade, j'aurais été content de transmettre mes obligations à quelqu'un d'autre, afin d'être moi aussi libre, mais ça n'arrivera plus maintenant. Je sais déjà que certains d'entre eux se trouvent en ville et que, avec la découverte de ces armes, tout le monde en a après cette fichue seconde planque.

Mack hocha la tête.

— Et vous ignorez où elle se trouve, n'est-ce pas ?

Robbie branla du chef.

— En effet. Je jure devant Dieu que j'aimerais le savoir.

— Quelle est donc cette énigme ? demanda Doreen.

Robbie la considéra et haussa les épaules.

— Qu'importe que je vous le révèle. Honnêtement, vous ne trouverez pas. En plus, ce n'est pas une énigme, mais un truc qu'a dit Pillin.

— Alors, répétez-le-moi. Je ne suis pas stupide.

— Moi non plus, répliqua Robbie d'un ton sévère. Mais Pillin avait le béguin pour une femme, et ça n'avait aucun sens à l'époque. Ça n'en a toujours aucun aujourd'hui, mais la seule chose qu'il m'a dite, c'est qu'elle a choisi un tueur en série plutôt que lui.

Chapitre 28

LES ROUAGES DANS le cerveau de Doreen se mirent à tourner. Elle déglutit avec difficulté et murmura :

— Intéressant…

— Voyez ? Ça n'a aucun sens, déplora Robbie.

Mack s'en mêla et le questionna :

— Avait-il une femme ? Des enfants ? Quoi que ce soit ?

— Une petite amie prénommée Lucy, mais c'était il y a longtemps.

Le nom n'était pas correct, mais Doreen le savait déjà. Elle ne voulait rien révéler pour le moment, tandis qu'elle observait autour d'eux, se demandant comment elle pouvait le faire à la dérobée.

Un cri surgit derrière eux, et un tir se fit entendre juste après. Et tout à coup, l'avocat tomba juste devant eux.

Avant que Doreen n'ait l'occasion de dire quoi que ce soit, Mack se jeta sur elle, les faisant tous les deux tomber contre une pierre tombale verticale. Stuart se cachait derrière une autre. Mack passa la tête au coin de la stèle. Son téléphone était sorti, et il était déjà en train d'appeler du renfort.

Doreen regarda par-dessus sa tête et afficha un air inquiet.

— Tu crois vraiment qu'ils arriveront à temps ?

Il la fixa droit dans les yeux.

— Ils devraient.

— D'accord, ça me va !

Elle remarqua l'avocat qui tentait de prononcer quelque chose. Elle se déplaça, tremblante, sur ses coudes.

— Pillin a eu un seul et véritable amour, murmura-t-il.

— Qui était-ce ? l'interrogea Doreen.

Robbie secoua la tête, son souffle parvenant par des respirations douloureuses.

— Il ne me l'a jamais dit, seulement un truc à propos… d'un tueur en série.

Elle ne le quittait pas des yeux et chuchota en retour :

— A-t-il donné le nom de ce tueur en série ?

Robbie secoua de nouveau la tête.

— Non.

Puis, tandis qu'il prenait une profonde respiration, un son forma un râle dans sa poitrine.

Doreen observa la vie qui quittait ses yeux troubles.

Mack la tira immédiatement, afin qu'elle soit de nouveau dissimulée derrière la pierre tombale. Elle regarda plus haut pour apercevoir Stuart qui fixait le corps de son père, des larmes dans les yeux.

— Qu'a-t-il dit ? demanda Mack à Doreen.

— Je te le dirai plus tard, lui répondit-elle à voix basse.

Il soupira.

— On devrait faire quelque chose à propos de ta propension à toujours t'attirer des ennuis.

— Je n'ai rien fait, contesta-t-elle en le dévisageant.

Elle vérifia du côté de ses animaux à deux reprises. Thaddeus était remonté pour bien se blottir contre son cou, et Mugs ne paraissait pas affreusement impressionné par le coup de feu, mais il était assis contre elle, derrière la stèle. Il tremblait, le bruit l'ayant contrarié. Elle chercha Goliath du regard et, ne l'ayant pas vu, elle murmura hâtivement :

— Goliath n'est pas là !

Mack scruta autour d'eux puis pointa le doigt ; Goliath était plus loin, traînant la laisse derrière lui, flânant entre les tombes. Elle allait le siffler quand Mack l'arrêta.

— Non. Nous ne voulons être repérés.

— Ils savent déjà que nous sommes ici, marmonna-t-elle. Je ne veux pas que quelqu'un s'en prenne à Goliath.

Un autre tir fut tiré en direction du chat, et Goliath disparut.

— Voilà, déclara Mack. Ça devrait le tenir éloigné.

Elle dévisageait Mack.

— Je ne pense pas. Tu ne le connais pas…

Mack grogna.

— Et je ne veux pas que tu sois blessée, même si cela signifie que Goliath le soit.

Doreen considéra Mack, horrifiée. Il mit un bras autour d'elle et la garda tout près de lui.

— Écoute, on ira le chercher dès qu'on sortira d'ici.

Grâce aux paroles de Mack, elle réalisa que tout le monde sortirait d'ici, sain et sauf. Elle passa la tête au coin de la tombe.

— On dirait qu'il n'y a même plus personne ici.

Un autre tir retentit et frappa la pierre au-dessus de leurs têtes. Elle laissa un cri s'échapper. Se rapprochant de nouveau du sol, elle entendit Stuart lui hurler dessus.

— Votre chat a fait le tour pour arriver derrière la personne qui nous vise.

Doreen fixa Mack.

— Oh non, non, non, non, non ! Tu ne comprends pas,

c'est pas bon du tout !

Stuart l'observa, confus.

— Quoi ?

Et hors des bois parvinrent un cri perçant puis un hurlement. Mack se mit debout et se rua vers les arbres. Elle regardait de là où elle était puis s'écria :

— Goliath ! Goliath ! Viens !

Mais le chat ne voulait rien savoir. Mugs tirait désormais sur sa laisse, tentant de se libérer également. Elle essayait de le retenir.

Stuart la considérait et lui demanda :

— Que se passe-t-il avec ces animaux ?

Elle lui lança un regard noir.

— Vous n'avez pas idée.

Puis la laisse se cassa, et Mugs décolla. Doreen se mit sur ses pieds aussi vite que l'éclair et courut derrière lui.

— Goliath, viens me voir ! Et reviens ici, Mugs ! beugla-t-elle.

Même Thaddeus braillait sur son épaule, ce qui fit râler Doreen.

— Ce n'est pas le moment !

Et là, un autre tir retentit, mais il n'avait pas été dirigé vers elle. Terrifiée à l'idée que le tireur en ait après Mugs ou Goliath, elle courut jusqu'aux arbres, en avance sur Mack, qui lui jeta un regard mauvais. Elle fronça les sourcils.

— Hé, je ne laisserai personne blesser l'un des miens !

Il secoua la tête.

— Ce n'est *pas* le moment !

Elle pouvait se rendre compte qu'il était en rage. Bien évidemment qu'il l'était ! Elle avait une fois de plus désobéi à ses ordres. Maintenant, comme elle se tenait là à se demander quoi faire ensuite, quelque chose fut pressé contre son dos.

C'était dur et froid.

— Eh bien, regardez qui voilà, dit un homme. Que fais-tu, bon sang ?

Elle se tourna.

— Mathew ?!

Chapitre 29

DOREEN FIXAIT SON ex-mari, sous le choc.

— Que fais-tu ici ?! s'écria-t-elle. Ne sais-tu pas que c'est dangereux ?

Il la regarda puis secoua la tête.

— Bon Dieu…

Il remarqua que Mack le dévisageait, une expression menaçante sur le visage, mais il l'ignora.

— Oh, j'ai entendu parler du fric ! Tout le monde en a entendu parler. En tout cas, tous ceux qui ont des relations. Alors, je me suis dit que je pourrais venir pour voir sur quoi portait tout ce foin. Et constater de mes propres yeux si tu avais la moindre implication là-dedans et, bien évidemment, tu es pile au milieu de ce bazar !

— Mais c'est toi qui pointes un flingue sur moi, lâcha-t-elle sèchement en le fixant avec méchanceté.

Il remit son arme dans sa poche.

— Je ne me rends pas dans un endroit comme celui-là sans en avoir un.

— C'est toi qui as tiré ces coups de feu ?

Il secoua la tête.

— Non, le tireur est à l'écart, là-bas, rétorqua-t-il en désignant les arbres sur la droite. Je n'essaie pas de te tuer.

Doreen l'étudia puis ajouta :

— Mais si tu me tuais, tous tes soucis seraient terminés, non ?

Il lui adressa un sourire si innocent qu'elle en devint immédiatement suspicieuse.

— Bon Dieu ! s'exclama Mack. Quand êtes-vous arrivé ?

— Par le premier avion. Vous étiez probablement trop occupé pour vérifier…, le railla-t-il avec un sourire prétentieux.

— Ouais, c'est possible, grogna Mack. Qu'est-ce que vous trafiquez avec ces gens-là ?

— Quiconque fait des affaires comme moi… fait des rencontres, répondit-il avec son sourire malicieux.

— Tu passais des marchés avec l'avocat du gang ?

— Non, je ne sais rien de cet avocat, mais j'effectue des transactions immobilières avec des gens de la côte.

— Alors, comment as-tu su ?

— Le téléphone arabe mentionne activement un groupe en quête d'une planque de cash, de bijoux et d'autres objets de valeur volés. Et je n'allais pas rester assis à ne rien faire, pas alors que j'ai besoin d'un bon paquet de fric pour te rembourser, marmonna-t-il avec dégoût.

Doreen le dévisagea avec insistance, ignorant si elle devait le croire ou non. Quelque chose s'activait au fin fond de son cerveau. Puis Mathew lui confia avec gentillesse :

— Mais tu as marqué un point.

— Ce qui signifie ? le questionna-t-il en grimaçant.

— Si quelque chose t'arrive ici en cet instant, ma vie n'en sera que plus facile, non ? répéta-t-il avec un sourire malsain, ce qui lui valut un regard mauvais de Doreen.

— Et bien entendu, tu ne veux pas être mon assassin,

c'est ça ?

— Ça ne m'embêterait pas, lança-t-il sur le ton de la conversation. Il y aurait un sentiment de satisfaction à la suite de cet acte. Mais non, je ne signerai pas pour ça, sinon je passerai vingt années en prison.

— Ravie de l'apprendre, bien que ça ne m'aide pas à me sentir mieux.

Mathew s'en amusa.

— C'est ton problème. Quoi que tu fasses ici, ce sera entièrement ta faute. Ça n'aura rien à voir avec moi.

— Et tu ne m'aideras pas à me tirer de là non plus, n'est-ce pas ? l'accusa-t-elle.

Il afficha un faible sourire.

— Non, on se verra plus tard… Si tu es toujours en vie.

Et là-dessus, il pivota puis disparut dans les arbres. Elle regarda de nouveau Mack qui la fixait d'un air sombre. Elle lui raconta ce que Mathew venait de lui dire.

— Ça arrangerait vraiment bien Mathew si je ne m'en sortais pas ce soir, murmura-t-elle. Dans ce cas, il serait libre.

— Ouais, assurément, concéda Mack en se frottant le visage.

— Comment cela a-t-il pu devenir si compliqué ? demanda Doreen, confuse.

— Je l'ignore, admit Mack.

— Je suis venue pour te montrer le nom sur la tombe…

Au loin, les sirènes résonnèrent.

— Parfait, dit Mack. On va s'en sortir maintenant.

— Pour cette fois. Et pourtant, qu'est-ce qui les empê-chera de revenir ?

— Oh, ils reviendront !

— Je n'ai entendu qu'un tireur toutefois… Tu en as entendu d'autres ?

Mack fit non de la tête.

— Non, je n'en ai entendu qu'un également.

— Et tu penses vraiment que ce n'était pas Mathew ?

— Oui, je ne crois pas que c'était lui. L'autre arme m'a paru plus grosse que celle qu'il avait.

Puis un autre coup de feu retentit ; Doreen grimaça.

— Ce n'est pas cool ! aboya-t-elle.

Et avant qu'ils ne réalisent, au milieu du brouhaha des sirènes, des cris et des tirs, quelqu'un se tint devant eux, les pointant avec une arme.

— Eh bien, eh bien, eh bien ! s'exclama l'homme armé. C'est la personne qu'on recherche.

Elle le dévisagea, secoua la tête et dit :

— Je ne vous connais même pas !

— Non, en effet, mais j'ai payé une belle somme afin de tout savoir sur toi. C'est toi qui résous tous ces mystères, n'est-ce pas ?

Elle opina lentement du chef puis comprit qu'il s'agissait de l'un des membres d'un gang, présent afin de revendiquer la planque.

— Je suis vraiment désolée, mais vous avez fait tout ça pour rien.

— Je ne crois pas. Toi et moi, il faut qu'on parle.

Elle soupira.

— Vous voulez dire que vous allez me tirer dessus si je ne vous révèle pas ce que vous voulez savoir ?

— Ou je tirerai sur ce mec à côté de toi ! déclara-t-il en riant. L'un ou l'autre, je m'en fiche !

— J'en ai vraiment assez des gens qui me disent comment agir, et je commence *vraiment* à être fatiguée des gens qui agitent des flingues devant mon visage.

Elle avança d'un pas vers lui. L'arme se leva immédiatement, et Mack essaya d'attraper Doreen pour la retenir. Elle se débarrassa de lui d'un coup d'épaule et dévisagea bien l'homme armé.

— Je ne vous raconterai rien, rétorqua-t-elle. Absolument rien, ni à vous ni à vos amis, là-bas.

— Non, aucun ami à moi par ici. Je suis venu seul.

— C'est vous qui avez tiré partout ?

— Oui, absolument.

— Vous avez visé mon chien ? s'offusqua-t-elle, les yeux grands ouverts.

— Tu parles du clebs qui court partout avec une laisse ?

— Ouais, c'est le mien.

— Tu devrais vraiment mieux t'occuper de tes animaux, la gronda-t-il en la fixant bien dans les yeux. La façon horrible dont les gens traitent leurs animaux me met en rogne.

— Vous êtes en rogne ? Ça signifie que vous ne lui avez pas tiré dessus ? le questionna-t-elle, pleine d'espoir.

Puis au loin, elle entendit Mugs aboyer.

— Non. Il pourchassait un chat, au passage. Un grand classique ! s'exclama-t-il en riant.

Elle grogna puis siffla.

— Mugs ! Reviens ici !

— Tu crois qu'il va venir grâce à ça ? la railla l'homme armé en souriant. Peut-être que je vais tuer le chien alors, pour que tu restes sage.

— Vous croyez ? demanda-t-elle avec un petit sourire en coin.

Au loin, elle aperçut Goliath et Mugs qui descendaient la colline en courant, vers elle.

— D'un autre côté, reprit-elle en affichant un sourire trompeur, ces deux-là pourraient vous surprendre.

— Ouais, j'en doute, dit l'homme armé. Et tu cherches seulement un moyen de me distraire.

Doreen continuait de sourire.

— Pourquoi aurais-je besoin de vous distraire ?

— Parce que sinon, je pourrais te tuer, répondit-il avant de ricaner. Et puis, avant que Pillin ne meure, il avait conscience que ça allait arriver. Que tout le monde surgirait de partout. Pillin était le seul à pouvoir faire ça, mais personne ne voulait l'aider. C'était une condamnation à mort. Il avait la force en lui. Personne n'a réussi à y croire, quand cette cachette d'armes a été découverte.

— En particulier dans sa tombe ?

— Purée, ça a été malin de sa part, et une mauvaise chose pour nous ! acquiesça-t-il avant que ses lèvres ne se tordent tandis qu'il levait lentement son arme. Maintenant, dis-moi où se trouve le butin.

— Je n'en ai aucune idée, mentit-elle.

Il continuait de sourire, orienta l'arme vers Mack. À cause de ce geste, Mugs bondit dans les airs, et ses crocs atterrirent sur la main de l'homme armé, tandis que Goliath sauta sur son dos. Le type cria et s'effondra sur les genoux, à terre. Le flingue tira en tombant au sol, sans blesser personne.

Et Mack fut sur l'inconnu en un éclair.

<h1 style="text-align:center">Chapitre 30</h1>

DOREEN ÉTAIT ASSISE, les bras autour des genoux, tous les animaux blottis près d'elle. Même Stuart était installé à ses côtés, les allées et venues autour d'eux les laissant sous le choc.

— Bon sang, finit par dire Stuart. C'est toujours aussi dingue dans votre vie ?

Elle lui adressa un sourire radieux.

— Oui, malheureusement.

— Alors, j'abandonne l'idée du travail de détective dans ce cas, déclara-t-il. Honnêtement, je ne sais pas ce que j'ai envie de faire. Je voulais avoir l'impression d'avoir un but. Comme si je n'étais pas un raté.

— Je ne suis vraiment pas la meilleure personne pour discuter de ça, car c'est l'une des raisons pour laquelle je fais ce que je fais. Je souhaite aider les gens, et c'est difficile. Parfois, c'est *vraiment* difficile. Quelquefois, on pense que nos actions peuvent aider, mais c'est rarement le cas.

— Il est en colère après vous ? demanda Stuart en désignant Mack qui ignorait délibérément Doreen.

— Oui, j'en suis sûre. Il l'est souvent.

— Vous êtes ensemble tous les deux ou un truc du

genre ?

Elle regarda Mack et se mit à rire.

— Oui, un truc du genre.

Mack avait de toute évidence entendu, car il se tourna, interpréta ses paroles puis se mit à sourire avant de retourner à ses occupations.

— Il n'a pas l'air d'être si énervé que ça contre vous, remarqua Stuart.

— Il est furieux, car je me suis encore mise en danger, expliqua-t-elle tout en gardant un œil sur le dos de Mack. Il est furieux, car j'ai essayé de le sauver, et aussi car je finis toujours dans des situations comme celles-ci.

— On vous avait déjà tiré dessus avant ?

— Deux fois, confirma-t-elle avec un signe de tête. Et bien sûr, lui aussi.

— Ouah ! Il semble que vous ayez besoin l'un de l'autre.

— Peut-être, murmura-t-elle. Vous pourriez être dans le vrai sur ce point.

Après un moment, elle fit face à Stuart.

— Et vous, reprit-elle. Quels changements allez-vous opérer maintenant que votre père est parti ? Maintenant que vous n'avez plus à vous en aller pour prouver que vous le pouvez ?

— Je n'en ai aucune idée, répondit-il tristement. J'ignorais qu'il était malade. J'aurais aimé le savoir.

— Eh bien, c'est le cas désormais. Vous êtes donc en mesure de comprendre ce qu'il essayait de faire, qu'il essayait de vous sauver.

— Mais pourquoi ne l'a-t-il pas simplement dit ?

— Je pense qu'il avait peur que sa maison soit sur écoute ou que quelqu'un découvre la vérité. Ou alors, il avait conscience que ça poserait un problème majeur, une fois la planque d'armes découverte, suggéra Doreen. Je pense qu'il faisait de son mieux pour être un bon père et pour vous garder en sécurité.

Stuart soupira.

— Et maintenant, je ne sais même pas ce qu'il adviendra de ses affaires.

— Le droit, c'est une tout autre histoire, mais avec de la chance, vous hériterez au moins de ses biens personnels.

— Je l'espère, mais j'ai l'impression de ne pas les mériter.

— Je ne crois pas que vous soyez la seule personne à avoir ressenti ça un jour, reconnut-elle. Ça prendra un peu de temps pour organiser votre vie maintenant, mais vous prendrez sans doute de meilleures décisions après ça, non ?

Il la regarda franchement puis hocha lentement la tête.

— Oui, je crois, marmonna-t-il. Au moins, je ne tenterai plus de m'enfuir à tout prix, indiqua-t-il avant de fixer le corps de son père, encore près d'eux. Ça me paraît mal de le laisser étendu là, comme ça.

— Oui, mais c'est du ressort des policiers et du médecin légiste désormais. C'est une scène de crime.

Stuart grimaça.

— D'une certaine façon, c'est ce qu'aurait préféré mon père.

— Absolument, acquiesça-t-elle avec le sourire. Il s'apprêtait à vivre une fin vraiment douloureuse avec son cancer. De cette manière, il est parti dans un éclat de gloire. Je suis presque sûre que c'est le souhait de tous les hommes.

Le visage de Stuart se fissura d'un sourire.

— Je dirais que c'est plutôt vrai, et pour cela, je suis reconnaissant. Merci, dit-il à Doreen en se tournant vers elle.

— Pourquoi me remercier ?

— Je ne sais pas, répondit-il avec sincérité. Mais d'une

certaine façon, j'ai l'impression que vous avez mis un terme à tout ça.

Cela la fit rire.

— Je n'en sais rien. Je n'en sais *vraiment* rien, mais… je suis navrée que vous ayez perdu votre père. Toutefois, ça aurait pu être tellement pire aujourd'hui…

— Oui, et si vous étiez ma petite amie, bien que vous soyez clairement trop âgée, ajouta-t-il en faisant un geste de la main, je ne serais pas vraiment ravi que vous continuiez de vous mettre dans des situations comme celle-là non plus.

Elle le dévisagea, interloquée, tandis qu'il se remettait debout.

— J'ai besoin de marcher un peu. On se reparlera bientôt. Et non, je n'irai pas trop loin, et oui, j'ai conscience que je devrai répondre à des questions et faire une déposition.

Sur ces paroles, Stuart se tourna et s'en alla.

Mack s'assit à côté d'elle.

— Alors, tu es trop âgée pour Stuart, hein ? lui demanda-t-il avec un rire moqueur, ce qui amusa Doreen.

— De plus, je suis déjà prise.

Mack la considéra, puis hocha la tête et, avec un air satisfait, déclara :

— Oui, absolument, tu l'es.

Il mit ses bras autour d'elle et l'attira à lui pour l'enlacer. Mugs sauta pour le saluer.

— Tu savais que tes animaux avaient l'intention de faire ça ? la questionna Mack. Qu'ils allaient descendre la colline pour attaquer notre homme armé ?

— Je les ai vus arriver, expliqua-t-elle, mais on ne sait jamais ce qu'ils préparent. Donc, même si j'aimerais affirmer que j'en avais la moindre idée, j'ignorais vraiment quels étaient leurs projets.

— Ça m'aide à me rassurer, car parfois, tu es un peu trop mystérieuse à propos des choses dans lesquelles tu t'impliques. Et parfois, je me demande à quel point tu en sais dessus.

— Pas beaucoup, et certainement pas autant que je le devrais.

Mack la regarda sourcils froncés, elle haussa les épaules.

— On dirait qu'il y en a davantage à savoir à chaque fois que je change de méthode.

— Dans ce cas, nous devrions partir en quête de cette seconde planque, et ce sera l'unique moyen d'arrêter les chercheurs d'or. Une fois qu'elle sera aux mains de la police, les membres du gang arrêteront de chercher.

Elle opina du chef et scruta autour d'eux jusqu'à voir le capitaine se joindre à tout le monde une nouvelle fois ; le médecin légiste était présent, et d'autres officiers de police formaient des groupes, tentant de déterminer ce qui arriverait ensuite.

Le capitaine s'approcha et s'enquit de Doreen :

— Vous allez bien ?

Elle sourit et acquiesça.

— Oui, je vais bien, grâce à Mack ici présent. Il m'a poussée derrière la pierre tombale.

Mack leva les yeux au ciel.

— Ouais, c'était à peu près la seule chose que je pensais être en mesure d'entreprendre pour te protéger.

— Ça a marché ! s'extasia-t-elle. Vous avez apporté des pelles ? demanda-t-elle au capitaine.

Il fronça les sourcils.

— Non. On en avait besoin ?

Sa tête se mua par l'affirmative.

— Si vous souhaitez trouver la seconde cachette afin que

plus personne d'autre ne parte à sa recherche, alors oui, vous aurez besoin de pelles. Je m'en occuperais bien moi-même, lui dit-elle avec un air d'excuse, mais ça me prendrait une éternité.

Il laissa échapper un soupir et la questionna :

— Je suppose que vous savez également où elle se trouve, n'est-ce pas ?

Elle lui adressa un petit sourire.

— Peut-être.

Il opina du chef.

— Accordez-moi cinq minutes, déclara-t-il avant de disparaître.

Mack se tourna vers elle.

— Sérieusement ?

Elle haussa les épaules.

— Peut-être. En tout cas, jusqu'à ce qu'on vérifie. Je n'en suis pas vraiment sûre, mais je crois.

— Tu vas me le révéler ?

Elle soupira.

— Je ne sais pas non plus si ça te contrariera ou pas.

Mack l'observa attentivement.

— Pourquoi est-ce que ça me contrarierait ?

Elle éclata de rire.

— Parce que c'est un peu trop facile. Si c'était censé être difficile, je ne vois pas de quelle manière ça pourrait l'être.

Mack la dévisagea, choqué.

— Que veux-tu dire ?

Elle pointa du doigt.

— Viens là.

Elle dépassa plusieurs pierres tombales puis s'arrêta, et le capitaine les rejoignit rapidement, ainsi que d'autres policiers avec des pelles. Doreen approuva.

— Voici celle sur laquelle se trouvait Stuart.

— Pourquoi celle-là ? demanda le capitaine.

— Car Pillin avait une petite amie, prénommée Lucy, expliqua Doreen. Et le nom de cette personne-ci était Lucy.

Le capitaine recula et dit :

— OK, creusons.

— Ça ne sera pas là, intervint Doreen.

Il stoppa, la regarda, perplexe.

— Mais…

Elle secoua la tête.

— Stuart essayait de creuser ici, et il a renversé la stèle pour jeter un œil, mais ce n'était pas là.

À cet instant, l'intéressé se joignit à eux.

— C'est exact. Je pensais que ça serait là également. C'était proche de là où Pillin avait payé pour une deuxième tombe. Puis, selon les vieilles archives que j'ai dégotées auprès de mon père, il a laissé tomber cette parcelle pour en trouver une autre.

— Vous êtes en train de dire que ce n'est pas la bonne ?

Doreen branla du chef, se décala de trois tombes et déclara :

— Ce sera là.

Les trois hommes s'approchèrent, jetèrent un œil, et Mack siffla.

— Bon Dieu… D'une façon ou d'une autre, tu es parvenue à connecter tout ça et à boucler la boucle.

Doreen acquiesça.

— Et il y a une autre personne avec qui nous devrions parler, mais pour le moment, c'est à cet endroit que se trouve votre seconde planque.

Et comme un seul homme, ils baissèrent tous les yeux sur la sépulture.

Le capitaine lut le nom à voix haute :

— Maxine Small.

Doreen considéra de nouveau Mack pour voir s'il comprenait.

— *Small* ? Ça a quelque chose à voir avec Bob Small ? la questionna-t-il.

— Oui, Bob Small, le tueur en série, petit ami de…

— Ella Hickman ? l'interrompit-il en observant la tombe, hébété, avant de revenir sur Doreen, confus.

— Ella *Maxine* Hickman, le corrigea-t-elle en affichant un grand sourire.

Il ferma les paupières, parvenant à comprendre.

— Donc, légalement mariés ou non, pour Bob Small, Ella Hickman était Ella Maxine Small. J'ai pigé.

Voyant une mer de visages interdits devant elle, Doreen s'expliqua davantage :

— Ella Maxine Hickman était l'une des deux petites amies de Bob Small, et apparemment, d'après ce que nous avons entendu, elle aurait également pu être le grand amour de Pillin. Sans parler d'Ella qui m'a confié sa tendance à choisir les mauvais garçons. Deux, pour être exacte.

Le capitaine posa les yeux sur Doreen, puis les plissa davantage sur la stèle. Il finit par se tourner vers les policiers en uniforme qui se tenaient derrière lui pour leur aboyer ses ordres.

— Mais qu'est-ce que vous fichez, bon sang ?! Allez-y !

Doreen se recula à leur demande, et, en compagnie des animaux et de Stuart, cela ne prit que quelques minutes avant qu'elle n'entende un gros *clic* !

Le capitaine la considéra, mais elle fit un geste d'ignorance, pendant que les policiers retiraient l'herbe et la terre. Ils levèrent une plaque en métal sous laquelle, sans surprise, se trouvaient un tas de boîtes en métal. La plupart étaient fermées, mais quelques-unes montraient des signes de détérioration causés par le temps et mère Nature.

Après les avoir soulevées lentement pour les disposer autour de la tombe, le capitaine força l'ouverture de la première puis des autres. Des sifflements choqués et stupéfaits emplirent l'air. Doreen se pencha en avant pour constater que les boîtes métalliques étaient remplies de pièces, de bijoux et de billets, ainsi qu'une énorme collection de pièces d'or. Et c'était seulement ce qu'elle parvenait à distinguer des quelques contenants ouverts ! Elle afficha un large sourire et leva une main. Le capitaine jubilant à ses côtés lui en tapa cinq. Les applaudissements éclatèrent.

À ses côtés, Stuart sibila.

— Bon Dieu, j'étais si près du but !

Mack l'observa, hocha la tête.

— Ouais, bienvenue dans ma vie ! Si près du but, et pourtant si loin.

Son regard passa à Doreen, et il lui afficha un grand sourire. Elle ne savait pas bien ce qu'il signifiait, alors elle le dévisagea d'un air méchant, pour faire bonne mesure. Il ricana.

— Elle est dotée d'un cerveau qu'aucun de nous ne comprend vraiment, admit-il en secouant la tête. Mais bien joué, Doreen, bien joué.

Le capitaine adressa à Doreen un très grand et large sourire.

— Vous savez quoi ?

— Quoi ? demanda-t-elle, les yeux rivés aux siens.

— Je crois qu'il y a une récompense ou au moins une commission pour la personne qui a retrouvé tout ça. En réalité, certaines de ces pièces ouvrent probablement droit à des primes pour leur rapatriement en toute sécurité. Et vous, ma chère, êtes sur le point de connaître un autre jour de paie.

Elle le considéra, ravie, puis fanfaronna :

— Est-ce que ça signifie que j'aurai de quoi manger pour un mois supplémentaire ?

Il éclata de rire.

— Je crois qu'au moment où nous aurons bouclé tout ça, vous pourrez manger pour le restant de vos jours.

Elle jeta ses bras autour de lui et lui fit un énorme câlin.

— Voilà qui m'a l'air parfait pour une fois !

— Mais ça va prendre du temps, ajouta-t-il, tentant d'être aussi clair que possible.

Elle leva les yeux au ciel.

— Ouais, comme tout, marmonna-t-elle.

Mais elle recula de nouveau puisque tout le monde sortait le butin. Et elle avait un grand sourire aux lèvres, tandis qu'elle faisait face à Stuart.

— Vous avez peut-être imaginé que vous seriez en mesure de vous en charger, mais vous n'auriez pas eu la moindre idée de la façon de vous y prendre. C'est bien mieux que ce soient les forces de l'ordre qui s'occupent de tout, comme ça, personne ne sera tué.

Il acquiesça lentement.

— Quand même, de savoir que j'étais si près du but…

Doreen lui sourit.

— Être *près* n'est valable que pour les jeux d'adresse et les grenades, grommela-t-elle.

Stuart s'intéressa à elle et ajouta :

— Et l'amour.

— Seulement si la fin est heureuse. Autrement, ça peut être douloureux.

Elle baissa les yeux sur la cache de Pillin et se sentit désolée pour lui… Un homme qui avait passé la fin de son existence à cacher des choses et à essayer de faire le bien, et qui pourtant, en parallèle, n'a jamais trouvé la même paix ni la même joie dans sa propre vie que ce qu'il souhaitait pour le reste du monde.

Épilogue

L E JOUR SUIVANT, Doreen se reposait près de la crique, une tasse de thé et un roman à suspense dans les mains. Elle somnolait, se reposait, somnolait… jusqu'à ce que Mugs aboie. Elle leva les yeux et vit Mack marcher vers elle, tenant un grand carton de pizza. Elle afficha un grand sourire quand elle reconnut le logo du restaurant, l'un de ses préférés. Mack émit un petit rire.

— Je n'ai pas appelé pour te prévenir que j'apportais le dîner, au cas où tu te prélasserais.

— C'est le cas, je suis restée ici une bonne partie de la journée, déclara-t-elle en désignant la rivière qui s'écoulait doucement à côté d'elle.

— C'est un bel endroit, dit Mack en s'asseyant, avant d'ouvrir le carton pour offrir une part à Doreen.

Elle montra un air inquiet.

— Tu manges autre chose que de la pizza quand tu es occupé ?

Il hocha la tête d'un air affirmatif.

— Oui, mais la pizza, c'est rapide, facile, et ça me tient au corps.

— D'accord. Eh bien, je ne vais pas te disputer, car tu en

as apporté.

— Tant mieux, répondit-il avant de lui adresser un grand sourire. Tout le monde est tellement curieux à propos de cette découverte que tous nos officiers, même ceux en repos, se relaient pour bosser, sans s'arrêter depuis hier, toute la nuit et toute la journée. Par conséquent, tout a déjà été inventorié et placé dans un casier. Ils vont organiser un grand communiqué de presse, et le capitaine veut que tu y assistes.

Elle leva les yeux au ciel.

— Je peux y assister, mais laissez-moi loin des journalistes.

Mack éclata de rire.

— Je crois que ce sera difficile à ce stade. Bien évidemment, ils étaient là peu après la découverte, alors ils sont déjà au courant de ton implication.

Elle sourit.

— C'est la raison pour laquelle je me trouve à l'arrière de la maison, car les cars japonais sont passés, proposant des visites supplémentaires depuis hier, expliqua-t-elle avant de pousser un soupir. Richard me parle à peine d'ailleurs.

— Ça pourrait être une bénédiction déguisée, la railla Mack, amusé.

— Oui, je ne sais pas. Je risque d'avoir besoin d'une porte secrète pour entrer et sortir de ma maison désormais.

Mack se montra soucieux.

— C'est si mauvais que ça ?

Elle haussa les épaules.

— Oui, mais peu importe. Tout va bien.

— Et Stuart ?

— Je lui ai parlé plusieurs fois.

— Bien. À propos de quoi ?

— Eh bien, maintenant qu'il va toucher de l'argent, il

songe à éventuellement retourner à l'école.

— Oh, ouah ! Ce n'est pas ce à quoi je m'attendais.

— Non, mais je pense qu'il commence à comprendre à quel point ce boulot ainsi que le mode de vie d'un criminel ont pénalisé son père.

— Et c'est une bonne chose. Au moins, s'il s'en rend compte, Stuart est susceptible de faire quelque chose qui soit plus bénéfique pour lui.

— Je pense qu'il le fera. En tout cas, je crois qu'il essaie vraiment de trouver le moyen d'avancer. Perdre subitement son père comme ça a été difficile.

— Évidemment, mais il s'en est bien sorti.

— Oui, en effet, murmura-t-elle.

— Prends un morceau de pizza.

Elle saisit une part, se redressa sur son séant et la fit passer avec de l'eau de sa bouteille.

— Et est-ce que le boulot s'est calmé de ton côté désormais ?

Comme il lui lança un regard mauvais, elle s'excusa :

— Je sais. C'est ma faute, encore.

— Non, pas dans le cas présent. Nous devions mettre la main sur ce deuxième magot avant que tout le monde ne pille le cimetière. Le fait que tu l'aies trouvé n'est vraiment pas une surprise.

— Je pense que tu l'aurais trouvé aussi, si tu étais parti aussi loin dans tes raisonnements. Mais c'était drôle de le voir mis au jour. Les trésors enterrés sont les rêves d'enfant de tous.

Mack ricana.

— Oui, en effet, et ça reste le sujet de conversation au commissariat.

— Et ça le sera pendant un moment, renchérit-elle en

souriant, recevant en réponse un hochement de tête de Mack. Tant que d'autres affaires ne sont pas sous les projecteurs, ça devrait aller pour toi maintenant.

— Ça allait très bien *avant* cette affaire, rétorqua-t-il en lui jetant un regard réprobateur. C'est simplement que *quelqu'un* continue de nous filer toujours plus d'enquêtes à mener. Y compris celle sur un ex-mari qui a visé une personne avec une arme, à savoir toi.

Doreen grimaça.

— C'est vrai, sans doute, et je suis sûre que toutes ces histoires sont embêtantes, mais pense au nombre d'affaires que vous pourriez résoudre, entre toutes les armes et désormais le butin !

— Oh, ne t'inquiète pas ! Le capitaine jubile avec tout ça ! s'exclama Mack, laissant éclater un gros rire. Il a effectivement mentionné quelque chose à propos du fait de s'assurer que tu es bien traitée, afin que tu ne quittes jamais la ville.

Doreen considéra Mack et commença à glousser.

— C'est agréable, pour changer. Je me suis dit qu'il t'offrirait un pot-de-vin pour me sortir de la ville afin que vous n'ayez pas à travailler si dur.

Mack s'esclaffa encore plus fort.

— Non, tout va bien. Et le fait que tu aies pris un jour ou deux de repos et que tu te détendes, c'est vraiment une bonne nouvelle.

— Je n'ai pas fait grand-chose… Le retour de Mathew chez lui sans me contacter est encore mieux. Je pourrai vraiment me détendre.

— Et tu t'es accordé ces deux jours de repos simplement parce qu'Ella Hickman est partie en voyage, n'ai-je pas raison ?

Doreen confirma.

— Je lui parlerai quand elle sera rentrée.

— La police souhaite également lui parler. Elle revient aujourd'hui.

— D'accord, dans ce cas, ce serait bien. Encore d'autres point à relier.

— Mais tu aimerais avoir plus d'informations sur Bob Small, je me trompe ?

— En effet, c'est ce que je veux, confirma-t-elle en souriant. Je ne me reposerai pas avant de m'être occupée de ça.

Mack fit la moue, mais hocha doucement la tête.

— Ce ne sera pas chose aisée que de gérer ça, tu sais ?

— Je sais, murmura-t-elle. J'espérais que ce serait plus facile, mais je ne crois pas que ça le sera.

— Non, probablement pas. Cependant, je te fais confiance pour prendre toutes les précautions possibles et effectuer un boulot honnête.

Doreen se pencha en avant, lui embrassa doucement la joue et dit :

— Merci pour cette marque de confiance.

Il sourit de toutes ses dents et l'embrassa sur les lèvres.

— De rien, lui répondit-il dans un murmure.

— Et tu es certain qu'il n'y a pas d'autres affaires en ce moment ? Je pourrais en traiter une facile.

— *Facile* ? Si c'était le cas, nous les aurions déjà résolues.

— Touché, marmonna-t-elle.

— Mais sinon, non, je ne crois pas qu'il y aura quoi que ce soit pendant un moment, supposa Mack. Tu as bien égrené cette ville.

Elle lui lança un regard mauvais.

Il continua cependant de lui sourire, puis son téléphone se mit à sonner. Il poussa un soupir en baissant les yeux dessus, avant de répondre.

— Ouais, Cap' ? Quoi de neuf ?... Ouais, je suis bien installé, à manger de la pizza avec... D'accord, je le lui dirai... Ouais, j'arrive.

Il se leva, l'air soucieux.

— Oh, oh ! Quel est le souci ? demanda Doreen.

Mack soupira.

— Disons simplement que les choses vont devenir plus compliquées maintenant.

— Pourquoi cela ? l'interrogea-t-elle en se mettant debout avec lui.

— Parce qu'ils ont découvert un corps à l'aéroport.

— Un corps ?

Mack acquiesça.

— À l'aéroport ? fit-elle répéter, la voix plus aiguë.

Mack hocha de nouveau la tête. Doreen secoua la sienne.

— Pitié, pas Ella...

Mack acquiesça.

— C'est Ella. Elle a été découverte dans un lopin de violettes devant l'aéroport, dans l'un des grands parterres de fleurs. Elle attendait son chauffeur.

Doreen considéra Mack, sous le choc.

— Oh non, chuchota-t-elle.

Elle était entre la tristesse et une grande colère, car tous ses rêves d'obtenir des réponses sur le dossier Bob Small venaient de s'envoler. Pauvre Nelly...

Cette pensée engendra des larmes dans les yeux de Doreen.

— Reste ici, lui intima Mack d'un ton sombre. Je te dirai ce que je pourrai, quand je le pourrai.

Puis il se dirigea sans se presser vers la cuisine.

Doreen se laissa tomber sur le sol quand quelque chose la

frappa.

— Des violettes.

Ça faisait un V. Cela la fit ricaner. Alors, elle interpella Mack.

— Tu es encore là ?

Mais il n'y eut aucune réponse.

Elle ramassa son téléphone et l'appela.

— Tu as bien dit des *violettes*, n'est-ce pas ?

— Ouais, c'est ce que j'ai dit. Pourquoi ?

Elle entendit son moteur démarrer, tandis qu'il était entré dans son véhicule.

— Que dis-tu de *Vaincue* ? Comment ça sonne *Vaincue dans les violettes* ?

Mack renifla.

— Je pense que tu te raccroches aux branches.

— Non, je ne crois pas. Toutefois, *Victime*, c'est mieux. *Victime*, c'est parfait !

— Non, contesta Mack, pas du tout, parce que c'est mon enquête, pas une affaire classée !

— Ah… Mais elle sera liée à l'une des plus grandes affaires classées que tu verras de ta vie !

Mack poussa un grognement.

— Bien. *Une victime dans les violettes*, soit, céda-t-il avant de ricaner. Bonne trouvaille, ajouta-t-il avant de mettre fin à l'appel sans avoir cessé de s'esclaffer.

Elle reposa son portable et rit à gorge déployée. Elle tendit le bras, enlaça bien fort Mugs, attrapa Goliath et dansa en rond en le gardant dans les bras, puis elle souleva Thaddeus et le planta sur son épaule.

— On a une nouvelle affaire ! s'exclama-t-elle avant de remarquer la pizza que Mack avait laissée derrière lui. De la pizza *et* une affaire ! proclama-t-elle fièrement. Tout ce dont nous avons besoin maintenant, c'est de café !

Elle courut alors jusqu'à la cuisine pour en préparer.

La vie est belle. La vie est vraiment belle.

C'est la fin du tome 21 de *Jolis Jardins Maudits,*
Un fusil dans la jarre.
Découvrez *Une victime dans les violettes :*
Jolis Jardins Maudits, tome 22

Jolis Jardins Maudits : Une victime dans les violettes, tome 22

Une nouvelle saga cosy mystery de l'auteure best-seller de *USA Today*, Dale Mayer. Suivez la jardinière et détective amatrice Doreen Montgomery et ses amusants (et vraiment adorables) chat, chien et perroquet, tandis qu'ils attrapent les meurtriers et résolvent des crimes dans la merveilleuse ville de Kelowna, en Colombie-Britannique.

De la richesse à la misère… Les vieux dossiers ne meurent jamais… L'amour traverse les décennies… même quand il n'est pas réciproque !

Bien que son mari – dont elle est séparée – continue de la harceler, Doreen est à la recherche d'une nouvelle enquête pour maintenir son intérêt éveillé et l'aider à esquiver les réprimandes de Mack et de son frère. Elle décide alors de creuser plus profondément dans le dossier Bob Small, surtout depuis qu'il est lié à une amie de Nan désormais décédée…

… Pour découvrir que l'affaire est soudain connectée à une amie toujours en vie, résidant à Rosemoor. Quand la sœur de cette femme finit par être assassinée et qu'un lien est établi avec Bob Small, Doreen et ses animaux se mettent en piste… au grand dam du caporal Mack Moreau.

Tout ce qui a un rapport avec Bob Small est énorme. Il a été impliqué dans une douzaine d'histoires de meurtres non élucidées, et il est hors de question pour Doreen de rester sans rien faire dans cette enquête. Cependant, même elle n'est pas préparée à la fin qui va se révéler, avec une arme à la main et une histoire à raconter pendant des lustres…

Le tome 22 est disponible !

Pour en savoir plus, visitez le site web de Dale Mayer.

https://geni.us/DMSFRVictim

Note de l'auteure

Merci d'avoir lu *Un fusil dans la jarre : Jolis Jardins Maudits, tome 21* ! Si vous avez apprécié le livre, merci de prendre un moment pour laisser votre avis.

Chers lecteurs,

J'aime avoir de vos nouvelles, alors n'hésitez pas à me contacter sur mon site web : www.dalemayer.com ou sur ma page d'auteure Facebook. Pour être informés des nouvelles parutions et des offres spéciales, inscrivez-vous à ma newsletter ou suivez-moi sur BookBub. Si vous souhaitez rejoindre mon groupe de lecteurs, voici la page d'inscription sur Facebook.
http://geni.us/DaleMayerFBGroup

À bientôt,
Dale Mayer

À propos de l'auteure

Dale Mayer est une auteure de best-sellers au classement de *USA Today*, connue pour ses romances militaires sur les forces spéciales, sa série *Psychic Visions* et sa série *Jolis Jardins Maudits*, dans le genre cozy mystery. Ses romances contemporaines sont vibrantes d'émotion et de passion (série *Broken But… Mending, Hathaway House*). Ses thrillers vous laisseront à bout de souffle (séries *By Death* et *Kate Morgan*) et ses comédies romantiques vous feront rire aux éclats (*It's a Dog's Life*, une novella hors-série, et la série *Broken Protocols* avec Charming Marvin, le chat).

Elle laisse libre cours aux séries qui lui viennent… dont certaines sont carrément folles, enfreignant toutes les règles et croisant différents genres !

En plus de ses romans de fiction, elle écrit également des textes documentaires dans de nombreux domaines, dont la rédaction de CV, le jardinage de loisir et le système de crédit immobilier américain. Elle a récemment publié la série professionnelle *Career Essentials*. Tous ses livres sont disponibles aux formats papier et ebook.

Contactez Dale Mayer en ligne

Site web de Dale – www.dalemayer.com
Twitter – @DaleMayer
Facebook Page – geni.us/DaleMayerFBFanPage
Facebook Group – geni.us/DaleMayerFBGroup
BookBub – geni.us/DaleMayerBookbub
Instagram – geni.us/DaleMayerInstagram
Goodreads – geni.us/DaleMayerGoodreads
Newsletter – geni.us/DaleNews